Josef Kaindl

ARGOS erwacht

Er weiß alles von Dir ...

Psychothriller

Impressum

Bibliografische Information der Deutschen National-bibliothek: Die Deutsche Nationalbibliothek verzeichnet diese Publikation in der Deutschen Nationalbibliografie; detaillierte bibliografische Daten sind im Internet über dnb.dnb.de abrufbar.

Die automatisierte Analyse des Werkes, um daraus Informationen insbesondere über Muster, Trends und Korrelationen gemäß §44b UrhG („Text und Data Mining") zu gewinnen, ist untersagt.

©2024 Josef Kaindl

Umschlagfoto ©Josef Kaindl

Lektorat: Elke

Verlag: BoD · Books on Demand GmbH, In de Tarpen 42, 22848 Norderstedt

Druck: Libri Plureos GmbH, Friedensallee 273, 22763 Hamburg

ISBN: 978-3-7543-0528-7

Ausgabe November 2024

Die Argos Trilogie:

Band 1: „Argos erwacht.“

Band 2: „Argos – Reloaded“

Band 3: „Argos – Imago“

Danksagung

An alle meine Lehrer, Mentoren und weisen Begleiter, für ihre wohlwollende Unterstützung auf meinem Lebensweg.

Inhalt

Vorwort

„Ich weiß, dass ich nichts weiß", ist eine berühmte Aussage des griechischen Philosophen Sokrates. Stellen Sie sich für einen Moment ganz bewusst vor, dass es mehr gibt, als wir erfassen können. Um Sie in die Ideen von Argos, der Titelfigur dieses Thrillers, einzuführen möchte ich Ihnen zuerst einige Beispiele geben, die Ihnen zeigen werden, wie schnell Sie an die Grenzen des menschlichen Denkens und damit des Vorstellungsvermögens kommen.

Kennen Sie die „Matrix"-Filme? Ja? Dann kennen Sie jenen Augenblick im Film, an dem klar wird, dass wir nicht zwischen der sogenannten Realität, einer Traumwelt oder einer synthetischen also künstlich erzeugten Welt unterscheiden können. Es ist genau jener Augenblick, in dem man kurz zusammenzuckt und denkt: Bin ich im Kinosessel eigentlich real – ist alles um mich herum real, oder eine Täuschung, eine Illusion? Würde ich die blaue oder die rote Pille nehmen? Ein indischer Glaube besagt, dass wir uns alle im Traum einer Gottheit befinden. Aber nur solange diese schläft. Wenn sie aufwacht, sind wir nichts als Erinnerungen, oder noch viel weniger: Nichts.

Wie anmaßend und arrogant ist doch der Mensch, wenn er behauptet, dass er die Krönung der Schöpfung ist, wenn er gar denkt, dass er alleine im Weltall ist, hier auf der Erde. Jede Wahrscheinlichkeitsrechnung sagt, dass es bei unendlich vielen Planeten, Sonnen und anderen Himmelskörpern immer eine gewisse Wahrscheinlichkeit für andere belebte Gestirne gibt, die größer als eins (= Erde) sind. Daher könnte man sogar mathematisch weitere Lebensformen im Weltall voraussagen. Auch Biologen und Chemiker gehen von weiteren Lebensformen aus, irgendwo im unendlichen All.

Doch alle diese Ansätze und Vermutungen decken sich nicht ansatzweise mit den Erfahrungen, die Alex machen wird, die Hauptfigur des Thrillers, den Sie gerade in Händen halten. Bei dem, was er Ihnen gleich offenbaren wird, werden Sie vielleicht sagen, dass das nur eine Vermutung sein kann. Oder Sie unterstellen ihm, dass das nur einem – Ihrer Ansicht nach – kranken Gehirn entspringen kann. Auch Galileo Galilei nahm an, dass die Erde eine Kugel sei. Alle seine Berechnungen, Versuche deuteten darauf hin. Doch die Welt war für diese Erkenntnis noch nicht bereit. So könnte es Ihnen auch mit den nun folgenden Seiten gehen…

HEIKLE INFORMATIONEN (MAI 2018).

Dr. Williams war vor zwei Wochen, am 20.April 2018 verstorben. Er schlief kurz vor seinem sechsundsiebzigsten Geburtstag friedlich ein, so wie sich das wohl jeder Mensch wünscht, wenn es mal so weit ist. Heute, an diesem sonnigen Tag, hätte er Geburtstag gehabt, und seine einzige Tochter Sarah erfüllte ihm genau an seinem Geburtstag seinen letzten Wunsch, den er ihr aufgetragen hatte: alle seine Bücher und alle Gegenstände, die sie nicht haben wollte, sollten an andere Menschen verteilt werden. Sarahs Sohn Christian war neun, ihre Tochter Charlotte elf Jahre alt. Charlotte hatte die Idee, eine Art Garagen-Flohmarkt im Vorgarten des Hauses ihres verstorbenen Großvaters zu organisieren. Das eingenommene Geld könnte dann für Blumen und schöne Kerzen am Grab genutzt werden, meinte sie. Sarah war mit Charlottes Vorschlag sofort einverstanden. Ihr geliebter Vater war ja nun schon zwei Wochen tot. Vielleicht war das eine ungewöhnliche, aber ganz bestimmt eine gute Art ihren Vater zu betrauern, ihm damit posthum nochmal Gutes zu tun. Und wer weiß schon, wie die Kinder den Tod ihres geliebten Opas verarbeiten würden? Selbst Sarah hatte noch immer nicht wirklich ganz realisiert, dass ihr Vater nicht mehr unter ihnen weilte. Was sollte man also von Kindern erwarten dürfen?

Am weit geöffneten Eingangstor des Vorgartens hing ein Schild mit der Aufschrift: „Jedes Teil 1 €". Auf einem Tapeziertisch zwischen dem Haus und dem Gartentor hatten Sarahs Kinder verschiedenste Dinge aus dem Nachlass von Dr. Williams gestapelt; vor allem Bücher. Es waren hauptsächlich medizinische und psychologische Bücher und Abhandlungen darunter. Dr. Williams war Allgemeinarzt und Psychiater gewesen. Sein Spezialgebiet war die Kinder- und Jugendpsychiatrie.

Es waren schon einige Leute vorbeigekommen und hatten sich die Bücher angesehen. Allerdings hatte bisher nur einer der Nachbarn ein Buch auch wirklich gekauft. Weniger aus Interesse am Inhalt, als vielmehr, um den Kindern in ihr Sparschwein einen größeren Betrag stecken zu können. Vielleicht eine etwas hilflose Art sein Beileid zu zeigen, aber immerhin ein Versuch. Die Kinder hätten sich allerdings mehr Einnahmen in kürzerer Zeit gewünscht. Sie langweilten sich mittlerweile, da so selten jemand an ihren Tisch mit den Utensilien ihres Großvaters kam. Und wenn jemand kam, blätterte er mehr oder weniger lustlos in den Büchern, kaufte aber nichts. Wen interessierte schon Kinderpsychiatrie?

Doch dann kam ein den Kindern unbekannter Mann durch das Gartentor und ging mit festem Schritt direkt auf den Angebotstisch zu. Der Mann war groß und hatte eine Art künstliches Lächeln, oder vielmehr Grinsen im Gesicht. Bei näherem Betrachten schien sein Gesicht starr zu sein und es vermittelte den Eindruck, dass sein auf den ersten Blick freundliches Lächeln eingefroren war. Es fehlte die dazugehörende Emotion. Die Kinder spürten dies intuitiv, konnten jedoch den Widerspruch zwischen seinem Gesichtsausdruck und dem fehlenden, zur Situation passenden Gefühl, nicht einordnen. Der dunkelhaarige Mann trug trotz der warmen Temperaturen an diesem sonnigen Frühlingstag weiße Handschuhe, was beide Kinder seltsam, aber auch lustig fanden. „Hallo ich bin Alex, darf ich mir auch mal die Kisten unter dem Tisch ansehen?", stellte er sich vor. Er war in den Augen der Kinder ein sehr großer Mann. Und er lächelte permanent, was die Kinder dann schließlich doch als freundlich interpretierten. Alex sagte, er suche nach Hängeregistern für seinen Büroschrank, und genau die habe er schon von außerhalb des Vorgartens unter dem Tisch erspäht. Er gab den Kindern ohne zu zögern einen 20€-Schein für deren Sparschwein und trug dann mehrere Kisten mit Hängeordnern und -registern zu seinem dunklen Transporter, den er am Straßenrand direkt vor dem Gartentor geparkt hatte. Als er alle Kisten mit den darin befindlichen Materialien verstaut hatte, verabschiedete er sich von den Kindern, immer noch mit diesem permanenten, irgendwie aufgesetzt wirkendem Lächeln und fuhr in seinem Wagen davon.

Als Sarah nach den Kindern sah, und sie nach den bisherigen Einnahmen fragte, erfuhr sie, dass gerade eben ein Mann 20€ für „die alten Kartons mit Papier" bezahlt hatte. „Was war denn drin?", fragte sie. Christian deutete auf eine Umzugskiste und sagte: „Na, eben ein Haufen Papier. Hier ist noch ein Karton übrig, den wir als Sitzgelegenheit genutzt hatten." Sarah zog ein Blatt aus dem übriggebliebenen Karton heraus und erschrak. Es war eine Seite eines Anamnesebogens eines der Kinder, die bei ihrem Vater in Behandlung gewesen waren. Sie zog nach und nach mehrere Blätter heraus, und fand Diagnosen, Beschreibungen von Krankheitsverläufen, Behandlungspläne und etliche Notizen zu den kleinen, ehemaligen Kinder- und Jugendpatienten ihres Vaters. Sie dachte sich, wenn das in falsche Hände gelangen würde, dann bekäme sie Ärger; großen Ärger. Es wurde ihr abwechselnd heiß und kalt. Ein ungutes Gefühl breitete sich von der Magengegend ausgehend, kreisförmig über ihren ganzen Bauch aus. Doch schon wenige Augenblicke später dachte sie sich, dass diese Unterlagen ja schon mindestens zehn Jahre oder älter sein müssten. Sie wusste, dass manche medizinischen Unterlagen zehn Jahre, manchmal zwanzig oder in Ausnahmefällen gar dreißig Jahre aufbewahrt werden müssen. Aber was gilt, wenn der zur Archivierung verpflichtete Arzt verstorben war? Dr. Williams praktizierte schließlich schon länger nicht mehr. Ihr mulmiges Gefühl legte sich wieder, und sie atmete mit einem langen Seufzer aus. „Mama, was ist denn?", fragte Christian. „Ich dachte gerade, dass wir vielleicht vorher alles durchsehen hätten sollen, was wir in unserem Flohmarkt anbieten. Ich mache das jetzt mal, nur um sicher zu gehen, dass wir keinen Unfug verkaufen", bemerkte Sarah wohl mehr zu sich selbst, als zu ihren Kindern.

Den übrig gebliebenen Karton mit den Registerkarten und Krankenunterlagen stellte sie sofort in den Flur des Hauses und wollte das Papier als Anzündhilfe für den Kachelofen nutzen. Während Sie alle weiteren Gegenstände einem prüfenden Blick unterzog, fragte sie ihre Kinder, ob sie den Mann beschreiben, oder sich an Details des

Autos erinnern könnten. Außer dem Namen Alex, dass der Mann ein großes dunkles Auto gefahren habe und bei Sonnenschein Handschuhe trug, konnte sie bei ihren Kindern nichts Weiteres in Erfahrung bringen. Sie beruhigte sich selbst, in dem sie sich innerlich sagte, dass mit diesen alten Unterlagen sowieso niemand etwas Sinnvolles anfangen könne. Hier sollte sie sich irren. Gewaltig irren...

HISTRIONISCHE PERSÖNLICHKEITSSTÖRUNG.

Patientenkarte Nummer 298: Elisabeth Ehmann, geboren am 17. Mai 1980. Diagnose: F44.6 (F60.4?) Dissoziative Sensiblitäts- und Bewegungsstörungen, temporäre Ataxie bis zur Abasie, Verdacht auf sich entwickelnde histrionische Persönlichkeitsstörung (Verdachts- bzw. vorübergehende Diagnose!).

Alex betrachtete die Kartons mit den vielen Blättern, die voll waren mit handschriftlichen Notizen, als ob er einen Schatz gefunden hätte. Doch bevor er in Dr. Williams Welt eintauchen wollte, loggte er sich an seinem Laptop ein und wollte sich „Appetit holen", wie er es ausdrückte. Dazu ließ er eine Playlist mit dem vielsagenden Namen „Bumsmusik" abspielen und startete dann seinen Internet-Browser. Aus dem Lautsprecher seines Laptops ertönte „Slave To The Rhythm" von Grace Jones.

Er öffnete seine Favoriten, die er strukturiert als Bookmarks gespeichert hatte und klickte auf den Link soylent-network-slaughter. Er sah sich genüsslich die auf dieser Web-Site angebotenen Bilder vom Schlachten von Tieren an. Mittlerweile ertönte „Amoureux Solitaire" von Lio, wobei er rhythmische Stoßbewegungen mit seinem Unterleib im Takt der Musik machte. So angetörnt, wechselte er auf eine Pornoseite und entlud seine aufgestaute Erregung zu einem Pornofilm und der Musik von Kylie Minogues „Can't Get You Out Of My Head". Jetzt war er bereit für Dr. Williams Welt, wie Alex es nannte.

Alex nahm das blaue Buch in die Hand, das sich unter den vielen Karteikarten in einem der Kartons befand, die er auf dem Hausflohmarkt von den Kindern ergattert hatte. Dass er dessen Inhalt manchmal nicht richtig verstand, war auf sein fehlendes medizinisches

Wissen im Bereich der Psychologie zurückzuführen. Es war eine alte Ausgabe der Internationalen Klassifikation psychischer Störungen, kurz „ICD-10" genannt. Dieses Buch, das Geisteskrankheiten, oder wohl medizinisch korrekter: „diagnostische Leitlinien für psychische Erkrankungen" beschreibt, ist ein medizinisches Standardwerk. Oft musste er die in diesem elementaren Fachbuch beschriebenen Absätze mehrfach lesen. Und noch öfters im Internet recherchieren, um die ganze Tragweite einer von Dr. Williams diagnostizierten Erkrankung zu verstehen.

Dass dieses Buch mit dem Titel „ICD-10" der Schlüssel zum tieferen Verständnis der Patientenkartei nötig ist, war Alex von Beginn an klar. Denn er hatte längst herausgefunden, dass Dr. Williams immer ergänzend zu seinen Diagnosen auf die Patientenkarten auch alphanumerische Zeichen geschrieben hatte. Die meisten begannen mit dem Buchstaben F, gefolgt von einer oder mehreren Ziffern. Die Karte, die gerade vor ihm lag war mit dem Kürzel „F44.6" versehen. Aus den Laptop-Lautsprechern ertönte derweil Vanessa Paradise mit ihrem „Joe Le Taxi".

Alex las den zugehörigen Absatz im ICD-10, der sich für ihn völlig unglaubwürdig anhörte: „Die häufigste Form der dissoziativen Bewegungsstörung ist der vollständige Verlust der Bewegungsfähigkeit eines oder mehrerer Körperglieder, vor allem der Beine mit der Unfähigkeit zu gehen oder zu stehen. Es bestehen keinerlei körperlich diagnostizierbare Befunde. Auffallend ist das Aufmerksamkeit suchende Verhalten, abhängig von den anwesenden Personen und dem emotionalen Zustand des Patienten". Alex schüttelte ungläubig den Kopf, setzte sich an seinen Laptop, schaltete die Musik auf stumm und recherchierte in Wikipedia. „Das nannte man früher Hysterie", murmelte er vor sich hin. Hysterische Weiber, den Begriff kannte er. „So etwas steht in einem medizinischen Standardwerk?", fragte er sich.

Bedeutete Dr. Williams zweite Diagnose auch dasselbe: Hysterie? Was hatte es mit dem Hinweis in Klammern „Verdachts- bzw. vorübergehende Diagnose!" auf sich? Und warum das Ausrufezeichen am Ende? Alle bisherigen Diagnosen auf den Patientenkarten des Kinderpsychiaters, von vorhergehenden potentiellen Opfern von Alex, waren eindeutig und meist ohne jegliche Einschränkungen oder Hinweise. War sich der Arzt damals nicht sicher? Oder war es gar eine Diagnose, die für Kinder nicht in Frage kam? Alex suchte im Inhaltsverzeichnis des ICD-10 nach Persönlichkeitsstörungen, und fand unter F60.4 die im Befund genannte „histrionische". Dort stand auch der Begriff hysterische Persönlichkeit.

Na also, dachte er sich, das ist doch dasselbe wie Hysterie. Warum war der Psychiater aber mit dieser Diagnose so unsicher oder war er einfach nur vorsichtig? Vielleicht, um dem Kind keinen Stempel aufzudrücken? War vielleicht eine Diagnose Persönlichkeitsstörung schlimmer, als die in der Patientenkarte zuerst genannte dissoziative Störung? Alex wollte bei jedem seiner potentiellen Opfer so viel als möglich in Erfahrung bringen. Je mehr er über das Krankheitsbild in Erfahrung bringen konnte, desto perfider konnten seine Methoden ausgefeilt werden, umso mehr konnte er die Qual seiner Opfer maximieren. Das war es, was ihn umtrieb, bevor er sein nächstes Opfer ausfindig machte. Denn er wusste, dass er dank Internet jeden aus dieser Generation der Internet-affinen finden würde.

Je mehr er im Internet auf den einschlägigen Seiten über diese spezielle Art der Persönlichkeitsstörung las, desto mehr interessierte sie ihn. Es erregte ihn, wenn er las, dass sich vor allem Frauen mit diesem Krankheitsbild sehr aufreizend anzogen, sexy wirken wollten. Diese Frauen wollen im Mittelpunkt stehen, sind auffallend sexy gekleidet, gut geschminkt, erotisch wirkend. Er fand, dass das doch keine Krankheit sein konnte, sondern das diese Art von Frauen der Traum jeden Mannes sein müsste. Alex sprach dieser Art von Frauen jeglichen Krankheitswert ab. So eine „Krankheit" kann es doch gar nicht geben, meinte er.

Obwohl er Dr. Williams in seiner Funktion als Psychiater nie intensiv kennengelernt hatte, hatte er doch eine sehr hohe Meinung von ihm. Was, wenn so jemand nun wirklich eine hysterische Frau diagnostizierte? Oder eben als Kinderpsychiater sich nicht scheut eine hysterische Jugendliche als krank zu bezeichnen? Und nur die eine Einschränkung „Verdachts- oder vorübergehende Diagnose" notiert. Welchen Krankheitswert hatte so etwas? Alex hatte nie eine extrem hysterische Frau in seinem Leben kennengelernt. Obwohl…da war eine Klassenkameradin in der siebten Klasse, die immer in Ohnmacht fiel, wenn der Mathematiklehrer den Raum betrat. Nun, immer war wohl übertrieben, aber in Alex' Erinnerung stellte sich das so dar. Bei diesem Mädchen wäre damals keiner auf die Idee gekommen, eine Hysterie, oder auf Neu-Deutsch: dissoziative Bewegungsstörung zu vermuten. Oder vielleicht doch – wer weiß? Kein Krankheitsbild auf den von Dr. Williams beschriebenen Patientenkarten hatte Alex bisher so ungläubig staunen lassen, wie dieses. Das kann doch nicht wahr sein – das ist doch keine Krankheit, dachte er immer wieder. Doch er wurde eines Besseren belehrt, als er die detaillierten Aufzeichnungen von Dr. Williams zu dem Fall las.

Ein interessanter Arztbericht.

„Das heute 14-jährige Mädchen hat laut Schilderung ihrer Mutter immer wieder Schwierigkeiten von Empfindungsstörungen beim Gehen, bis hin zur völligen Lähmung ihrer Beine. Ihr 16-jähriger Freund muss sie dann in Anwesenheit der Mutter stützen, bzw. tragen. Laut Aussage der Mutter passiere das nur in ihrer und der gleichzeitigen Anwesenheit des 16-jährigen Freundes der Tochter. In der Schule oder bei Freunden passiere das nie. In der Einzelbefragung der Patientin Elisabeth Ehmann gibt diese an, dass sie sich vor der

Mutter für ihr Versagen der Beine schäme. Bei weiteren Sitzungen vertraute Elisabeth mir an, dass sie schon mit ihrem Freund geschlafen habe, trotz des mehrfach ausgesprochenen strengen Verbotes durch die Mutter. Bei genauerem Nachfragen sagte Elisabeth, dass sich bei den Anfällen (wie sie den Zustand bezeichnet) sogar ihre Vagina wie betäubt anfühle. Äußerlich ist das Mädchen sehr aufreizend gekleidet. Übermäßig grell geschminkt, knallroter Lippenstift. Sie versucht, auch wenn sie in Begleitung ihrer Mutter ist, möglichst oft im Mittelpunkt zu stehen. Elisabeth gibt sich in den Einzelsitzungen sehr lasziv und machte Versuche mich zu verführen, obwohl der Altersunterschied enorm ist"

„Sie sagte sogar einmal, dass sie, extra für die Sitzung mit mir, keine Unterhose angezogen habe. Vermutete Ursache a priori ist der Konflikt mit der Mutter bezüglich Sexualität, der sich im Versagen der Beine ausdrückt, denn zwischen den Beinen befindet sich schließlich das äußerlich sichtbare Geschlechtsorgan der Frau. Anmerkung: Die Reaktion des Wegknickens der Beine erinnert fatal an Sigmund Freuds Patientin im Jahre 1892, der „Elisabeth von R". Nachdem die Mutter während der entwicklungsgeschichtlichen Anamnese des Kindes Elisabeth immer wieder auf ungewöhnlich zeigefreudiges vorsexuelles Verhalten in der jüngeren Kindheit ab etwa sieben Jahren hinwies, ist die weitere psychische Entwicklung auf Hinweise einer sich entwickelnden histrionischen Persönlichkeitsstörung zu beobachten", stand in Dr. Williams Aufzeichnungen.

„Wow, wow, wow – welch ein kleines Luder! Das wird ein Fest für mich. Endlich mal eine „Störung", die richtig antörnt", murmelte Alex zuerst leise. Dann sprach er lauter weiter: „Wenn ich Glück habe, hat sich die kleine Schlampe zu einer ausgewachsenen „Bitch" entwickelt. Vielleicht zu einer „ausgewachsenen" Persönlichkeitsstörung – wie geil. Sie kann gar nicht anders, als permanent im Mittelpunkt zu stehen. Und das total aufreizend – das ist super und macht beste Laune!". Durch seine wilden Phantasien und etliche Geschichten aus dem Internet, über hysterische und dauergeile Frauen, war Alex in euphorischer Stimmung. Er hatte mehr Lust als je zuvor, Elisabeth Ehmann ausfindig zu machen. Mit seiner bewährten Vorgehensweise, über Google und Google-Bilder zu suchen, war er sehr schnell erfolgreich. Über seinen Gold-Account bei der Plattform „Stayfriends" konnte er sowohl Elisabeths Adresse als auch deren Telefonnummer finden.

Die Bilder, die er im Internet von Elisabeth fand, sprachen Bände über ihre bereits von Dr. Williams vermutete Entwicklung. Lasziv, sexy, extrovertiert. Kein Zweifel, das war die Elisabeth Ehmann, die Alex suchte. Nun musste er sich nur noch überlegen, was vermutlich das Schlimmste für eine solche Person sein könnte. Jemand, der unbedingt gesehen werden will, der den Zwang hat im Mittelpunkt zu stehen, für den müsste es eigentlich unerträglich sein, wenn er isoliert werden würde. Und speziell bei einer Frau: das Gesicht ist wichtig - was wäre sie ohne Gesicht? Ja, das wird blutig werden, sehr blutig…

Alex Bauernhof verfügte über einen alten überdachten Brunnen, der schon lange nicht mehr in Betrieb war. Er war gemauert und etwa zehn Meter tief. Jetzt war er trocken, denn es war Sommer und das Grundwasser stand nicht hoch genug, um den Brunnen zu füllen. Nur der feuchte, lehmige Boden deutete auf das nahe Grundwasser hin. Im Laufe der Zeit waren allerlei Gegenstände in den Brunnen gefallen. Ein Wassereimer, mehrere Holzstücke, kleine Steine, diverse Zeitungen und Illustrierte, die Alex im Laufe der Zeit dort entsorgt hatte. Und noch etwas war in diesem Brunnen. Eine Digitalkamera hing etwa drei Meter über dem Brunnenboden, an einem Stacheldraht befestigt. Von der Kamera lief ein dünnes Kabel zur Fernsteuerung am Stacheldraht nach oben bis über den Brunnenrand. Dort war der Stacheldraht am Pfosten der Brunnenüberdachung festgebunden und das dünne Kabel endete ebenfalls auf gleicher Höhe. Am Ende des Kabels befand sich ein USB-Stecker.

Gute Vorbereitung ist alles.

Elisabeth Ehmann hatte er genauso professionell entführt und narkotisiert, wie alle seine Opfer zuvor. Normalerweise spionierte er sein potentielles zukünftiges Opfer zuerst detailliert aus, bevor er es entführte. Wo wohnt es? Wann ging es zur Arbeit? Wann kam es nach Hause? Wie ist das häusliche Umfeld? Lebt es alleine? Er nutzte dafür eine Checkliste die er aus dem Internet hatte. Akribisch notierte er alles, was er an Details herausfand, passte den für ihn gefahrlosesten Moment ab und betäubte sein Opfer mit Chloroform. Er hatte auch einmal die Variante ausprobiert, in einer Diskothek ein Betäubungsmittel in das Getränk seines vorher gezielt ausgewählten Opfers zu geben.

Dies funktionierte zwar, jedoch war die Menge des Betäubungsmittels sehr schwer zu dosieren. Hinzu kam, dass er nur Zugriff auf tiermedizinische Medikamente hatte, deren Wirkung beim Menschen nicht hervorsehbar waren. Bei seinem damaligen Versuch schaffte er es gerade noch, sein schläfrig gemachtes Opfer aus der Diskothek ins Freie zu bringen. Dann sackte es kurz vor seinem Wagen zusammen.

Er hatte damals Glück gehabt, dass niemand sah, wie er sein mittlerweile bewusstloses Opfer in seinen Lieferwagen zog. Das Risiko dieser Art der Opferbeschaffung erschien Alex zu hoch. Er wollte sich nicht auf den Faktor Glück bei seinen Verbrechen verlassen. Daher beließ er es bei diesem einen Versuch der Betäubung mittels eines Getränks und nutzte fortan seine analysierende und weitestgehend Zufälle ausschließende Methode. Chloroform wirkte immer hervorragend und risikolos.

Elisabeth Ehmann war nicht das erste und ganz sicher auch nicht das letzte Opfer seiner blutigen Mordserie, die bereits über Jahre ging. Bisher suchte Alex sich seine Opfer wahllos aus. Doch nun hatte er den Goldschatz gefunden: Dr. Williams intime Aufzeichnungen. Nun konnte Alex gezielt die tiefsten Ängste dieser Menschen auslösen – das war für ihn wie ein Lottogewinn. Alex hatte Elisabeth Ehmann in betäubtem Zustand aus seinem Lieferwagen geschleppt und ihr ein Seil um die Hüften gebunden. Er knüpfte das Seil an der Eimerrolle des Brunnens fest und wuchtete Elisabeths Körper über den Brunnenrand. Langsam seilte er den leblos wirkenden Körper bis zum Brunnenboden hinab, ohne Rücksicht, welche Verletzungen er der narkotisierten Frau durch die raue Brunneninnenwand zufügte. Dann schmiss er das Seil achtlos hinterher. Er beabsichtigte nicht, sie je wieder herauszuholen…

Elisabeth wachte langsam auf und fühlte sich benebelt, wie in Watte gepackt. Der Geruch von Chloroform war vermischt mit modernder und feuchter Luft. Was war passiert? Sie konnte sich an nichts mehr erinnern. Wo war sie jetzt? Es war so dunkel. Und dieser modrige Geruch. Woher kam der? Sie schmeckte Blut. Jetzt kam die Erinnerung wie ein Schlag. Wie der Schlag auf den Hinterkopf mit dem Baseballschläger, der sie bewusstlos gemacht hatte. Das auf den brutalen Schlag folgende Betäuben mit Chloroform bekam sie folglich gar nicht mehr mit. Panik stieg in ihr hoch.

Sie schrie: „Wo bin ich? Hilfe! HILFE!!!! Ich will hier raus! Polizei, Hilfe!!! Ich will hier raus! Hört mich jemand? Ist da jemand? Hilfe!!! HILFE!!!!". Auch wenn der eine oder andere Ton in zehn Meter Höhe zu vernehmen gewesen wäre, so hätte sie nur Alex gehört. Doch eine Röhre von zehn Metern Länge, an deren oberen Ende ein Dach angebracht ist, dämpft jeglichen Laut so stark, dass auf der Höhe des Brunnenrands maximal noch ein Flüstern ankommen würde. Elisabeth tastete in ihrer Panik um sich und erfühlte aufgeweichtes Papier, morsche Holzstücke, den verrosteten scharfkantigen alten Eimer und die kreisrunde Mauer, den Brunnenschacht.

Als Elisabeth aus der Dunkelheit ihren Blick nach oben richtete, erkannte sie in scheinbar ewiger Entfernung die kreisrunde Öffnung des Brunnens, durch den etwas Licht in den Brunnen eindrang. Nun schrie sie umso verzweifelter um Hilfe, bis ihre Stimme immer leiser und heiserer klang. Es ekelte sie so sehr vor all den feuchten Wänden und dem Unrat, der um sie herum war. Und je mehr sich ihre Phantasie meldete, desto verzweifelter und panischer wurde sie.

Gab es hier unten Ratten? Hier gibt es sicher Spinnen! Und Asseln! Und ekelige Würmer! Es durchfuhr sie abwechselnd heiß und kalt. Es war so verdammt dunkel hier unten. Wenn sie irgendwo hinfasste, spürte sie kalte, schleimige Gegenstände, die sie erschaudern ließen. Sie empfand nur noch Ekel und Angst. In ihrer mittlerweile panischen Angst schlug sie um sich und registrierte nicht, dass sie sich die Knöchel und Finger ihrer Hände an der rauen Brunnenwand blutig schlug.

Wenn sie ihre Aufmerksamkeit ihren nackten Füßen zuwandte, dann spürte sie den glitschigen, schleimigen und kalten Lehmboden. Diese Empfindungen widerten sie so an, dass sie in ihrer Panik versuchte die Brunnenmauer mit ihren blutig geschlagenen Händen hochzuklettern, nur um mit den Füßen keinen Kontakt mehr mit diesem ekelhaften Brunnenboden und den dort liegenden Gegenständen zu haben. Doch es gab keinen Halt an der Brunneninnenwand. Vielmehr rutschte sie bei jedem Fluchtversuch immer wieder zurück auf den verhassten Brunnenboden. Nach schier unendlich erscheinenden Versuchen, an der Wand hochzuklettern und permanenten Hilfeschreien mit total heiserer Stimme, sank sie erschöpft zusammen.

Erst jetzt registrierte sie, dass sie nackt war. Splitterfasernackt. Ihr war kalt, eiskalt. Sie war über und über voll mit dem modrigen Schlamm des Brunnenbodens. Sie kauerte sich schaudernd, zitternd und in ihrer ganzen Verzweiflung in die Embryonalstellung zusammen. Ihr Herz raste, ihr Atem war so schnell, dass sie hyperventilierte und am ganzen Körper krampfte. Und endlich umgab sie eine gnädige, tiefe Ohnmacht.

Seit Alex die junge Frau im Brunnen versenkt hatte, waren mehrere Stunden vergangen. Er hatte sich das Schreien nur die ersten paar Sekunden lang angehört, um sicher zu sein, dass sie lebte. Danach ging er vom Brunnen weg und in das Haupthaus des Bauernhofes, um sich in aller Ruhe sein Abendessen zuzubereiten. Nach dem Essen ging er in seine Werkstatt und bereitete eine gefährliche Mixtur vor. Er wollte Elisabeth noch drei Tage im Brunnen lassen, damit sich ihr Ekel maximierte. Gefangen in einer Röhre mit etwa zwei Meter Durchmesser, ausgehungert und dürstend, inmitten der eigenen Exkremente. Die Frage „Stehe ich im Mittelpunkt, bin ich schön, sexy,…", sollte sie sich dann nicht mehr stellen.

Drei lange Tage.

Nach den drei Tagen holte er die vorbereitete Glasflasche mit der Aufschrift „HCL" aus seiner Scheune. Er wusste nur zu gut, welche Wirkung Salzsäure auf nackte Haut hatte. Er hatte die Salzsäure so verdünnt, dass sie zwar schwere Verätzungen an Haut und Augen hervorrufen würde, aber vermutlich nicht tödlich wäre. Er fand bereits vor längerer Zeit im Internet eine Seite, die ursprünglich für angehende Mediziner gedacht war. Die Internet-Seite „anatomieonline24" zeigte Bilder aus der Pathologie, um in der Medizinerausbildung weniger Leichensezierungen durchführen zu müssen. Schussverletzungen, Missgeburten und eben auch Säureverletzungen wurden auf dieser Web-Seite abgebildet. Alex hatte bereits vor der Entführung Elisabeths all diese für jedermann frei zugänglichen Bilder und die dazugehörigen Beschreibungen mit großem Interesse betrachtet und gelesen. Nun war es an der Zeit, einer hysterischen Frau das maximale Maß an Schock, Schmerzen und Panik zukommen zu lassen, das nach Alex' Meinung für einen Mensch mit histrionischer Persönlichkeitsstörung möglich war. Nachdem der einzige Hoffnungsschimmer aus Sicht des Opfers das Ende der Brunnenröhre, also die Oberfläche ist, wird Elisabeth sofort nach oben schauen, wenn sie von oben eine Stimme hören sollte; in der Hoffnung, dass Rettung kommen würde. Doch das Gegenteil sollte sie gleich erwarten.

Die Zeit war reif für den ultimativen Kick. Fast drei Tage waren vergangen, drei lange Tage ohne Wasser oder Nahrung für Elisabeth. Alex war freudig aufgeregt, als er das Haus gegen ein Uhr nachts verließ. In einer Hand hielt er die Säuremischung, in der anderen seinen Laptop. Das Hoflicht, das Tag und Nacht brannte, erleuchtete den Vorplatz des Bauernhofes nur diffus. Je näher er dem Brunnen kam, desto ruhiger und konzentrierter wurde er. Es war immer der gleiche Effekt, kurz vor jenem Augenblick, für den Alex dies alles tat. Er war nur auf den Erfolg fokussiert. Erfolg hieß für ihn, dass er nach all den Mühen der Vorbereitung, den Übergang zwischen Leben und Tod seines Opfers intensiv miterleben konnte.

Am Brunnen angekommen lauschte er erst eine Weile, konnte jedoch nichts aus dem Brunneninneren hören. Er vermied, dass er von unten gesehen werden konnte. Alex klappte seinen Laptop auf, fuhr ihn hoch, deaktivierte den Lautsprecher, loggte sich ein, steckte das aus dem tiefen Brunnen heraufführende Kabel am USB-Anschluss seines Laptops an und startete die Software zur Steuerung der Kamera. Hätte es das Opfer irgendwie geschafft, an die Kamera oder das nach oben führende Kabel zu kommen, hätte der Stacheldraht um den das Kabel gewickelt war, ein Hochklettern effektiv verhindert. Und das USB-Kabel wäre selbst für eine zierliche Frau wie Elisabeth Ehmann zu dünn gewesen, um sie auch nur ansatzweise zu tragen oder gar ein Hochziehen zu ermöglichen. Alex hatte alles bedacht; fast alles.

Er schaltete über die Software die Kamera im Nachtsichtmodus ein und sogleich sah er ein Bild auf dem Display seines Laptops. Er war begeistert wie detailreich die Darstellung der Kamera, trotz fast vollkommener Dunkelheit in drei Metern über dem Brunnenboden, war. Er sah Elisabeth zusammengekauert am Boden liegen. Um sie herum der ganze Unrat, Kot und nasses, vermoderndes Holz und

Papier. Er schaltete die Kamera nun in den Videoaufnahmemodus um, damit er alles nun Folgende aufzeichnen konnte.

„Hallo, ist da jemand?" rief er nun über den Brunnenrand gebeugt nach unten. Elisabeth zuckte zusammen, schreckte auf und schrie: „Hilfe, helfen Sie mir. Ich bin hier unten im Brunnenschacht gefangen. Hilfe, Hilfe!". „Bleiben Sie ruhig wir haben Sie gefunden, alles wird gut. Ich bin von der Polizei. Wir holen Sie hier raus, wir helfen Ihnen!", sagte Alex.

Elisabeth zitterte am ganzen Körper, verschiedenste Gefühle übermannten sie. Ihre Gebete waren erhört worden, ihre letzte Hoffnung wurde endlich wahr. Sie würde diesem Loch entkommen können. Sie weinte so sehr, dass es sie schüttelte. Ihr Schluchzen und das gleichzeitige Erzittern führten dazu, dass ihre Beine versagten und sie zwar aufstehen wollte, es jedoch nicht konnte. Es war wie ein Déjà-vu-Erlebnis aus ihrer Kindheit. Ihre Beine versagten ihr den Dienst. Schuld und Scham überkamen sie plötzlich in ihrer Nacktheit, wie damals in ihrer Kindheit. Sie war von der Hüfte ab wie gelähmt.

„Oh Gott, nicht jetzt", dachte sie. In ihrer Verzweiflung rief sie noch nach oben: „Ich kann mich nicht bewegen!". Alex sah den Effekt, den er in Dr. Williams Aufzeichnungen gelesen hatte, über den Monitor seines Laptops. „Das funktioniert ja großartig; besser noch als gedacht. Die hysterische Reaktion, wie in der Krankenakte von Dr. Williams beschrieben", sagte sich Alex. „Sie haben sich bestimmt beim Sturz verletzt", rief Alex scheinheilig in die Tiefe, und fuhr dann fort: „Ich hole Sie gleich heraus. Vorher lasse ich etwas zum Trinken für Sie herab. Bleiben Sie ganz ruhig, alles wird gut. Meine Kollegen und ich haben alles im Griff. Das verspreche ich Ihnen".

Nachdem sie den vermeintlichen Polizisten am oberen Rand des Brunnens schemenhaft ausmachen konnte, war Ihr Überlebenswille nun stärker denn je. Auch wenn der Schock über die gefühllosen Beine, dieses taube Gefühl sehr tief saß und Erinnerungen an die Zeit als Teenager wachrief, weinte Elisabeth abwechselnd vor Freude über die bevorstehende Rettung und die Verzweiflung, dass sie ihre Beine nicht bewegen konnte. Aber sie würde gerettet werden; und das war das Wichtigste.

Schemenhaft, so wie sie den vermeintlichen Retter wahrnehmen konnte, erkannte sie einen Gegenstand der zu ihr herabgelassen wurde. An dem Gegenstand war eine Taschenlampe befestigt, die zu ihr herableuchtete. In diesem Augenblick erkannte sie die Ausweglosigkeit ihrer Situation, hier jemals wieder alleine heraus zu kommen. Sie sah die glatten, gemauerten Wände des Brunnens, der ab etwa zwei Meter Höhe bis weit nach oben mit Stacheldraht ausgekleidet war. „Oh, Gott", entfuhr es ihr beim Anblick dieser unüberwindlichen Barriere. Doch ihre Hoffnung war stärker, als der Schreck, der durch die stacheldrahtbewehrten Brunnenwände auf sie einwirkte. Aber ja, jetzt war Hilfe da; ein Polizist oder sogar mehrere? Er sagte schließlich Worte wie: „Wir" helfen Ihnen. Es mussten viele Helfer sein.

Hilfe naht – wirklich?

Sie blickte sehnsüchtig nach oben. Die an dem Gegenstand befestigte Lampe blendete sie, daher konnte sie nur raten, was da zu ihr herabgelassen wurde. Bestimmt die versprochene Flasche zum Trinken. Wie lange war sie schon ohne Essen und Trinken? Sie hatte keinerlei Zeitvorstellung. Sie musste immer wieder blinzeln, denn ihre Augen mussten sich nach der langen Dunkelheit erst wieder an das Licht gewöhnen.

Als der Gegenstand etwa auf halber Höhe des Brunnens angekommen war, erkannte sie, dass es ein Eimer an einem Seil war. Am Boden sitzend streckte sie beide Arme nach oben aus. So sehr sie auch aufstehen wollte, ihre Beine versagten ihr immer noch den Dienst. Als der Eimer, der an zwei Seilen befestigt war, auf Höhe der Kamera angekommen war, durchfuhr es sie wie ein Blitz. Sie hatte die Kamera in der Dunkelheit als solche nicht erkennen können, jedoch bereits nach ihrem Erwachen im Brunnen als Gegenstand wahrgenommen. Und auch den Stacheldraht und das Kabel, das nach oben führte. Dieses ganze Konstrukt war nun im Schein der Lampe detailliert zu erkennen.

Eine Kamera mit einem Kabel, das von einem langen Stacheldraht gehalten wurde. Stacheldraht? Um ein Hochziehen und Entkommen aus diesem Loch zu verhindern? Um das Elend hier unten am Brunnenboden zu fotografieren oder gar zu filmen? Wie krank und abartig ist dieser Gedanke nur? Wurde sie die ganze Zeit über in ihrer Nacktheit, Hilflosigkeit und Verzweiflung gefilmt? Auch jetzt noch? War der Retter, der Polizist, vielleicht gar kein wohlwollender, ersehnter Engel? Vielleicht eher der Teufel in Polizeiuniform? Warum ließ er aber nun „etwas zu trinken" herab? Das wäre doch ein sinnloser Widerspruch, oder? Doch all diese Erkenntnisse und Fragen, die ihr in Bruchteilen einer Sekunde durch den Kopf gingen, kamen zu spät.

Alex sah von oben über den Brunnenrand gebeugt eine Frau, die am Boden saß und ihre Hände nach oben streckte, in der hoffnungsvollen Erwartung „etwas zu trinken" zu bekommen. Die am Eimer befestigte Halogentaschenlampe erleuchtete den ganzen Brunnenboden. Das Gesicht der Frau konnte er von oben nicht genau erkennen, daher wandte er sich jetzt wieder dem Laptop und den von der Kamera übertragenen Bildern zu. Dort erkannte er alle Details. Ihr schutzloser, nackter Körper. Ihre nutzlosen Beine. Ihr von Tränen und Schmutz verschmiertes Gesicht, ihre weit aufgerissenen hoffnungsvollen Augen. Als der untere Rand des Eimers im Bild erschien, stoppte er eines der beiden Seile, die den Eimer nach unten führten. In Folge dessen, kippte der Eimer vorne über und ergoss seine flüssige Füllung nach unten über Elisabeth Ehmann.

Die in ihrem klammen und feuchten Gefängnis sitzende Elisabeth reckte ihre Arme so hoch sie konnte, um dem vermeintlichen Wasser im Eimer möglichst nahe zu kommen. In dem Augenblick, als der Eimer abrupt zum Stehen kam, erschrak sie kurz und zuckte leicht zurück. Der Eimer kippte um und das vermeintliche Wasser ergoss sich über sie. Zuerst über ihr Gesicht, ihre Augen, ihren Körper. Sie konnte der Flüssigkeit nicht ausweichen, denn ihre Beine versagten nach wie vor den Dienst.

Die ätzende Flüssigkeit fühlte sich scharf brennend auf ihrem Gesicht und vor allem in ihren Augen an. Elisabeth schrie markerschütternd. Sie riss ihre Hände schützend vor ihr Gesicht, aber es war zu spät. Alles brannte wie Feuer, vor allem ihre Augen. Der Schock war so groß, dass sie gar nicht mehr wahrnahm wie ihre Augäpfel verätzt wurden, ihr Gesicht schrecklich entstellt und ihr Körper über und über schwerst verletzt wurde. Sie fiel in Ohnmacht, in tiefe erlösende Ohnmacht, während die verdünnte Salzsäure ihr Werk fortführte.

Alex hatte alles aufgezeichnet und sah sich den Vorgang des Überschüttens immer und immer wieder an. In Zeitlupe. In Original Geschwindigkeit. Dann wieder in Slow-Motion. Er konnte nicht genug davon bekommen. Ab und zu stoppte er die Aufnahme und vergrößerte auf seinem Laptop die Details. Den Augenblick, als die Flüssigkeit Elisabeths Augen verätzte, sah er sich immer wieder genussvoll im Detail an.

„Na, Schlampe, wer ist die Schönste im ganzen Land? Du jedenfalls nicht mehr", dachte er bei sich. Es hatte alles wie am Schnürchen geklappt, genauso wie von Alex minutiös geplant. Als er sich das Video ein paar Sekunden vor der schrecklichen Verätzung ansah, fiel ihm auf, dass das flehende Gesicht Elisabeths kurz zu einem erschrockenen mutierte. Hatte sie etwas geahnt, so kurz vor der Katastrophe? Nein, das war ausgeschlossen. Alex hatte bisher alle Morde genauestens geplant. Nie war ihm auch nur der kleinste Fehler unterlaufen. Aber doch, da war dieser Ausdruck in ihrem Gesicht.

Vielleicht hatte sie in der Dunkelheit schon vorab die Kamera erkannt? Das könnte sie misstrauisch gemacht haben. Als der Strahl der Taschenlampe auf die Kamera fiel, dann hätte sie womöglich kombinieren können, dass der Eimer des vermeintlichen Polizisten statt Wasser etwas anderes enthalten könnte. Dann wäre der Überraschungseffekt nicht maximal gewesen – das wäre Alex nicht würdig gewesen. Er spulte das Video vor und sah sich nie wieder die Sekunden vor dem Säureanschlag an. Er hatte sie entstellt. Und das war das eigentliche Ziel. Er hatte sie nicht getötet, aber die Säure war stark genug, ihr ihre Augenlider wegzuätzen, das Gesicht aufs schrecklichste zu entstellen und ihren makellosen Körper derart zu verunstalten, dass sie sich nie wieder extrovertiert, histrionisch zeigen wird.

Alex wird zu Argos.

Geruch von verbrannter, verätzter Haut stieg den Brunnen empor. Elisabeth war bewusstlos, zuckte nur ab und zu mit ihren Gliedern. Alex hielt einen Gartenschlauch in den Brunnen und ließ Wasser hinablaufen. Über die Kamera beobachtete er, wie das Wasser am Brunnenboden langsam anstieg. Das Wasser spülte die noch verbliebene Säure von Elisabeths geschundenem Körper. Alex befestigte eine Strickleiter am Brunnenrand und rollte diese aus, den Brunnen hinab bis zum Boden. Er schaltete den Laptop wieder auf Aufnahme, zog sich säureresistente Plastikschutzhandschuhe und Gummistiefel an und stieg die Strickleiter hinab. Dabei achtete er darauf, dass er nicht mit dem Stacheldraht in Berührung kam. Auf Höhe der Kamera lächelte er in die Linse und winkte. Er löste die Taschenlampe vom Eimer und leuchtete nach unten. Dann befestigte er die Lampe an einem Klettband seiner ärmellosen Weste so, dass die Lampe nach unten leuchtete. Obwohl der Gestank nach verätztem Fleisch und den vermodernden Gegenständen sehr dominant war, hatte er ein Lächeln auf den Lippen.

Jetzt war er gekommen, der Augenblick für den er das alles tat. Elisabeth, oder was von ihr noch erkenntlich war, rührte sich nicht. Er stand nun mit beiden Beinen auf dem Brunnenboden und gleichzeitig über Elisabeths Körper. Mit seinen behandschuhten Händen ertastete er, dass sie noch atmete. Ihr Atem ging sehr langsam, das Herz schlug schwach. Ihre Augen waren weit geöffnet, da die Augenlider fast komplett fehlten. Ihre Augäpfel waren trübe und zerfurcht. Sie war jedoch nicht bei Bewusstsein. Auch ohne ihre Augenlider, war im Strahl der Taschenlampe zu erkennen, dass sie bewusstlos war. Alex war nun gänzlich zu Argos mutiert, dem Monster, das alles sah und alles über seine Opfer wusste.

Argos legte seine beiden Hände um ihren Hals, schüttelte sie und schrie sie an: „Wach auf! Verdammte Hure, wach auf!". Er musste wohl eine oder zwei Minuten auf sie eingeschrien haben, bis sie wieder zu Bewusstsein kam. „Was siehst Du?", schrie er sie an. Obwohl nicht nur ihre Augenlider, sondern auch ihre Augen unwiederbringlich verätzt waren, stammelte sie Worte heraus. Sie spürte keine Schmerzen mehr. Sie war am Übergang zwischen Leben und Tod.

Und genau dieser Übergang war es, weshalb Argos immer und immer wieder tötete. „Licht, ich sehe Licht", krächzte sie. Argos drückte nun ihre Kehle immer weiter zu. Ließ dann kurz wieder los, um erneut zu hören, was sie sagte. Sie war von Mal zu Mal schlechter zu verstehen, die Worte klangen immer heiserer und kraftloser. Alles was sie sagte, jede Szene ihres Todeskampfes filmte die Kamera unerbittlich. Und genauso unerbittlich drückte Argos nun final zu.

Er ließ von ihr ab, stieg den Brunnenschacht wieder an der Strickleiter hoch und ging mit dem Laptop in der Hand zurück in das Haupthaus des Bauernhofes. Dort sah er sich wieder und wieder die grausigen Szenen im Brunnenschacht an. Vor allem die Worte, die Elisabeth beim Übergang vom Leben in den Tod von sich gab, schrieb er akribisch in sein kleines Notizbuch. Das war es, wonach er trachtete.

BEGINN DES VERHÖRS, ODER: WER BESTIMMT DAS SPIEL? (JULI 2019).

„Ich habe mich vollkommen freiwillig der Polizei gestellt. Daran hatte ich Bedingungen geknüpft, wie Sie wissen. Was ist nun damit?", fragte Alex mit einem provokantem Unterton. Er befand sich in einem hochsicheren Verhörraum komplett aus Beton im Gefängnis Stadelheim. Der Raum hatte nur zwei Öffnungen: einer einseitig verspiegelten Panzerglasscheibe mit Video- und Mikrofonübertragung in den Raum dahinter, und einer mehrfach gesicherten Stahltür. Im Raum befanden sich neben einem am Boden festgeschraubten Holztisch und zwei ebenfalls im Boden mit Schrauben fixierten Holzstühlen nur noch ein Gefängniswärter, der mit einem Schlagstock und Pfefferspray bewaffnet war, und Kommissar Peter-Josef Mayer, genannt P.-J. Mayer.

Der nach außen regungslos wirkende Kommissar saß dem Verdächtigen gegenüber auf einem der Holzstühle und las, ohne auf die Frage von Alex einzugehen, monoton die Formalien vor. „Alexander Josef Vogel, geboren am achtzehnten März 1964, wohnhaft in 80023 München, Am Brunnenberg 1, ledig. Sie haben das Recht...", ratterte P.-J. Mayer wie eine Maschine den üblichen Text zum Beginn eines Verhörs herunter. Er hatte die nötigen Formalismen in all den Jahren als Polizeibeamter perfekt verinnerlicht, damit ihm später weder irgendein Staatsanwalt noch einer dieser Rechtsverdreher, wie er die Anwälte nannte, einen formalen Fehler würde nachweisen können.

Im Nebenzimmer des Verhörraumes, nur durch eine Scheibe getrennt, wohnten fast ein Dutzend Personen dem Verhör bei: zwei für die Aufzeichnung und Übertragung aus dem Verhörraum zuständige Polizeibeamte, der forensische Psychiater Dr. Josef Schubert, Leiter des psychiatrischen Krankenhauses in der Nussbaum Straße in München, drei seiner Assistenten, die erfahrene Staatsanwältin Frau Steinberg-Wiedl, der renommierte Profiler für Serienmörder Gustav

Weber, P.-J.'s Chef Kriminaldirektor Manfred Offerbaum und der bayrische Innenminister Dr. Kevin Mühlendorffer mit einer Begleitperson, vermutlich sein Bodyguard. Die hohe Ehre, den Innenminister bei diesem Polizeiverhör dabei zu haben, hatte einen konkreten Grund: der Ministerpräsident Franz Xaver Bender wurde seit Tagen vermisst Man vermutete, dass Alex damit etwas zu tun haben könnte. Im Nebenzimmer war es totenstill, obgleich alle wussten, dass aus diesem Nebenraum keinerlei Geräusche in den Verhörraum dringen konnten; wohl aber umgekehrt.

Alex fuhr fort: „Meine Bedingungen waren einfach, wie Sie wissen. Keine anwaltliche Vertretung, auch keinen Pflichtverteidiger, keine Auslieferung in ein anderes Land. Permanente Anwesenheit von Monika Nirschl. Wo ist sie?".

P.-J. Mayer saß ihm direkt gegenüber. „Endlich haben wir Dich, Du Schwein!", dachte er sich. Innerlich war er bereits sehr genervt und hatte wirklich miese Laune. Doch nach außen war er ganz der Profi, der keine Miene verzog. Nach der unglaublichen Meldung über den Polizeifunk von gestern Abend, dass sich ein mutmaßlicher Serienmörder in der Polizeidirektion München in der Ettstraße selbst gestellt hatte, war er noch am selben Abend gegen zweiundzwanzig Uhr persönlich dorthin gefahren. Seine erste Amtshandlung war die Erwirkung eines richterlichen Beschlusses zur sofortigen Verlegung dieses Subjekts in ein Hochsicherheitsgefängnis. Bereits gegen Mitternacht saß der mutmaßliche Serienkiller in einer Einzelzelle in Untersuchungshaft im Hochsicherheitstrakt des Münchner Männergefängnisses. Seither waren weitere zwölf Stunden vergangen, da das Verhör nicht beginnen sollte, bevor der Innenminister selbst anwesend sein konnte. Der Verdächtige war offensichtlich der seit Jahren mit höchster Priorität gesuchte Serienmörder Argos. Mutmaßlicher Mörder, musste es im Amtsdeutsch wohl korrekterweise heißen. Nur keinen Formfehler begehen, dachte sich Kommissar Mayer. Das scheinbar endlose Warten, bis auch der

Minister endlich anwesend war, war einer der Gründe, warum P.-J. innerlich so sauer war. Endlich hatte man den deutschlandweit gesuchten mutmaßlichen Mörder und durfte nicht mit dem Verhör beginnen. Nun war es endlich soweit, dass alle relevanten Personen im Nebenraum versammelt waren und P.-J. Mayer mit der Vernehmung beginnen konnte.

Innerlich triumphierte der Kommissar und sagte leise zu sich selbst: „Jetzt haben wir Dich am Sack, Du Schwein!", was seine miese Laune etwas verbesserte. Doch wenn er es sich recht überlegte, steuerte nicht die Polizei, sondern der Verdächtige Ort und Zeit des Verhörs und möglicherweise noch mehr, viel mehr? Er war es, der unter dem Polizeinotruf 110 zwei Tage bevor er sich stellte, seine Forderungen durchgab. Er selbst war es, der vermutlich genau wusste, wie alles ablaufen würde. Dass, wie von ihm gefordert, in der Abendausgabe der Münchner Lokalzeitung eine chiffrierte Antwort der Polizei mit dem Text „#The Eagle Has Landed#" als Zusage zu all seinen telefonisch gestellten Anforderungen erscheinen würde. Plante er mit dem Überraschungseffekt, den seine Selbstanzeige und sein Angebot sich zu stellen, haben würden? Die sofortige Verlegung in das Münchner Hochsicherheitsgefängnis. All das war planbar. Hatte er das alles geplant? Oder war P.-J. Mayer bereits so paranoid, dass er hinter jedem Vorgang einen Plan sah? Er wusste es nicht mit Gewissheit, würde sich aber nun Gewissheit verschaffen.

Er würde die harte Methode des Verhörs anwenden – dieser „mutmaßliche" Straftäter hatte keinerlei Mitgefühl verdient. Für Mayer stand fest, dass er einem der perfidesten Serienmörder gegenübersaß. Und während die Zeit unerbittlich lief, warteten vielleicht etliche seiner Opfer sehnsüchtig auf die Befreiung. Und im schlimmsten Fall warteten nur noch Leichen auf ihre Entdeckung. Für P.-J. Mayer war klar: er musste so schnell wie möglich eine Aussage über den Aufenthaltsort möglicher Opfer aus dem Verdächtigen herausholen. Oder besser gesagt: herausquetschen. Oder herauspressen. Egal, wer hinter der verspiegelten Glasscheibe auch zusah; Chef, Minister oder wer auch immer. Jede Minute zählte.

Endlich antwortete Mayer auf Alex Frage. „Sie war in der Kürze der Zeit nicht auffindbar", log P.-J. Mayer. „Die Polizei sollte nicht so dumm sein, und meine wirklich einfachen Forderungen missachten. Kein Einhalten meiner Forderungen, kein Wort mehr von mir.", sagte Alex und verschränkte seine Arme. Er sah dem Kommissar dabei direkt in die Augen. Nun vervielfachte sich P.-J. Mayers Zorn und blanke Aggression schrie aus ihm heraus: „Ich stelle hier die Bedingungen, nicht Sie, Gefangener!". Mayer hielt sich am festgeschraubten Tisch mit beiden Händen fest, sonst wäre er wohl auf die andere Tischseite gesprungen und hätte auf Alex eingeschlagen.

„Sie mieses Subjekt – Sie können gar nichts fordern!", platzte es aus P.-J. Mayer raus. Damit war es bereits am Beginn des Verhörs kurzfristig um Kommissar Mayers Professionalität geschehen. Doch er beruhigte sich so schnell, wie er zuvor aufgebraust war. Dafür hatte er schon zu viele Verhöre hinter sich. Aber dieser Fall war außergewöhnlich. Selbst für einen so erfahrenen Kriminalpolizisten wie ihn. Die einzige Tür des Raumes ging auf und Mayer wurde von seinem Chef Kriminaldirektor Manfred Offerbaum mit Nachdruck und unmissverständlich in den Nebenraum zitiert. Alex lächelte süffisant.

Als Mayer an den Verhörtisch zurückkam, war er mehr als angesäuert. „Okay, wir besorgen Ihnen die Frau. Unsere Bedingung: Sie erzählen alles, wirklich jedes Detail jedes Ihrer Verbrechen". „Das ist exakt das, was ich bereits versprach", sagte Alex breit grinsend.

TOURETTE-SYNDROM.

Patientenkarte Nummer 544: Robert Budek,
geboren am 12. Januar 1980. Diagnose: diverse
motorische und verbale Tick-Störungen, Verdacht
auf Tourette-Syndrom, F95.2.

Alexander Vogel hielt die Patientenkarte in der Hand und ein breites, schadenfrohes Grinsen zog sich über sein Gesicht, als er las „Verdacht auf Tourette-Syndrom". Er hatte erst vor kurzem den Film „Vincent will Meer" in einem alternativem Programmkino angesehen. Er hatte sofort das Bild des Hauptdarstellers vor sich, der bei einem Krankheitsanfall seine Motorik teilweise nicht im Griff hatte und wild mit seinen Armen und Händen um sich schlug. Motorische Tics (Fußnote: Ein motorischer Tic ist eine kurze und unwillkürliche, regelmäßig oder unregelmäßig wiederkehrende motorische Kontraktion einzelner Muskeln oder Muskelgruppen) sind eine Ausprägung der Krankheit; verbale Tics eine weitere, manchmal zusätzliche. Alex belustigte sich an der Erinnerung, die er an die Filmszenen hatte, in denen verbale Tics hinzukamen: „Drecksau! Nutte! Ficken! Arschloch!" gab der Schauspieler im Film von sich. Sämtliche Hemmschwellen schienen in diesen Szenen für den Film-Protagonisten weggefallen zu sein.

„Im Film übertreiben die doch immer", sagte Alex laut vor sich hin. Er ging an seinen Laptop und gab in einer Suchmaschine „Tourette-Syndrom" ein. Je mehr er las, je tiefer er in dieses Störungsbild einstieg, desto mehr faszinierte es ihn. Diese Krankheit bei Robert Budek wieder zum Aufblühen zu bringen, wäre eine mehr als befriedigende Angelegenheit, dachte sich Alex. Er las die handschriftlichen Aufzeichnungen von Dr. Williams auf dieser Patientenkarte aufmerksam durch. „15.März 1987: Ausgeprägte motorische und verbale Tic-Störungen, Verdacht auf Tourette-Syndrom, Co-Morbidität mit ADHS. Medikation: Tiaprid 3 Tabletten 1-1-1, Ritalin 1-0-1" stand auf der Karte. Auch der Verlauf war über

Jahre hinweg gut dokumentiert: „22. Dezember 1987: Dosiserhöhung Ritalin 2-1-2 wegen Gefahr des Weihnachtsstresses, als eine emotional sehr belastende Situation". Als der Patient in die Pubertät kam, konnte Alex dies lesen: „13. März 1993: starker Anstieg der Tics, motorisch und verbal. Dosiserhöhung bei Ritalin 3-2-3 und Wechsel zu dem Neuroleptika Chlorpromazin". Die letzte Eintragung zur Medikation Robert Budeks lautete: „Robert wird sein Leben lang Chlorpromazin trotz aller Nebenwirkungen, wie andauernde Müdigkeit, einnehmen müssen. Das Absetzen, auch nur über einen Tag, lässt alle seine Symptome sofort wieder voll aufblühen. Ich empfehle als weitere Option die tiefe Hirnstimulation. Diese ist jedoch noch im Forschungsstadium".

Das wird ein leichtes Spiel, dachte Alex. Wenn Robert bis heute das Zeug einnimmt, ist er vermutlich kaum zu einer Gegenwehr fähig. Ich werde ihm das Medikament entziehen, und das Krankheitsbild ist wieder voll ausgeprägt. Das wird einfach. Alex rief die Excel Liste in seinem Laptop auf, in der er alle bisher von ihm in Erfahrung gebrachten Adressdaten sammelte. Akribisch genau führte er diese Liste. Jedes Tabellenfeld musste sauber gepflegt sein. Es hatte etwas Zwanghaftes. Er fand den Eintrag Budek, Robert. 80437 München, Am Rosensteg 73. Auch ein aktuelles Bild gehörte zu seiner Auflistung; Facebook sei Dank. Alex setzte sich in seinen schwarzen ŠKODA Roomster und fuhr zu Budeks Wohnung, die in einem 50er-Jahre Wohnblock im Erdgeschoß am Ende einer Sackgasse lag. Die Gegend sah mehr nach einem Industrie-, als nach einem Wohngebiet aus. Geduldig wartete Alex im Auto, den Hauseingang im Blick. Es war vier Uhr am Nachmittag.

Alex drehte sich auf dem Fahrersitz seines Kleintransporters um und musterte nochmal zufrieden seine eigenhändigen Umbauten. Neben dem Fahrer- und Beifahrersitz gab es keine weiteren Sitzgelegenheiten mehr. Dafür eine fest montierte Liege im Wageninneren, die mit dem Wagenboden über einen Bajonettverschluss verbunden war und

Befestigungen für Hände, Füße, Rumpf und Kopf hatte. Über der Liege lag eine dunkle Decke, ähnlich einem Leichentuch, die diese vollständig verdeckte. Der Transporter war im ganzen Laderaum mit dicken schwarzen Kunststoff-Matten gepolstert. Seitenwände, Rückwand, Dachhimmel und der Boden. In mehreren Schichten hatte Alex etliche Waschmaschinen-Unterlagen, die ursprünglich dafür gedacht waren Schwingungen beim Waschvorgang zu dämpfen, übereinandergelegt und im Innenraum des Kleintransporters befestigt. Die Ränder der Matten hatte er angeschmolzen und miteinander verklebt. Vom Fahrerhaus aus konnte eine Klappe betätigt werden, die am Fahrzeughimmel befestigt war, um den fensterlosen Laderaum auch nach vorne hin geräusch- und lichtdicht verschließen zu können.

Gegen halb sechs sah Alex einen von vorne kommenden Mann, der mit einer Einkaufstüte bestückt war und die Straße, an der der Transporter geparkt war, entlangging – genau auf den Wohnblock zu. Alex verglich kurz das Facebook-Bild von Robert Budek mit dem Gesicht des auf ihn zukommenden Mannes – Volltreffer. Alex stieg aus dem Wagen aus, ging zur Heckklappe und öffnete sie ein kleines Stück. Als Robert an dem Wagen vorbei war, sprach Alex ihn an: „Könnten Sie bitte so freundlich sein, und kurz mit anfassen? Im Laderaum ist ein leichtes, aber sehr sperriges Paket, das ich liefern muss. Wären Sie so nett?". „Gerne, na klar", antwortete Robert freundlich und stellte seine Einkaufstüte am Gehweg ab. Dann ging er zu Alex an die Heckklappe, die nun ganz geöffnet war. „Gehen Sie bitte nach hinten, ich packe vorne mit an", sagte Alex. Robert machte einen Schritt ins Innere des Lieferwagens und es wurde schlagartig dunkel um ihn. Alex hatte ihm mit einem im Laderaum deponierten Nageleisen auf den Hinterkopf geschlagen. Er entfernte die Decke von der Liege, hob den bewusstlosen Robert darauf und fixierte ihn komplett mit den Befestigungsriemen. Nach Schließen der Heckklappe nahm er noch Roberts Einkaufstüte an sich, warf sie auf den Beifahrersitz, schloss die Trennklappe, die den Laderaum zum sargähnlichen Raum machte und fuhr los.

Orientierungslos und ausgeliefert.

Als Robert wieder zu sich kam, fühlte er zuerst den brennenden Schmerz an seinem Hinterkopf und wollte reflexartig dort hinfassen. Doch die Befestigungsriemen der Liege hinderten ihn daran. Kurzzeitig dachte er, dass er träume, da es stockfinster war, obwohl er in Panik die Augen weit aufriss. Das Schaukeln des Wagens registrierte er nur nebenbei, konnte es aber nicht richtig zuordnen. Tausend Fragen gingen ihm durch seinen schmerzenden Kopf: Wieso ist es dunkel? Wo ist oben, wo ist unten? Was ist das leise hörbare Brummen? Lebe ich noch, träume ich? Trotz seiner starken Kopfschmerzen und seiner großen Angst fing Robert an zu schreien: „Hallo, hört mich jemand? Hilfe! Ich brauche Hilfe! Ich bin verletzt. Hallo, ist da jemand? So hört mich doch! Ich bin festgebunden – Hilfe!!!". Durch das Schreien, die panische Angst, die Unmöglichkeit diese Anspannung auch in Bewegung umsetzen zu können und der Schwere der Hinterkopfverletzung, fiel er nach einigen Sekunden wieder in eine tiefe Ohnmacht.

An seinem Bauernhof angekommen, öffnete Alex das Tor der Scheune, fuhr den Wagen hinein, stellte den Motor ab und schloss das Tor von außen. Nun war Robert ganz alleine in dem geräuschdichten Wagen auf der Liege fixiert, in einer Scheune weit ab von jeglicher Hilfe. Niemand würde sein Schreien, seine Hilferufe hören. Niemand. Nur die gnädige Ohnmacht trennte ihn noch von dieser schrecklichen Erkenntnis.

Gegen Mitternacht näherte sich Alex mit einer Taschenlampe wieder seiner Scheune und öffnete vorsichtig das Tor. Er hatte einige Utensilien in seinem Eimer, die er ganz bewusst für sein Vorhaben vorbereitet hatte. Er öffnete vorsichtig und leise die Hecktür seines Wagens einen Spalt. Er hielt inne, lauschte, ob er irgendetwas aus dem Inneren des Wagens vernehmen könne. Nichts. Der Wagen stand ruhig in der Scheune – keine Schaukelbewegungen, wie Alex es eigentlich erwartet hätte. War sein Opfer schon zu erschöpft, vielleicht noch oder wieder ohnmächtig? War der Schlag auf den Hinterkopf zu fest und damit sein Opfer tot, verblutet? Alex hätte erwartet, dass durch diese außergewöhnliche Stresssituation mit Fixierung der Gliedmaßen, in der Dunkelheit und der daraus resultierenden Orientierungslosigkeit, genügend Trigger gegeben waren, um das Tourette-Syndrom wieder zum Vorschein kommen zu lassen. Hinzu kam, dass Robert seit mittlerweile mindestens sechs bis sieben Stunden seine Medikamente nicht einnehmen konnte.

Vorsichtig öffnete Alex die Hecktür des Wagens ganz und leuchtete mit der Taschenlampe hinein. Sein Opfer atmete, war jedoch nicht bei Bewusstsein. Er stieg in den Laderaum, holte aus dem mitgebrachten Eimer eine Augenbinde und band diese dem Opfer um. Dabei kam zwangsläufig Blut von seinem Opfer auf seine Hände. Er wischte sich das Blut grob an Roberts Kleidung ab. Dann durchsuchte er Roberts Kleidung und fand –entgegen seiner Erwartung- keinerlei Medikamente. Alex sah sich im Schein der Taschenlampe die Wunde seines Opfers an dessen Hinterkopf an. Dazu musste er den Kopfriemen lösen. Unter den blutverkrusteten Haaren war deutlich eine große Beule am Hinterkopf seines Opfers im Schein der Taschenlampe auszumachen.

Ja, der Schlag auf den Kopf von Robert Budek war heftig gewesen. Aber der Schädel war vermutlich nicht gebrochen. Das ruhige Atmen seines bewusstlosen Opfers interpretierte Alex einerseits als gutes Zeichen, andererseits beunruhigte es ihn, dass Robert so lange nicht aus der Ohnmacht zurückkam. Seine bisherigen Opfer wurden meist gegen Abend wieder wach, tobten, schrien teilweise bis Mitternacht. Und wenn sie ruhiger wurden, dann ging Alex an sein bestialisches Werk. Doch hier war etwas anders als bei seinen bisherigen Opfern – langanhaltende Bewusstlosigkeit, vielleicht war sogar ein komatöser Zustand eingetreten?

Alex drückte mit seinem rechten Zeigefinger auf die Kopfverletzung Robert Budeks und tastete die plastisch verformbare Beule grob ab. Er bemerkte, dass sein Opfer schneller atmete, wenn er auf die verletzte Stelle am Kopf drückte. Er grinste, als er wie bei einem Spiel immer wieder und wieder auf diese Stelle drückte. Wie ein kleines Kind freute er sich, dass er über den Druck auf die Verletzung scheinbar den Atem des Opfers beeinflussen konnte. Und dann sah er es: unter der frisch zugefügten Kopfverletzung war eine weitere, aber weitaus ältere Narbe zu sehen und zu ertasten. Die große Narbe aus einer älteren Schädeloperation verlief bogenförmig am Hinterkopf von Ohr zu Ohr. Durch Roberts volles Haar gut verdeckt, war diese ehemalige Kopfhautnaht normalerweise nicht zu sehen. Die Naht lief mitten durch die frische Verletzung. Alex fuhr mit dem Zeigefinger die Naht nach links und nach rechts bis zum jeweiligen Ohr des Opfers ab. Dabei entdeckte er zwei Unregelmäßigkeiten. Zwei leichte Vertiefungen, die spiegelgleich von der Mitte des Hinterkopfs etwa drei Zentimeter entfernt waren. Das mussten Bohrungen aus der früheren Kopfoperation sein.

Eingriff ins Gehirn.

Jetzt erkannte Alex die Bedeutung der weiteren Behandlungsempfehlung von Dr. Williams aus der Krankenakte. Robert hatte wirklich einen Eingriff in sein Gehirn durchführen lassen! Er war dem medizinischen Rat gefolgt, sich einer tiefen Hirnstimulation zu unterziehen. Vermutlich wurden durch die Kopfbohrungen Sonden mit feinsten Kabeladern eingepflanzt. Die Kopfhaut wurde wohl deshalb großflächig abgenommen, um die beste Stelle für die Schädelbohrung bestimmen zu können. Zu jener Zeit waren die modernen bildgebenden Verfahren entweder noch nicht bekannt, oder noch im Forschungsstadium. Daher blieb gerade bei Eingriffen in das Gehirn für die Chirurgen oftmals nur „try and error" übrig. Das erklärte vermutlich auch, weshalb Alex durch das Drücken auf die Verletzung den Atem seines Opfers regulieren konnte. Alex tastete die Schläfen und den Bereich um die Halsschlagader ab. Er konnte den Draht, der wiederum aus feinsten Kupferkabeln bestand, teilweise ertasten. Sie verliefen knapp unter der Haut. Es gab also eine direkte Verbindung von Roberts Gehirn zu einem Hirnstimulator, einer Schaltzentrale für die Regulierung oder gar Unterdrückung seiner Tics. Der feine Draht war beidseits des Halses noch gut zu tasten, verschwand aber oberhalb der Schlüsselbeine im Inneren von Robert Budeks Körper.

Nachdem Alex das Hemd des bis auf den Kopfriemen komplett fixierten Opfers mit einem in seinem Eimer mitgebrachten Skalpell aufgeschnitten hatte, konnte er auf der rechten Bauchseite, kurz oberhalb der Gürtellinie eine weitere etwa fünf Zentimeter große Narbe sehen. Hier musste der Stimulator für Roberts Gehirn untergebracht sein. Alex tastete die Bauchnarbe und das Gebiet darum herum mit seinen Fingern ab. Zuerst etwas leichter, dann mit festem entschlossenem Druck. Er spürte unter Roberts Haut einen rechteckigen Gegenstand. Das ist die Schaltzentrale, dachte sich Alex und grinste. „Das ist besser als alles was ich erwartet hatte", sagte er zu sich selbst.

Wie bei einem Notarztwagen, war es bei Alex' Wagen ebenso möglich, die Liege aus dem Fahrzeug zu schieben und danach auf Rollen als Transportliege zu bewegen. Alex löste die Bajonettverschlüsse der Transportliege und schob sie im Schein seiner Taschenlampe und beladen mit seinem immer noch bewusstlosen Opfer in die Mitte der Scheune. Danach nahm er eine zweite Liege, die er vorsorglich in der Scheune deponiert hatte, und schob diese in seinen Kleintransporter. „Bereit für den Nächsten", sprach er süffisant beim Schließen der Fahrzeughecktür laut aus. Dann ging er mit der eingeschalteten Taschenlampe zurück zu seinem Opfer. Er trug nun einen weißen Arztkittel und hatte sich ein Stethoskop umgehängt. Er nahm seinem Opfer die Augenbinde ab, und aus seinem mitgebrachten

Eimer nahm er eine Wasserflasche heraus. Damit besprühte er Robert Budek. Nach einer Weile kam dieser zu sich. „Wo bin ich? Wer sind Sie? Was ist mit mir passiert?", diese drei Sätze kamen kurz hintereinander aus Roberts Mund. „Ruhig, Herr Budek, ruhig. Alles ist in Ordnung. Sie hatten einen Unfall", sagte Alex. „Dabei wurden Sie am Kopf verletzt. Sie hatten Verwirrungszustände und Wahnphantasien. Sie sind hier in einer psychiatrischen Anstalt. Alles ist zu Ihrem Besten. Ich bin Doktor Vogel und für Sie zuständig. Alles ist in Ordnung."

„Sie sehen nicht wie ein Arzt aus. Warum ist kaum Licht in diesem Raum? Es riecht nach Heu oder Stroh. Ich möchte meine Frau sprechen – sofort!". „Sie sind noch verwirrt. Das erkennt man an Ihren olfaktorischen Missempfindungen, Sie riechen Stroh. Das Licht ist nur zu Ihrem Besten reduziert, damit Sie nicht zu viele Sinneseindrücke auf einmal haben. Alles ist in bester Ordnung. Sie sind bei mir in besten Händen. Entspannen Sie sich", log Alex. „Binden Sie mich sofort los! Ich will hier raus – sofort!", forderte Robert trotz übelster Kopfschmerzen energisch.

„Ich gebe Ihnen ein kleines Beruhigungsmittel. Das ist alles nur zu Ihrem Besten, glauben Sie mir", behauptete Alex. Er zog eine Spritze und eine Ampulle aus seinem Eimer. Als Robert Budek das schemenhaft gesehen hatte, bäumte er sich trotz seiner Verletzung auf, soweit es nur irgendwie möglich war, mit all den Befestigungsriemen um seinen Körper. Alex injizierte Robert ein starkes Betäubungsmittel und fast schlagartig entspannten sich seine Muskeln. Er sank ganz auf die Liege zurück und atmete wieder langsam und gleichmäßig. Alex zog die Nadel der Spritze wieder aus Roberts Arm, betrachtete die blutige Nadelspitze und freute sich wie ein kleines Kind über seinen Einfall mit der psychiatrischen Klinik und ihm als Arzt, als Psychiater. Und noch mehr freute er sich über die nun kommenden Ereignisse, die er sich in seiner Phantasie bereits ausmalte.

Alex war zurück in das Haupthaus seines Bauernhofs gegangen, saß nun an seinem Laptop und surfte im Internet nach technischen Details zu Hirnschrittmachern. Er fand detaillierte Bau- und Stromlaufpläne. Um das richtige Modell zu finden, brauchte er nur die Zeitspanne des wahrscheinlichsten Zeitraumes der Implantation anzugeben, und schon hatte er den Plan des meist verbauten Modells am Monitor. Er sah eine frühe Versuchsanordnung für den Tierversuch. Dabei waren die Zuleitungen von der im Bauchraum eines Pavians verbauten Steuergerätes offen verlegt. Aus dem im Bauch des Affen implementierten Steuergerät wurde das Kabel über den Nabel herausgeführt und auf der Haut zum Kopf geführt. Dort wurde über eine Schädelöffnung das Kabel in den Kopf des Affen geleitet, direkt zur Elektrode im Gehirn des Pavians. Erst auf den zweiten Blick erkannte Alex in dieser Zeichnung den Schalter, der kurz nach dem Austritt des Kabels aus dem Paviannabel angebracht war. Alex las nun auch den Text zu dieser Zeichnung: „In dieser Versuchsanordnung wurden dem Affen vorab über eine partielle Lobotomie in Tic-auslösenden Regionen Gehirngewebe entfernt. Über den Schalter kann die tiefe Hirnstimulation der Region an- und abgeschaltet werden, in der die Hirnelektrode eingesetzt wurde. Somit war es möglich, extreme Zuckungen (Tics) des Versuchsobjektes aus- und einzuschalten" – das war genau das, was Alex bei Robert Budek machen wollte.

Mit der richtigen Ausrüstung ist vieles möglich.

Aus seinem Werkzeugschuppen holte Alex einen Strahler auf einem Stativ, eine Kabeltrommel, diverse Zangen, Klemmen, Nadeln, gewachsten Bindfaden, Küchentücher, Watte und ein Skalpell. Bis auf die Kabeltrommel, legte er alle Gegenstände in einen alten, dreckigen Stalleimer. Er steckte den Stecker der Kabelrolle im Haus in eine Steckdose, rollte das Kabel mit einer Hand nach und nach bis zur Scheune ab und trug in der anderen Hand den Eimer mit den restlichen Utensilien. Das Außenlicht seiner Hoflampe reichte aus, um den Weg zwischen Wohnhaus und Scheune auszuleuchten. Er öffnete die Scheune und etwas Licht von außen fiel in das Innere. Er stellte die Kabeltrommel neben der Liege seines Opfers ab und steckte den auf einem Stativ befindlichen Strahler an. Gleißendes Licht erhellte die Scheune. Er richtete den Strahler nun direkt auf Robert Budek und klatschte ihm mit der flachen Hand auf dessen Backen. Keine Reaktion – dann reicht die Betäubung noch, dachte Alex. Er befestigte eine Videokamera am Stativ des Strahlers und schaltete in den Aufnahmemodus. Dann blickte er auf den ersten Eimer mit den Ampullen für die Betäubung. Sechs davon lagen noch neben der Spritze im Eimer. Das sollte für das Vorhaben ausreichen…

Alex schob Roberts aufgeschnittenes Hemd mitsamt Unterhemd nach oben, nahm das Skalpell aus dem zweiten Eimer und setzte kurz über dem Nabel zum Schnitt an. Blitzlichtartig ging Alex der Gedanke durch den Kopf, dass sein Opfer auf jeden Fall sterben würde. Entweder kurzfristig durch den bevorstehenden Eingriff, oder längerfristig durch die nicht sterilisierten Operationswerkzeuge, wie Spritze und Skalpell. Wichtig war Alex nur, dass er den meist nur wenige Augenblicke dauernden Übergang zwischen Leben und Tod nicht verpasste. Er musste nicht tief schneiden, denn die Verbindungskabel zwischen Steuergerät und der Hirnsonde lagen nur einige Millimeter unter der Oberhaut. Das Blut lief zuerst in Roberts Nabel und dann seitlich an seinem Bauch herunter.

Alex ignorierte die Blutung und fuhr mit einer Spitzzange unter das Kabel und hob und zog es millimeterweise nach oben. Er wusste, dass das Steuergerät innerlich festgenäht war, daher zog er mehr in Richtung Kopf seines Opfers. Denn oberhalb des Nabels waren in der Zeichnung im Internet einige Zentimeter Kabel im Bauch des Pavians in einer Schleife verlegt worden, damit eine gewisse Bewegungsfreiheit beim Strecken und Bücken gegeben war. Und auch hier, an diesem Menschen hatte der Operateur eine Schleife gelegt.

Als die Kabel etwa 5 Zentimeter oberhalb der Bauchdecke mit der Zange herausgezogen waren, schnitt Alex die Drähte mit dem Skalpell durch. Nun fädelte er den gewachsten Bindfaden in eine Nähnadel ein und begann die Wunde zu nähen, so wie er das vor vielen Jahren einmal in der Schule im Werkunterricht gelernt hatte. Damals dachte er, nähen sei unmännlich. Jetzt, Jahre später, nutzte es ihm in seinem Vorhaben. „Schule war doch für etwas gut", murmelte er grinsend.

Alex tupfte die Wunde mit der Watte ab und säuberte auch das aus dem Bauch hervorstehende Kabel. Robert begann zu stöhnen, das Betäubungsmittel ließ wohl langsam nach. Egal, der Eingriff war abgeschlossen. Fast abgeschlossen. Er isolierte die mit dem Skalpell durchgeschnittenen Enden des Kabels mit einer Zange ab. Nun lagen vier Kupferadern blank vor ihm. „Jetzt heißt es abwarten. Was geschieht, wenn die Impulse des Steuergerätes nicht mehr kontinuierlich an die Hirnsonde übertragen werden? Wie lange wird es dauern, bis sich eine erste Reaktion zeigen wird? Wie heftig wird Robert reagieren? Wie wird es sein, wenn die Betäubung nach und nach nachlässt? Alex setzte sich auf einen Stuhl und wartete in aller Ruhe, wie Robert sich verhalten würde.

Leises Stöhnen kündigte das Erwachen von Robert Budek an. Sein Atmen wurde schneller und abgehackter. Nach und nach kam der Schmerz immer mehr in sein noch getrübtes Bewusstsein. War es der Schmerz des Bauchschnitts, des laienhaften Vernähens, oder der Wunde am Hinterkopf? Für Robert war nur Schmerz da; er konnte ihn nicht lokalisieren. Das Mittel, das ihm verabreicht wurde, war ein Betäubungsmittel für die Viehwirtschaft. Die Wirkung und die Nebenwirkungen wurden niemals vorher am Menschen getestet. Robert konnte keinen klaren Gedanken fassen. Sein Körper war wie in Watte gepackt. Ihm war übel, schrecklich übel. Gleißendes Licht strahlte ihn an. Es schmerzte in den Augen, am Kopf, am Bauch, einfach überall. Je mehr er sein Bewusstsein wiedererlangte, umso mehr konnte er die Schmerzen an seinem Körper lokalisieren. Mehr als ein Stöhnen brachte er aber nicht zustande, da die Gesichtsmuskulatur immer noch gelähmt, betäubt war. Er spürte den heißen Schmerz, er wollte schreien, konnte es aber nicht. Seine innere Anspannung stieg mehr und mehr. Er konnte seinem Schmerz keinerlei Ausdruck geben. Sein Stresslevel stieg permanent an. Er biss seine Zähne knirschend zusammen.

Auf seinem Klappstuhl sitzend, beobachtete Alex jede Regung seines Opfers. Er beobachtete wie Robert stöhnte, seine Augen aufriss und sofort wieder schloss. Der Strahler war seit Beginn der Operation mit voller Leuchtkraft auf Robert Budek gerichtet. Die Helligkeit musste ihn sehr geschmerzt haben, dachte sich Alex mit einem Grinsen im Gesicht. Weiter dachte er sich, dass bei seinen Kühen das Betäubungsmittel meist nicht so lange gewirkt hatte. Aber Kühe haben auch ein sehr viel größeres Gewicht und Volumen. Schön, dass Robert das Mittel für Tiere überlebt hat. Wenn ihn das Zeug nicht umgebracht hat und er auch die Operation überstanden hat, dann wird spätestens die vorprogrammierte Infektion durch verkeimtes Instrumentarium ihn langsam dahinsiechen lassen. Wundbrand, Wundstarrkrampf, Infektion, Keime – das klingt gut, sehr gut. Er wird den Tod noch herbeisehnen, wenn ich mit ihm fertig bin. Die Zeit bis zu seinem Tod wird ihm unglaublich lange vorkommen. Jetzt geht es gleich richtig los. Das gelegentliche Knirschen von Roberts Zähnen machte ein unglaublich schönes Geräusch, fand Alex. Er zog eine weitere Spritze auf, diesmal nicht mit einem Betäubungs- sondern mit einem Cocktail aus Beruhigungs- und Schmerzmitteln aus seiner Stallapotheke. Er injizierte es seinem Opfer in den Arm, ohne Rücksicht auf eine mögliche Überdosierung.

Robert Budeks Bewusstsein wurde immer klarer. Der Schmerz bestimmte zuerst alles in ihm: denken, fühlen und jegliches körperlich agieren, soweit das in dieser fixierten Lage möglich war. Bei der Menge der Sinneseindrücke, die sich nun geballt zurückmeldeten, bemerkte er den Einstich in seinen Arm kaum. Gesprächsfetzen gingen ihm durch den Kopf, er sei in einer psychiatrischen Anstalt. Er habe eine Kopfverletzung. Wie schlimm stand es um ihn? Weshalb war es so gleißend hell, wenn er die Augen öffnete? Wurde er verrückt? Irgendwie ließen die bestialischen Schmerzen nun schlagartig nach. Er öffnete blinzelnd seine Augen und sah voll in den Lichtkegel des Strahlers. Er versuchte seinen Kopf wegzudrehen, doch der von Alex wieder festgezogene Stirnriemen machte dies unmöglich. Jetzt hörte er wieder die Stimme des vermeintlichen Doktors.

„Sie hatten einen schizophrenen Anfall, daher musste ich Sie fixieren lassen. Alles ist nur zu Ihrem Schutz, zu Ihrem Besten. Ich bin Arzt und werde Ihnen helfen. Sie haben Sinnestäuschungen und Körpermißempfindungen. Sie sind in guten Händen, alles wird gut", sagte Alex absolut ruhig und gelassen. Einen Augenblick dachte Robert Budek, dass es wahr sein könnte, was der Mann im Arztkittel sagte. Je mehr Robert die Umgebung wahrnehmen konnte, desto unsicherer wurde er. Am Strahlerlicht vorbei, erkannte er Stroh und Holzbalken. Er erkannte nun, dass er nicht in der Psychiatrie gelandet, sondern in irgendeiner Scheune auf einer Liege fixiert war. Er nahm die Riemen wahr, verdrehte die Augen nach unten, um die Riemen sehen zu können, was ihm auch gelang. Er konnte am Rande seines Sehfeldes und trotz der Blendung durch den Strahler die Reflektionen des Rückstrahlers eines Autos erkennen. Jetzt fiel ihm bruchstückhaft wieder ein, dass er eigentlich einem Mann beim Einladen in dessen Auto helfen wollte. Und dieser Mann sah dem vermeintlichen Arzt verdammt ähnlich. Die Erkenntnis kam mit der Wucht eines Hammerschlags: nicht er war verrückt geworden, sondern der Verrückte war der Arzt!

Kein Vertrauen in den Arzt – warum nur?

Die Grobmotorik kam langsam in Roberts Körper zurück. Er ballte die Hände zu Fäusten, spannte seine Arme an, seinen ganzen Körper. Doch all das half ihm in dieser gefesselten Situation nichts. Nach einiger Zeit war auch seine Feinmotorik teilweise wieder verfügbar und feinere Bewegungen waren möglich. Die Sprache wurde von einem Stöhnen und Glucksen zu einzelnen verständlichen Worten und schließlich zu Sätzen. Jedes Wort fiel ihm schwer. „Was wollen Sie von mir?", war Roberts erster verständlicher Satz.

Alex Vogel erkannte, dass sein Opfer ihm die Nummer mit dem Arzt nicht abnahm. Das machte ihm allerdings nichts aus, denn er hatte die Macht in dieser Situation. Absolute Macht. Daher entschloss er sich, Robert Budek die Wahrheit zu erzählen. „Ich werde dich töten. Langsam. Qualvoll. Genussvoll – für mich zumindest. Ich werde deine schlimmsten Alpträume wahr werden lassen. Ich weiß wovor du am meisten Angst hast. Ich bin Argos! Ich weiß, was du auf dich genommen hast. Erst deine Krankheit. Dann die Hoffnung auf Hilfe durch Medikamente. Dann schließlich in deiner ganzen Verzweiflung der Entschluss zu dieser neuartigen Operation am Kopf, tief in dein Gehirn hinein. Eine Operation, die zu jener Zeit noch im Experimentierstadium war. Dann die Erlösung. Normalität. Endlich. Jahre der Ruhe, Entspannung. Dies ist nun vorbei. Für immer".

Roberts Schreien, sein „Nein", sein Weinen verhallten in der Scheune. Niemand würde ihn hier hören. Das Beruhigungsmittel trug seinen Teil bei, dass er nicht total verzweifelte. Er spürte nun wieder alle seine Sinne. Und, erschreckenderweise, noch mehr. Nach all den Jahren hatte er gehofft, dass er dieses eine Gefühl nie wieder haben würde: seine Tics. Er spürte den ersten Tic kommen. Es war ein unwillkürliches Zucken des rechten Armes. Es wurde stärker und nur die Riemen der Liege verhinderten ein unkontrolliertes Zucken und Umherschlagen des Armes. Nun begann auch das rechte Augenlid zu zucken. Das war das Gefühl, vor dem er als Jugendlicher am meisten Angst hatte. Diese Stimmung, dieses Gefühl vor einem schweren Tic-Anfall, ist unbeschreiblich. Es ist angstbesetzt bis zum Unerträglichen. Denn Robert wusste, dass gerade die Gesichts- und Kopfticks am schmerzhaftesten und unfallträchtigsten waren. Als Jugendlicher schämte er sich in Grund und Boden, wenn er versuchte seine Tics zu unterdrücken, und dann genau das Gegenteil bewirkte. Je mehr Stress er durch den Versuch den Tic zu unterdrücken innerlich bei sich erzeugte, desto stärker kam der Tic zur Auswirkung. Und die Kopf Tics in Verbindung mit extremen Gesichtsgrimassen waren für ihn immer die schlimmste Form seiner Krankheit. Und nun spürte er nach Jahren diese heraufziehende Stimmung, wie sie vor einem epileptischen Anfall oftmals spürbar, erahnbar ist.

Der Kopfriemen spannte sich immer mehr. Alex sah dies und löste den Kopfriemen komplett. Damit war den unwillkürlichen Zuckungen von Roberts Kopf kein Widerstand mehr entgegengesetzt. Die Gesichtsverzerrungen und die Nickbewegungen des Kopfes wurden gleichzeitig immer stärker. Roberts Kopf schlug trotz der injizierten Beruhigungs- und Schmerzmittel immer fester und schneller auf die Liege. Alex lachte und amüsierte sich über den sich bietenden Anblick. Der bereits verletzte Hinterkopf von Robert Budek fing wieder zu bluten an, denn die gerade erst getrocknete Hinterkopfwunde platzte durch den permanenten Aufprall auf der Liege wieder auf. Blut spritzte. Robert empfand durch das verabreichte Schmerzmittel keinerlei Schmerz. Sein Kopf fühlte sich wieder wie in Watte gepackt an und zuckte immer wieder nach vorne. Umso heftiger schlug sein Schädel nach hinten gegen den Kopfteil der Liege. Mittlerweile zuckte Roberts gesamter Körper in immer schnellerem Rhythmus.

Alex wurde nun aktiv, denn er wollte das Schauspiel so lange wie möglich genießen. Würden die Selbstverletzungen zu stark, bestand die Gefahr, dass sein Opfer verstarb. Er nahm zwei Klemmen aus seinem Eimer und versuchte die zerschnittenen Hirnschrittmacherkabel wieder zu verbinden. Dies war sehr schwierig, da Robert trotz der Körperfixierung zappelte und zuckte. Der immer wieder auf der Liege aufschlagende Kopf übertrug Vibrationen auf die Liege und diese wiederum auf den sowieso schon zuckenden Körper. Endlich gelang es Alex die Kabel zu verbinden. Fast schlagartig endeten die Tics. Roberts Kopf blieb ruhig liegen, sein Körper entspannte sich. Eine gnädige Bewusstlosigkeit legte sich über ihn.

Alex hatte seinen Laptop auf den Schoß genommen und aktivierte ihn. Über die WLAN-Verbindung zu seinem Router im Haupthaus hatte er sehr guten und schnellen Internetzugriff. Er hatte sich zum Thema Tourette und Tics Bookmarks gesetzt, die er jetzt anklickte. Unter der Web-Seite „anatomieonline24" hatte er zuvor schon viele Bilder und Beschreibungen zu Robert Budeks Krankheit gefunden; unter anderem, wie die Drähte des Hirnschrittmachers üblicherweise verlegt werden. Dort fand er auch einen für seine Zwecke sehr nützlichen Hinweis auf Manipulationsmöglichkeiten am Steuergerät des Hirnschrittmachers. Schließlich mussten die Neurologen und Hirnspezialisten das unter der Bauchdecke implantierte Gerät auch einstellen können, ohne erneutes Öffnen der Bauchdecke. Auf den Bildern wurde gezeigt, wie eine weiße, kreditkartengroße Karte über das Steuergerät gehalten wurde. Im Text dazu wurde erklärt, dass bei jeder Bewegung dieser Karte nach rechts über das Steuergerät hinweg, die Impulsstärke erhöht werden konnte. Und eine Bewegung der Karte nach links die Impulse abschwächte. „Woher so eine Karte bekommen?", fragte sich Alex laut. Das wäre die Krönung! Das Leiden stufenlos steuern zu können, bedeutete absolute Macht über Schmerz, Leid und letztlich über den Tod.

Die Webseite „anatomieonline24" enthielt keinerlei Hinweise über mögliche Bezugsquellen einer solchen Karte zur Steuerung des Hirnschrittmachers. Alex suchte mit immer neuen Key-Wörtern im Internet auf verschiedenen Suchmaschinen nach solch einer Karte. Er gab Wörter ein, wie: Gehirnsteuerung, Tic-Verringerung, Hirnstimulationssteuerung, Steuerungskarte, Stimulatorkarte, Gehirnmanipulation,…. Dann versuchte er es auf Englisch, doch er fand keinerlei Hinweise auf mögliche Bezugsquellen. Bisher hatte er alle seine benötigten Informationen aus dem Internet holen können, nur diesmal fand er nichts. Gar nichts. Er klappte seinen Laptop zu und wollte sich schon mit den bisher zur Verfügung stehenden Mitteln begnügen, als ihm der Gedanke kam, nicht im weltweiten Internet, sondern ganz nahe zu suchen. Direkt bei Robert Budek.

Alex durchsuchte Roberts Hosentaschen, seine Hemdtaschen und zuletzt auch Roberts Jacke, die noch im Fahrzeug lag. Endlich fand er Roberts Geldbeutel. Alex klappte ihn auf und diverse Scheckkarten reckten sich ihm entgegen. VISA-Card, Lottokarte, METRO-Karte, EC-Karte – doch keine Karte sah auch nur im Entferntesten nach einer Steuerungskarte für einen Hirnschrittmacher aus. Er leerte nun auch das Geldscheinfach des Portemonnaies aus.

Geldscheine und eine Telefon- und Adressliste in einem Miniformat fielen heraus. An der Innenseite des Geldscheinfaches klebte ein kleines leuchtoranges Tütchen, das mit einem dunkelroten Blitz bedruckt war. Alex riss es heraus und las darauf: „For Emergency Use Only! Please Read Instructions Inside Carefully!". Er öffnete das Tütchen, das eine Art Gebrauchsanweisung und einen fingernagelgroßen Plastikchip enthielt.

Bingo! In der englischsprachigen Gebrauchsanweisung war die Funktionsweise des Hirnstimulators erklärt und vor allem die Steuerung über den Plastikchip, der wie ein kleiner Jeton aus einem Casino aussah. Man hatte also die Außensteuerung des Hirnstimulators mittlerweile von Kreditkartengröße auf Jeton Größe reduzieren können – interessant, wie Alex fand.

Robert Budek kam wieder zu Bewusstsein, stöhnte kurz und öffnete schließlich die Augen. Wie durch einen milchigen Nebelschleier nahm er verschwommen seine Umgebung wahr. Es war hell, sehr hell. Es schmerzte ihn in den Augen, doch er wollte unbedingt etwas erkennen. Alles war so schemenhaft, so milchig. Auch das Hören war noch so unklar, so weit weg. Er war so kraftlos. Er fühlte sich wie in Watte gepackt. Eine Stimme schien zu ihm zu sprechen. Alles klang so dumpf, wie unter Wasser gesprochene Worte. Die Verletzung am Hinterkopf, die vorangegangenen exzessiven Tics und vermutlich die Wirkungen der Medikamente, die ihm verabreicht worden waren, waren ein äußerst gefährlicher Cocktail.

Roberts Gehör schien sich langsam zu erholen und er konnte erste Worte und Satzfragmente seines vermeintlichen Arztes, der sein Peiniger war, erahnen und teilweise verstehen. Sein Sehen blieb verwaschen und die Objekte in seinem Sichtbereich blieben konturlos. Dies würde sich auch nie wieder verbessern, da seine Netzhaut sich ablöste, in Folge der ungetesteten Nebenwirkungen der tiermedizinischen Medikamente, die ihm in größeren Mengen rücksichtslos verabreicht wurden.

Kontrolle des Gehirns.

„Ich werde jetzt Ihr Gehirn kontrollieren, lieber Herr Budek", sagte Alex ganz nahe an Roberts Ohr. Und weiter: „Sie werden einen ganz langen Übergang aus diesem Leben hinüber auf die andere Seite haben. Ich rate Ihnen, dass Sie mir immer sagen, was Sie gerade sehen, spüren oder erleben. Ach ja, mit dem Sehen ist das wahrscheinlich so eine Sache. Sie haben milchig-trübe Augäpfel. Ich glaube Ihre Augen sind kaputt. Aber hören und sprechen können Sie wohl noch. Sagen Sie etwas. Jetzt!". Robert Budek erkannte die ganze Hoffnungslosigkeit seiner Situation.

Er traf in dieser ausweglosen Situation eine letzte bewusste Entscheidung, so wie es nur Menschen können, die im Leben keine

Hoffnung mehr haben: er akzeptierte seine Lage und erwartete seinen Tod. Er wurde ruhig, sein Puls flacher, seine Muskeln entspannten sich. Er reagierte nun nicht mehr auf Alex Manipulationen am Hirnschrittmacher. Daher hörte Alex auf, den Hirnstimulator zu benutzen.

Robert sprach zu Alex, oder vielleicht zu sich selbst? „Alles ist so leicht. Ich schwebe über mir. Da ist ein Strahlen, ein helles Licht. Um mich herum. Ich zerfließe…". Alex erkannte, dass dies der von ihm herbeigesehnte Zustand seines Opfers war, weshalb er all das getan hatte.

Nun war es für ihn wichtig, diesen Zustand so lange wie möglich aufrecht zu erhalten. Abwechselnd benutzte Argos, der jetzt vollkommen zum Monster Argos mutiert war, intravenös verabreichte aufputschende und danach wieder sedierende Medikamente für Robert Budek. Je länger Argos sein Opfer in diesem Übergangszustand zwischen Leben und Tod hielt, desto schneller musste er die beiden Medikamente abwechseln.

Bei jeder erneuten Injektion fügte er dem bereits arg geschundenen Körper Robert Budeks weitere Verletzungen zu. Irgendwann ließ Argos die Spritzen einfach im Körper seines Opfers stecken, und bediente nur nach Bedarf die Kolben der jeweiligen Spritze. Die Videokamera zeichnete immer noch alles auf.

Zusätzlich schaltete er sein Smartphone nun in den Sprachaufnahmemodus. Er wollte keine Sekunde dieses für ihn so wertvollen Übergangs, dem Hinübergleiten vom Leben in den Tod verpassen. Robert Budek sprach klar und deutlich bis kurz vor seinem Tod. Seine Stimme wurde dann leiser, bis sie nur noch einem Hauchen glich. Nach einem letzten Atemzug entspannte sich Roberts geschundener Körper endlich.

Später würde sich Argos diese Tonaufnahmen wieder und wieder anhören, und besonders die Aufnahmen der Videokamera in Zeitlupe, in aller Ruhe und vor allem mit einer tiefen Befriedigung ansehen. Bis zu jenem Augenblick, in dem er Lust verspürte einen neuen Patienten aus Dr. Williams Krankenakten auszuwählen…

VERHÖR TEIL 2, ODER: ERSTE GEGENÜBERSTELLUNG.

Monika Nirschl konnte es nicht fassen. Dieser Alexander Vogel erzählte ihr alles. Jedes Detail seiner bestialischen Taten. Ohne auch nur die geringste Regung zu zeigen. Er, der so lange geschwiegen hatte. Er, den bereits verschiedene Kriminalbeamte erfolglos verhört hatten. Er, der ein Monster war; ein Monster ist. Er, der bürgerlich einfach nur Alexander Josef Vogel hieß. Er, der von der Presse auf Grund seiner wie ein Uhrwerk exakt funktionierenden und berechnenden Vorgehensweise seinen ersten auflagenfördernden Spitznamen „Uhrwerk-Alex" erhielt, nach dem berühmten Buch von Anthony Burgess, das später von Stanley Kubrick verfilmt wurde. Und er hieß wirklich Alex mit Vornamen – welch ein makabrer Zufall. Doch nachdem ein Polizei-Psychologe ein Interview in einer populären Fernsehsendung gab, und dabei die scheinbare Allwissenheit dieses Serienmörders mit dem Monster Argos aus der griechischen Mythologie verglich, hatten die Zeitungen einen neuen Namen für das „Monster": Argos.

Auch für Monika war er Argos, das Monster mit den hunderten von Augen, das sie als Sagengestalt im Gymnasium im Altgriechisch-Unterricht schon ängstigte. Argos, dessen Augen selbst im Schlaf nie alle geschlossen waren. Argos, der alles sah, bis hinein in die tiefsten Tiefen der Seele, des Unterbewussten. Immer wenn jemand die Phrase „mit Argusaugen beobachten" benutzte, bekam sie bereits früher schon Gänsehaut. Doch das war kein Vergleich zu ihrem momentanen Befinden, als sie dem Monster Argos leibhaftig in Menschenform gegenübersaß.

Sie wusste im Moment nicht, was sie mehr ängstigte: dass alles genau so kam, wie der Kommissar sagte, oder ob es die körperliche Nähe zu diesem Monster war. Kommissar Peter Josef Mayer, der unter seinem Allerweltsnamen litt, und sich beim Vorstellen immer P.-J. Mayer nannte, um interessanter zu erscheinen, hatte sie im Vorfeld auf das heutige Gespräch vorbereitet. Mayer hatte die Betonung der Kürzel seiner Vornamenkombination in die Länge gezogen, als er sich damals bei Monika vorstellte. Was etwa so klang wie „Peeee-Jay". Der kurze Impuls über diesen eitlen Mann zum jetzigen Zeitpunkt zu lachen, blieb ihr jedoch beim Anblick von Argos im Halse stecken.

Sie war damals gerade von der Arbeit und dem Einkauf nach Hause gekommen und hatte ihre Taschen gerade auf der Küchenanrichte abgestellt, als dieser etwas undurchsichtig erscheinende Kripobeamte an der Tür läutete. „P.-J. Mayer, Kriminalkommissar. Darf ich hereinkommen?", stellte er sich an ihrer Haustür vor, und zeigte ihr seine Polizeimarke, die sie eingehend musterte.

Wenige Stunden war dies erst her – es schien wie eine Ewigkeit. Stunden voller Zweifel. Irgendwie schien das alles für sie so weit weg zu sein. Es erschien ihr, als ob die erste Begegnung mit dem Kommissar irgendwo in der Vergangenheit vor vielen Jahren stattgefunden hatte. Alles sollte sich ändern, als sie den Beamten hereinbat; doch zu jenem Zeitpunkt konnte sie noch nichts davon ahnen...

„Wir benötigen Ihre Hilfe. Und es könnte schwierig für Sie werden", begann er, als sie sich an den Esstisch setzten. Als Mayer sich als Kripobeamter vorstellte, hatte Monika schlagartig ein schlechtes Gewissen bekommen und einen Kloß im Hals, ohne wirklich zu wissen warum. Stockend brachte sie noch die Frage hervor, um was es eigentlich ginge. Mayer ging zuerst nicht darauf ein, sondern machte eine lange Pause, in der er sie mitleidig ansah. Nach einer gefühlten Ewigkeit senkte er seine Stimme und sprach eindringlich: „Sie können Leben retten, wenn Sie uns unterstützen. Alles hängt von Ihnen ab". Nun brachte sie jedoch absolut kein Wort mehr heraus, obwohl ihr tausend Fragen durch den Kopf gingen.

„Hören Sie mir einfach nur zu", führte er fort. Er erzählte ihr, dass ein Mann gefasst wurde, der seit einigen Tagen in Untersuchungshaft sitze. Wegen seiner Gefährlichkeit habe man ihn in den Hochsicherheitstrakt des Münchner Gefängnisses Stadelheim verbracht. Dieser Mann sei seit über drei Jahren gesucht worden und nun durch einen Zufall gefasst worden. Es handle sich vermutlich um einen Mörder, der in all den Jahren an seinen Taten scheinbar kein Muster erkennen ließ. Mayer war sich sicher, dass dieser Mörder für viele Verbrechen verantwortlich war.

In den vergangenen Tagen konnte keiner der sehr versierten Vernehmungsspezialisten der Polizei auch nur ein einziges Wort aus ihm herauslocken. Alle gängigen, zulässigen Methoden waren ausgeschöpft. Doch die Zeit drängte. Untersuchungshaft sei bei besonders schwerem Verbrechensverdacht zwar für maximal dreißig Tage zulässig – aber es gab keine Beweise für seine grausamen Taten, nur Indizien. Außerdem besteht die Gefahr, dass weitere Opfer in Todesangst irgendwo da draußen ausharren müssen. Ohne Beweise, oder gar einem Geständnis, müsste die Polizei den Verdächtigen in drei Tagen wieder freilassen. Und Mayers kriminalistischem Gespür und seinem Gerechtigkeitssinn widerstrebte dies zu tiefst. Möglicherweise würde dann auch die Mordserie weitergehen; dies durfte keinesfalls geschehen.

Die Indizien waren erdrückend, doch die Staatsanwältin Frau Steinberg-Wiedl verlangte Beweise. Jemanden des Mordes anzuklagen bedurfte äußerster Sorgfalt und Professionalität. „Bitte erschrecken Sie nicht Frau Nirschl, wenn ich Ihnen nun einige Indizien zeige", sagte der Kommissar. Die mittlerweile sehr verängstigte Monika Nirschl bekam das Gefühl, nur noch die Worte des Kommissars zu hören und die gesamte Umwelt auszublenden.

Mayer zog mehrere Bilder von Personen hervor, die ihr alle unbekannt vorkamen. Am unteren Rand der Bilder waren die Namen der Personen und jeweils ein Aktenzeichen aufgedruckt. Alle diese Personen seien im Laufe der letzten drei Jahre umgebracht, oder als vermisst gemeldet worden, erwähnte der Kommissar mit leicht belegter Stimme. „Sie werden diese zwölf Personen vermutlich nicht mehr wiedererkennen. Alle waren in derselben Grundschule. In Ihrer Grundschule, Frau Nirschl", sagte er bedeutungsschwanger. „Das muss das Muster sein, das wir all die Jahre gesucht hatten. Diese Bilder haben wir in der Wohnung des Verdächtigen gefunden. Er hatte sie in seiner Wohnung an seine Pinnwand geheftet. Nun sind diese registrierten und mit Aktenzeichen versehenen Indizien die letzten Erinnerungen an diese Personen".

Monika fühlte sich abwechselnd heiß und kalt. Mayer erzählte ihr, dass die Polizei in der Kürze der Zeit nur sie von den noch verbleibenden acht restlichen Grundschülern dieses Jahrgangs lokalisieren konnte. Nun rückte er endlich mit seinem Wunsch heraus: „Wir möchten, dass Sie mit dem Verdächtigen sprechen. Bevor die Zeit abgelaufen ist und wir ihn auf freien Fuß setzen müssen. Das ist mein Wunsch. Und übrigens auch die Forderung des Verdächtigen".

Tausend Fragen schwirrten durch ihren Kopf. Als sie sich vom ersten Schock erholt hatte, sprudelten die Fragen und Aussagen plötzlich nur so aus ihr heraus: "Was hat das mit mir zu tun? Wieso gerade ich? Ich kenne niemanden mehr aus der Grundschulzeit – wie kann ich da helfen? Ich möchte mit so etwas überhaupt nichts zu tun haben! Ich möchte keinen Ärger. Ich habe Angst…". Kommissar Mayer sprach nun väterlich, empathisch und doch bestimmt auf Monika ein. Die Zeit lief gegen die Polizei und für den dringend Tatverdächtigen mutmaßlichen Serienmörder. P.-J.. erklärte Monika nochmals eindringlich die fatalen Konsequenzen für mögliche zukünftige Opfer dieses Mörders, wenn sie die Polizei nicht unterstützen würde.

„Ich…wir brauchen Sie unbedingt. Der Verdächtige nannte Ihren Namen. Und er fordert, dass Sie bei der Vernehmung anwesend sind. Dann würde er alles erzählen; sonst eben nichts. Gar nichts. Das ist alles, was wir in all diesen Tagen in der Untersuchungshaft aus ihm herausbringen konnten. Bitte helfen Sie uns, weitere unschuldige Opfer zu verhindern", bat P.-J.. Mayer eindringlich.

Monika Nirschl lebte schon seit Jahren alleine in ihrer Zwei-Zimmer-Wohnung im Münchner Stadtteil Laim. Sie rief nun ihre beste Freundin Marlene Gümmler an, um sich mit ihr zu beratschlagen, während der Kommissar nebenan wartete. Nachdem Monika aufgelegt hatte, sagte sie scheinbar selbstsicher zu Kommissar Mayer: „Ich helfe Ihnen und der Polizei. Es darf kein weiteres Leid mehr geben. Lassen Sie uns gehen".

Dabei fühlte sie sich tief im Inneren ängstlich und unsicher vor dem, was sie im Verhörraum des Gefängnisses wohl erwarten würde. Sie hatte noch nie Kontakt zu einem Kriminellen, oder gar zu einem Schwerverbrecher wie einem Mörder gehabt. Trotzdem stieg sie in den Polizeiwagen, der von Kommissar Mayer selbst gesteuert wurde. Das mulmige Gefühl im Magen wurde immer stärker, je näher sie dem Gefängnis kamen. Alleine in einem Polizeiwagen gefahren zu werden, fühlte sich für sie schon so an, als wäre sie eine Verbrecherin.

Das große Gefängnistor öffnete sich für den Polizeiwagen, in dem Kommissar P.-J. Mayer und Monika Nirschl saßen. Als sich das Tor laut hinter ihnen wieder schloss, fühlte Monika die Beklemmung durch die hohen Mauern, den Stacheldraht und die waffentragenden Gefängnisaufseher auf den Wachtürmen auch mehr und mehr körperlich.

Das Gefühl in der Magengegend verstärkte sich, und wurde nur durch das Gefühl einer imaginären Last auf ihren Schultern noch überlagert. Sie hatte keinerlei Schuld an irgendetwas, dachte sie sich. Und doch fühlte es sich an, als trüge sie alle Last der Welt auf ihren schmalen Schultern.

Mayer half ihr aus dem Auto heraus, denn ihre Beine fühlten sich kraftlos an. Jeder Schritt fiel ihr schwer. Sie war verängstigt und beeindruckt von all den Sicherheitsmaßnahmen. Schlösser die sich öffneten und hinter ihr sofort wieder schlossen.

Es fand eine Leibesvisitation durch eine Justizangestellte statt und zuletzt eine eindringliche Verhaltensanweisung durch Kommissar Mayer: „Sagen Sie nichts. Egal was der Verdächtige Sie fragt. Nichts – absolut nichts! Sie finden in dem Raum, den wir gleich zusammen betreten werden, nur einige Stühle und einen Tisch vor. Alle diese Gegenstände sind mit dem Boden verschraubt. Wir befinden uns in der geschlossenen forensischen Abteilung für psychisch kranke Schwerverbrecher."

„In dem Verhörraum werden sich neben uns beiden noch ein Psychiater und zwei Männer des Wachpersonals aufhalten. Hinter einer einseitig verspiegelten Fensterscheibe werden weitere Personen teilnehmen. Alles was in diesem Raum gesprochen wird, alle Reaktionen werden aufgenommen, gefilmt und dienen der Wahrheitsfindung. Bitte unterschreiben Sie, dass Sie das alles verstanden haben und mit der Aufzeichnung von Bild und Ton einverstanden sind. Und nochmal das aller Wichtigste: sagen Sie unter keinen Umständen auch nur ein Wort, wenn Sie vom Verdächtigen angesprochen werden sollten!". Monika unterschrieb, holte tief Luft und atmete seufzend aus.

Dann nahm sie all ihren Mut zusammen und sagte zu P.-J. Mayer: „Wir können jetzt reingehen".

Alex musterte Monika Nirschl eingehend, bevor er sich zurücklehnte, kurz süffisant grinste und dann eloquent zu reden begann: „Ich hatte Ihnen Beweise versprochen. Diese sollen Sie nun auch bekommen. Sie werden sich während der Suche nach mir, immer wieder gefragt haben, warum bringt er diese Menschen um? Was ist der Schlüssel, die Gemeinsamkeit aller Morde? Vordergründig ist der Zusammenhang der, dass von einem bestimmten Zeitpunkt alle Ermordeten irgendwann Patienten von Dr. Williams waren. Und diese wiederum in einer bestimmten Schule. Das dürfte die erste heiße Spur gewesen sein."

„Ehrlich gesagt, hatte sich das wunderbar gefügt. Auf einem Flohmarkt alle Karteikarten und Notizen seiner Patienten für ein paar Euro zu ergattern, gab mir zwar ab diesem Zeitpunkt die Personen vor. Aber auch ohne diese Informationen hätte ich mit dem Ermorden dieser Personen begonnen. Mit Hilfe der Patientenakten konnte ich allerdings meine Opfer in ihre tiefsten Ängste zwingen, was sich als sehr hilfreich zeigte für meine Forschung nach den Erkenntnissen die ich zu finden trachtete. Wenn Sie ein potentielles Opfer „nur so" töten, dann haben Sie meist nur einen kurzen Übergang vom Leben zum Tod. Wenn Sie es aber hinauszögern und extrem angstvoll machen, dann können Sie diesen kostbarsten aller Augenblicke verlängern. So wird selbst ein Vorgang, der normalerweise nur einen Augenblick dauert, zu einer längeren Übergangzeit in den Tod. Das hat nichts mit Sadismus zu tun. Das hat mit meiner Neugier auf die endgültige Wahrheit zu tun. Im Grenzbereich zwischen Leben und Tod sahen fast alle meine Opfer Ausschnitte aus den Parallelwelten. Viele von meinen Leben-und-Tod-Grenzgängern konnten mir ausführlich davon berichten. Diese Erkenntnisse waren es, weshalb ich tötete. Je mehr ich von den Sterbenden erfuhr, desto faszinierter war ich. Ich versuchte den Übergang von Opfer zu Opfer immer länger hinauszuzögern, damit ich sie so lange wie möglich befragen konnte".

Solch ein eindeutiges Geständnis dieses Mörders, solch einen Redefluss, hatte der Kommissar beim besten Willen nicht erwartet. Er dachte, dass sich Argos um Kopf und Kragen reden würde, wenn die Aussagen in diesem Tempo und mit den ganzen Details so weitergehen würden.

„Selbst in Büchern von Wissenschaftlern, die sich mit dem Sterben befassen, blitzt immer wieder auf, dass Sterbende kurz vor deren Tod, Einblick in universale Lebensgeheimnisse und in das Göttliche überhaupt haben können", trug Alex fast wasserfallartig weiter vor. Der Kommissar war mehr als erstaunt, was die pure Anwesenheit von Monika Nirschl bei diesem Serienmörder bewirkte. Keiner seiner

Kollegen, nicht mal er selbst hatte auch nur ein Wort aus diesem Monster herausbekommen. Es schien, als ob diese Frau wie ein Katalysator für Argos wirkte. Doch warum bestand er gerade auf Monika Nirschls Anwesenheit?

ANOREXIA NERVOSA.

Patientenkarte Nummer 93: Gabriele Baumgartner,
geboren am 23.Februar 1980. Diagnose:
Wochenbettdepression, Anorexia Nervosa, F50.0,
F53.1.

Alex sah sich die Patientenkarte an, las die Diagnose und konnte mit
diesen „Frauenkrankheiten", wie er sie nannte, zunächst nichts
anfangen. Die handschriftlichen Notizen von Dr. Williams sagten aus,
dass die Patientin schwanger geworden war, trotz ausbleibender
Regelblutung auf Grund von massivem Untergewicht. Gabriele war
zum Zeitpunkt der ersten Behandlung bei Dr. Williams vierzehn Jahre
alt und hatte gerade ihr erstes Kind zur Welt gebracht. „Das bisschen
Wochenbettdepression und Magersucht", sagte Alex leise mit einem
verächtlichen Unterton zu sich. Doch je mehr er las, desto
interessanter fand er diesen „Fall". Dr. Williams notierte auf der
Patientenkarte Dinge, wie: „Mehrfache Versuche durch die Patientin
das Baby zu ersticken, verdursten und verhungern zu lassen.
Wiederholte körperliche Misshandlungen des Babys und jegliches
Fehlen mütterlicher Verhaltensweisen. Die Mutter ist minderjährig
und seit Beginn der Pubertät anorektisch, der Body-Mass-Index
unterschritt in der Vergangenheit mehrfach den Wert 18,5 während
der Zeit der Behandlung in meiner Psychiatrischen Praxis. De-
Personalisations- und De-Realisationserleben wurden von der
Patientin immer wieder geschildert".

Alex wusste mittlerweile, dass Dr. Williams nicht nur akribisch
Notizen von seinen jungen Patienten anfertigte, sondern meist auch
auf Diktierbändern seine Erkenntnisse festhielt. Auf diesen Bändern
waren die Dinge oftmals detaillierter aufgesprochen, die er in seinen
Therapiesitzungen mit „seinen Kindern", wie er seine kleinen
Patienten nannte, herausfand. Sozusagen die Essenz von vielen, vielen
Stunden Psychotherapie mit den jeweiligen kindlichen oder
jugendlichen Patienten. Und auch hier war eine kleine Kassette, so

wie sie in Diktiergeräten genutzt wird, an die Patientenkarte geheftet. Meist begannen die aufgesprochenen Diagnosen und Therapieverläufe neutral und wissenschaftlich, aber je länger die Kassette besprochen war, desto spannender erschienen die Geschichten, die ja die medizinischen Tatsachen beschreiben sollten. Doch wie in jeder Therapie, ob imaginative oder Hypno-Psychotherapie, also landläufig Hypnose benannt, beginnt bekanntlich auch das Unterbewusstsein nur nach und nach, tiefere Schichten und ältere Erinnerungen freizulegen. Auf Dr. Williams Diktierbändern war einerseits die Geschichte mit der vermuteten Ursache aufgesprochen, andererseits konnte man zwischen den Zeilen auch immer die Emotionen des Sprechenden, als auch die vermeintlichen Emotionen des jeweiligen Patienten heraushören.

Dr. Williams mochte „seine Kinder", also seine Patienten, sehr gerne. Er liebte diese kleinen Seelen. Er war ein Mann der Wissenschaft, aber auch ein sehr warmherziger, mitfühlender Mensch. Manchmal drückte Alex zwischen den Sätzen die Pause-Taste, um genügend Zeit zu haben, im Internet Fachausdrücke nachzuschlagen. Sein Basiswissen in Psychologie hatte er sich in letzter Zeit in diversen Volkshochschulseminaren angeeignet. Doch zwischen einzelnen Seminaren und einem Studium der Psychologie, vor allem Kinderpsychiatrie, liegt bekanntlich ein großes Wissensdefizit. Doch um zumindest im Ansatz bestimmte Erkrankungen zu verstehen, reichen oftmals die oberflächlichen Beschreibungen in Internetportalen aus. Es war für ihn immer wieder sehr interessant von den gängigen Nachschlagewerken im Internet, wie zum Beispiel Wikipedia den Links auf weitere, das jeweilige Thema vertiefende Seiten zu gelangen. Alex legte die Kassette in das Diktiergerät, das er nur zu diesem Zweck bei Ebay gekauft hatte, ein und drückte den Play-Knopf. Er hörte der sonoren Stimme von Dr. Williams, dem väterlichen Kinderpsychiater, bei jeder Patienten-Kassette immer wieder aufmerksam und neugierig zu. Oft hörte sich Alex die Bänder mehrmals an, um kein Detail zu verpassen.

Alex hatte nun die Play-Taste gedrückt, und konnte damit in einen neuen Fall des Dr. Williams eintauchen. Und damit auch in die Intimsphäre von Gabriele Baumgartner, deren größte Ängste nun über das gesprochene Wort und die umfangreichen Notizen offenbart wurden. Auf der Kassette mit Dr. Williams angenehmer Stimme war zu hören: „Als Gabriele Baumgartner das erste Mal in meiner psychiatrischen Praxis von ihrer Mutter vorgestellt wurde, war sie vierzehn Jahre alt, hatte extremes Untergewicht und bereits ein Kind geboren. In den folgenden Jahren der medizinischen und psychologischen Behandlung, kamen nachfolgende Erkenntnisse zum Vorschein:

Gabriele war ein freundliches Mädchen, das in einer nach außen hin scheinbar ganz normalen Familie aufwuchs. Normal, da ihre Familie jedem Klischee einer deutschen Vorzeigefamilie entsprach. Der Vater erfolgreicher Angestellter mit sehr gutem Verdienst. Die Mutter eine „gute" Hausfrau und sozialer Dreh- und Angelpunkt der gesamten Nachbarschaft. Max, das zweite Kind in dieser Familie war knapp zwei Jahre nach Gabriele zur Welt gekommen. Beide Kinder wurden laut Aussage der Mutter zumindest in Gegenwart von Dritten konsequent gleich behandelt. Gabriele, von ihrem Großvater liebevoll „meine Gabi" genannt, war eine sehr gute Schülerin. Alles schien in Gabis näherem Umfeld perfekt zu sein.

Doch die Darstellung der perfekten Familie gegenüber den Nachbarn, den Schulkameraden und der Verwandtschaft hatte ihren Preis. Der Preis hieß: starre Familienstrukturen mit einer dominanten Mutter, die sehr wohl eines ihrer Kinder immer bevorzugte – ihren Sohn Max. Es gab für alles von der Mutter vorgegebene Regeln. Wann Essenszeit war. Wie „man" sich züchtig kleidet. Fixe Strukturen ohne Wenn und Aber. Zeitlich und inhaltlich strenge Vorschriften. Fast zwanghaft legte Gabis Mutter den Tagesablauf fest. Jedes Aufbegehren von Gabi gegen eine der unzähligen Regeln wurde restriktiv bestraft. Fernsehverbot. Kein Mittag- oder Abendessen; oder beides. Und dann gab es als Höchststrafe „Zimmer". Ja, Zimmer hasste Gabi am meisten. Zimmer hieß: sofort ins Bett und schlafen. Egal wie früh oder spät es war. Zimmer hieß, Verdunkelung von Gabis Kinderzimmer mit den schweren Vorhängen. Die Rollläden durften nicht herabgelassen werden, damit die Nachbarn sich nicht wunderten, warum diese wohl schon tagsüber geschlossen wurden. Die Kinderzimmertür musste geschlossen bleiben, bis die Mutter sie wieder öffnete, zum Kontrollieren, ob Gabi auch wirklich im Bett lag. Oder um sie aus der Strafe „Zimmer" zu entlassen. Üblicherweise wählte die Mutter diesen erlösenden Zeitpunkt mindestens eine Stunde bevor der Vater von der Arbeit nach Hause kam. Sie bezeichnete diese Strafe als erfolgreiche Erziehungsmethode, die ihre eigene Mutter auch schon angewandt hatte. Je älter Gabi wurde, und je mehr sich der Wechsel vom Mädchen zur Frau ankündigte, desto öfter gab es ohne die früher üblichen Eskalationsstufen sofort „Zimmer".

Wenn Gabi die Höchststrafe „Zimmer" erhielt, und in ihrem Bett lag, kreisten ihre Gedanken um die Ungerechtigkeit, die ihr durch die Willkür ihrer übermächtigen Mutter wieder und wieder angetan wurde. Der Hass auf ihre Mutter stieg dabei kontinuierlich an. Gabi wiederholte dann hasserfüllt, wie ein Mantra immer wieder: „Ich hasse meine Mutter. Ich hasse meine Mutter. Ich werde nie wie sie!". Ungerechtigkeit macht einen bitteren Nachgeschmack. Wiederholte Ungerechtigkeit macht verbittert, hart und hassend. Aber auch wenn die Wut abgeebbt war, lag sie lange wach. Wie sollte sie auch am helllichten Tag und mit den aufgewühlten Emotionen schlafen? Manchmal kamen jedoch noch dunklere Gedanken in ihr hoch. Im weiteren Verlauf der Psychotherapie erzählte Gabi das nun Folgende. Damals, vor fünf Jahren, als sie noch ein achtjähriges Kind war, blieb sie in den Osterferien für eine Woche alleine bei ihrem Großvater. Max hatte irgendeine Operation im Krankenhaus und Gabis Eltern waren Tag und Nacht bei ihm. Welche Operation oder Krankheit Max hatte, erfuhr Gabi nicht. „Das geht Dich nichts an", sagte die Mutter damals. Der Großvater lebte seit dem Tod seiner Frau alleine auf einem Weiler außerhalb eines Dorfes in einem sehr kleinen Häuschen. Da Max's Krankheit so akut eintrat, konnten Gabis Eltern so kurzfristig keinen „Babysitter" organisieren und brachten das achtjährige Mädchen zum zweiundsechzigjährigen Großvater.

Großväter sind auch nur Männer.

Der Großvater war dem Mädchen fremd, auch wenn er sie in Anwesenheit anderer Menschen „meine Gabi" nannte. Sie hatte ihn vorher nur ganz selten gesehen. Die Großmutter war diejenige, die den Kontakt zur Familie pflegte. Doch die Oma war vor einigen Jahren verstorben. Mürrisch nahm der Großvater Gabi auf. Es war ja irgendwie ein Notfall, eine Ausnahme und es sollte ja nur für eine Woche sein. Er gab ihr auf Grund des Platzmangels in diesem kleinen Häuschen das ehemalige Zimmer der Großmutter zum Schlafen. Gabi fand das toll, denn sie konnte sich alle Dinge in dem Zimmer ansehen. Manches erinnerte sie sehr an ihre Oma. Ihr Schmuck lag da, ihre Kleider waren sauber im Schrank aufgehängt. Es war, als wäre Oma nur kurz in die Stadt gegangen, um etwas einzukaufen. Der Großvater war sehr distanziert zu Gabi, sehr karg mit seinen Worten. Der Großvater roch immer so komisch. Gabi sah ihn immer wieder heimlich zum Küchenschrank gehen und aus einer Flasche trinken.

Am zweiten Abend beim Großvater kam es zu einem folgenschweren Ereignis. Nach dem Abendessen gegen acht Uhr, schickte der Großvater das Mädchen auf sein Zimmer, denn er fühle sich heute nicht wohl, habe Kopfweh und gehe selbst früh schlafen. Das Mädchen tat, worum sie gebeten wurde und nahm sich eines von Omas Büchern aus dem Bücherschrank und las es im Bett. Es dauerte nicht lange und das Buch fühlte sich schwer und immer schwerer an. Das Buch sank auf ihren Bauch und der Schlaf übermannte sie. Die Leselampe strahlte ihr weiter ins Gesicht, aber Gabi schlief davon unbeeindruckt weiter.

Der Großvater war, nachdem er eine ganze Schnapsflasche geleert hatte, auf dem Essenstisch eingeschlafen und wurde gegen zehn Uhr wieder wach. Er war torkelnd auf dem Weg zum Bad, als er unter der Tür von Gabis Zimmer den Lichtschein sah. Er öffnete die Tür und ging auf die Leselampe zu, um sie auszuschalten. Er nahm den Kippschalter der Lampe in die Hand und wollte ihn gerade betätigen, als er das schlafende Mädchen intensiver betrachtete. Sie war nur am Rumpf mit einer Decke bedeckt. Ein Bein und beide Arme waren unbedeckt. Gabi schlief mit einem kurzen Schlafanzug. Und dann dieses unschuldige, liebliche Jungmädchengesicht. Er war fasziniert, wie hübsch sie doch war. Er verspürte einen Impuls der Erregung. Dann nahm er die Hand vom Lichtschalter, drehte den Lichtfokus zur Seite und zog die Decke an den Beinen des Mädchens weiter nach oben. Nun sah er den kurzen Schlafanzug und das Höschen, dass das Mädchen zum Schlafen trug. Das erregte ihn noch mehr, so dass er vorsichtig das Höschen des tief schlafenden Mädchens herunterzog. Die nackte Scham erregte ihn so sehr, dass er begann seine Hose zu öffnen. Der Alkohol, den er immer wieder vor dem Kind verstohlen trank und von dem er heute besonders viel konsumiert hatte, senkte seine Hemmschwelle. Er legte sich über das Mädchen und versuchte sofort in sie einzudringen.

Gabi träumte von dem Geruch des Großvaters, als sie durch die Penetrierung wach wurde. War das noch Traum? Es tat so weh. Das ist undenkbar, das muss ein Traum sein, dachte Gabi im ersten Moment. Sie schlug die Augen auf und wollte die Beine zusammendrücken. Doch der Großvater war über ihr, auf ihr. Er ließ sich nun mit seinem ganzen Gewicht auf das Mädchen fallen und umklammerte ihre Handgelenke mit seinen Händen. Sein Gesicht war so nah vor ihrem, dass sie jeden Atemzug spürte, der von Alkohol geschwängert war. Er sabberte, stöhnte und prustete. All das machte ihr so große Angst. Sie ekelte sich. Vor ihm. Vor sich selbst. Der Schmerz zwischen ihren Beinen war unerträglich, wie Feuer. Angst und Panik brachen bei ihr aus, aber der Großvater war übermächtig:

sein Gewicht und seine starken Hände, die sie wie Schraubstöcke festhielten. Unfähig, die Panik, den Stress, die Angst in Bewegung umzusetzen, erlebte sie zum ersten Mal einen außergewöhnlichen Zustand. Sie konnte sich selbst sehen – quasi außerhalb ihres Körpers betrachtete sie sich selbst. Nur so war die kleine Seele in der Lage, mit dieser Situation, in der der betrunkene Großvater bestialisch über sie herfiel, zu ertragen, ohne sterben zu müssen. Dieser Zustand hielt nur ganz kurz, dann fiel sie in eine gnädige Ohnmacht.

Als sie nach Mitternacht wieder zu sich kam, spürte sie zu allererst die Feuchtigkeit zwischen ihren Beinen. Dann den Schmerz. Panikartig sucht sie den Lichtschalter. Als das Licht anging, sah sie an ihrem bis zum Oberbauch mit Blut beschmierten Schlafanzug herab. Erst wurde es ihr von den Füßen über die Beine und die Scham hoch heiß. Dann verwandelten sich alle Sinneseindrücke in ein gedämpftes, fremdes Gefühl. Sie fühlte sich wie in Watte gepackt, wie in Trance. Mechanisch stand sie auf, setzte einen Fuß vor den anderen, während das Blut ihre Beine hinab tropfte. Über den Teppich schleppte sie sich schrittweise hin zum Bad. Wie ein seelenloser Zombie öffnete sie die Badtür und die Tür zur Duschkabine. Noch im Stehen, öffnete sie den Hahn der Dusche und ließ das lauwarme Wasser aus dem fest montierten Duschkopf von oben über sich laufen. Ihre Beine gaben nun in der rutschigen Duschwanne nach und sie platschte hart mit ihrem Gesäß auf der Duschwanne auf. Sie spürte dies nicht mehr, denn sie war nun komplett wie in Watte gehüllt. Und ihre Seele schien erneut von ihrem Körper getrennt zu sein. In diesem Zustand der Gefühllosigkeit und doch enormen Wachheit konnte sie sich selbst, wie von außen sehen: ein kleines Mädchen, zusammengebrochen in der Dusche, von Wasserstrahlen benässt. Das Wasser wusch all das Blut von ihr ab. Und dann kam sie endlich wieder, die gnädige Bewusstlosigkeit.

Polnische Putzfrauen sind Gold wert.

Agnieszka, Großvaters polnische Putzfrau, spürte beim Betreten des Hauses sofort, dass im Haus etwas nicht stimmte. Sie machte den ersten Schritt ins Haus und vernahm dabei ein schmatzendes Geräusch. Bei ihrem ersten Schritt ins Haus trat sie auf den Teppich, der im Flur auslag. Der Teppich war vollgesogen mit Wasser. Sie blieb erschrocken stehen, sah zu ihren Füßen herab und dann zur Badezimmertür, die sperrangelweit offen stand. Jetzt nahm sie auch den Wasserdampf war. Sie erkannte vom Flur aus eine zusammengekauerte Gestalt in der Dusche und das Überlaufen der Duschwanne. Sie lief nun direkt zum Bad, wobei sie bei jedem Schritt schmatzende Geräusche mit ihren Füßen auf dem wassergetränkten Teppich machte. Sie riss die Duschtür auf und es kam ihr ein Wasserschwall entgegen. Sie stellte den Wasserzulauf ab und kniete sich zu dem kleinen Mädchen herunter. Sie rüttelte und schüttelte Gabi, schrie fast hysterisch auf sie ein und wiederholte gebetsmühlenartig „Gabi sag doch was, sag was, Gabi sag doch was,…". Gabi öffnete ihre Augen, sah die sichtlich erleichterte Agnieszka und wurde von ihr abgeküsst und zärtlich gedrückt.

Am Telefon wetterte der Großvater danach gegenüber den sichtlich betroffenen Eltern, was sie doch für ein böses Kind hätten. Das ganze Haus habe es unter Wasser gesetzt! „Wasserspielchen" habe sie gespielt – und nun sei der Schaden immens. Die Feuchtigkeit würde man nie wieder aus den Mauern bringen, alle Teppiche müssten auf den Sperrmüll. Der Großvater sagte, dass er nun endgültig ruiniert sei. Und das alles wegen dem verlogenen, verzogenen und teuflischen Kind! Er wolle nie mehr mit dem Kind etwas zu tun haben. Der Großvater wollte sogar auf das Kind losgehen, aber Agnieszka stellte sich schützend vor Gabriele und nahm sie zu sich, bis sie von ihren Eltern abgeholt wurde. Raus aus dem Haus des Großvaters. Dies war eine gute Fügung für Gabi – auch wenn sie momentan eigentlich gar nichts verstand. Sie hatte keinerlei Erinnerung daran, wie sie unter die

Dusche gekommen war. Eine schützende Amnesie, und das Eingreifen von Agnieszka, ersparten Gabi weiteren körperlichen und seelischen Schmerz. Erst Jahre später, während diverser Psychotherapiesitzungen sollte die Erinnerung wieder zurückkommen.

Dass Gabi von ihrem Blutsverwandten schwanger war, stellte zuerst niemand fest. Nur, dass sie nach dem Vorfall mit ihrem Großvater immer weniger aß. Ihr Vater sprach eines Tages seine Frau an, dass Gabis Körperbau für ein junges Mädchen „komisch" sei. Sie sei sehr dünn, hätte aber einen Bauchansatz. Die Mutter beschwichtigte, dass das Wachstum in der Pubertät eben etwas unkoordiniert verlaufe und das so etwas bei Mädchen eben vorkommen kann. Um ihren Ehemann zu beruhigen und die naturgegebenen Verschiebungen der körperlichen Proportionen während der Pubertät bestätigen zu lassen, nahm die Mutter Gabi zum Gynäkologen mit. Das Ergebnis der medizinischen Untersuchung war für alle Familienmitglieder ein Schock. Der Gynäkologe stellte die Schwangerschaft fest und diagnostizierte den Verdacht auf Anorexia Nervosa. Nachdem die Mutter die erste Feststellung vernommen hatte, war der Schock darüber so groß, dass sie die zweite Diagnose gar nicht mehr wahrnahm.

Für den Vater war schlagartig aus seiner Prinzessin eine Schlampe geworden, die er verachtete. Für die Mutter brach eine Welt zusammen, weil nicht sein konnte, was nicht sein durfte – ihre heile, strukturierte Familienidylle war mit einem mal am Explodieren. Auch Max, Gabis Bruder, hasste die vermeintliche „Konkurrenz" in Gabis Bauch. Und Gabi wusste überhaupt nicht, was es bedeutete schwanger zu sein, ein Kind zu bekommen. Vater und Mutter redeten tagelang auf sie ein, um herauszufinden, wer der Vater war. Gabi wiederholte immer und immer wieder, dass sie es nicht wüsste – und das stimmte auch. Der Akt der Zeugung mit dem Großvater war für ihre Erinnerung nicht zugänglich, er war abgespalten. Gabis Eltern glaubten ihr nicht, beschimpften sie als Hure und gaben ihr noch weit schlimmere Schimpfwörter. Die Mutter wollte in den für Gabi sehr peinlichen Befragungen wissen, wie lange sie schon ihre Periode gehabt hatte, ohne der Mutter Bescheid zu geben. Gabi hatte aber noch nie eine Blutung bemerkt, nur in der Schule im Aufklärungsunterricht davon gehört. Der Gynäkologe erwähnte auch, dass Anorexia Nervosa meist mit dem Ausbleiben der Regelblutung einher gehe, aber es vorher noch zur Befruchtung gekommen sein musste – doch auch diese Aussage hörte die Mutter nicht mehr, da das Wort „schwanger" in ihrem Kopf alles übertönte. Die Eltern stellten sich in Gabis Anwesenheit Fragen, wie: „Was werden die Nachbarn sagen, wenn unsere noch kindliche Tochter ein Kind bekommt? Was ist das für eine Schande? Wie peinlich ist das für uns alle? Ist es besser das Kind abzutreiben?".

Ursprünglich wollten die Eltern mit Gabriele über die Grenze nach Holland zur Abtreibung fahren. Nach mehreren Tagen aggressivster Beschimpfungen von Gabi, beschlossen die Eltern, dass das „Balg" (wie sie das Ungeborene nannten) nicht abgetrieben werden sollte. Zu diesem Entschluss kamen sie, da sie fürchteten, dass der Gynäkologe sie anzeigen könnte. So kam es, dass Gabi das Kind, das sie austrug ablehnte. So wie sie sich selbst ablehnte, hasste. Das spürte wohl auch ihre Leibesfrucht. Das Kind kam als absolute Frühgeburt bereits im sechsten Monat der Schwangerschaft zur Welt. Diverse Missbildungen und mögliche Behinderungen des Fötus waren bereits auf den Ultraschallbildern zu erkennen, die während des Verlaufes der Schwangerschaft gemacht wurden. Trotz der um 1980 gerade erst eingeführten Ultraschalltechnik für gynäkologische Zwecke, und der damals noch äußerst unscharfen Bildwiedergabemöglichkeiten, waren die Deformationen des Fötus so schwerwiegend, dass der behandelnde Gynäkologe kurzzeitig sprachlos war. Daher wies – zur Überraschung von Gabis Eltern - der Gynäkologe mehrfach auf die legale Möglichkeit der Abtreibung auf Grund der zu erwartenden Behinderungen des Kindes und auch auf Grund der Minderjährigkeit der Kindesmutter hin. Dies lehnte Gabis Mutter rigoros ab, da es ihr bereits sehr viel Überwindung gekostet hatte der Nachbarschaft die Schwangerschaft von Gabi zu „beichten" (wie sie es nannte), und ein erneuter Gesichtsverlust von ihr nicht mehr zu verkraften wäre. Das „Problem" mit einem behinderten Kind zu leben, wälzte sie auf Gabi ab: „Wer Kinder machen kann, der kann sich auch selbst um diese kümmern. Außerdem ziehst Du dann von zu Hause aus."

Kurz nach der Geburt wurde bei Gabi eine Wochenbettdepression diagnostiziert und das Jugendamt informiert. Hinzu kam, dass sie auf Grund ihres eigenen Mangels an Gewicht das Kind nicht stillen konnte, es mit zubereiteter Spezialmilch füttern musste – was sie immer wieder unterließ. Als sie mit dem Baby aus dem Krankenhaus entlassen wurde, stellte eine Betreuerin des Jugendamts fest, dass Gabi nicht in der Lage war ihr Kind selbst zu versorgen. Das Kind wurde ihr weggenommen und in die Obhut einer Pflegefamilie gegeben. Dass Gabi vorher mehrfach das Baby mit dem Kissen zu ersticken versuchte, kam erst nach jahrelanger Psychotherapie zum Vorschein". Ergänzend fügte Dr. Williams noch hinzu: "Alle diese Erkenntnisse wurden über einen jahrelangen Prozess der Psychotherapie mittels katathymen Bilderleben der Patientin ins Bewusstsein gebracht und wurden sinngemäß -teilweise in Trance- so geschildert".

Nicht jeder Postbote bringt gute Nachrichten.

Sehr schön, dachte Alex. Hier sind sogar Familienfotos von Gabi in der Patientenakte abgelegt. So sah also der Großvater aus. Ziemlich ungepflegt der alte Knabe, dachte sich Alex. „Gabriele Baumgartner, mhmm", murmelte er genussvoll, während er ihren Namen bei Google eintippte. Der erste Treffer war bereits die Adresse von Gabriele – das „Örtliche Telefonbuch" verriet es. 84201 München, Buhler Straße 4, Telefon 089/6235534. Er setzte sich eine gelbe Schildmütze mit DHL-Werbung auf und fuhr mit seinem Auto auf direktem Weg zu Gabriele Baumgartners Adresse.

Er parkte schräg gegenüber des Reihenmittelhauses mit der Nummer vier und beobachtete stundenlang vom Fahrersitz aus, wer aus dem etwas älteren 3-spännigen Haus ein und aus ging. In den beiden Reiheneckhäusern schienen Durchschnittsfamilien zu wohnen: jeweils zwei Erwachsene und zwei Kinder. Als die Tür des Mittelhauses aufging und Gabriele herauskam, konnte Alex es erst nicht fassen: sie ist schwanger! Nochmal schwanger! „Welch ein Glück", sagte sich Alex, der spontan eine grausige Idee hatte, wie er ihr maximales Leid zufügen könnte. Sie musste schon kurz vor der Geburt stehen, so dick und prall war ihr Bauch. Selbst aus dieser Entfernung und aus dem Auto heraus, war das ersichtlich. Nachdem Gabriele mit ihrem dicken Bauch außer Sichtweite war, ging Alex auf das linke Reiheneckhaus zu und klingelte.

Eine Dame mittleren Alters öffnete ihm. „Guten Tag ich bin von DHL und wollte ein Päckchen für Frau Baumgartner abgeben – ich habe ihr eine Benachrichtigung in ihren Briefkasten eingeworfen. Das sah sehr nach einem gerichtlichen Schreiben aus; vielleicht möchten Sie ihr das vertraulich mitteilen?", sagte Alex. Die Nachbarin antwortete: „Ach, das wundert mich nicht! Die lebt alleine und hat bestimmt einen kleinen Puff in ihrem Haus, so viele Männer gehen da ein und aus. Kein Wunder, dass die schwanger geworden ist und mit dem Gesetz in Konflikt kommt. Wir reden schon seit Jahren kein Wort mehr mit dieser Schlampe. Trotzdem Danke für Ihre Fürsorglichkeit". Alex verabschiedete sich und fuhr zurück auf seinen Bauernhof. Er wusste, dass er sehr bald wiederkommen würde. Heute Nacht noch. Er packte sorgsam diverse Utensilien für diese Nacht. Dann loggte er sich auf seiner Lieblings-Anatomieseite „anatomieonline24" ein und studierte die Anatomie von Schwangeren. Es war weit nach Mitternacht, als er seinen Rechner herunterfuhr und alle Gerätschaften für seinen nächtlichen Besuch bei Gabriele im Auto verstaute. Er kontrollierte noch ein letztes Mal alle seine Werkzeuge und Chemikalien, und fuhr los in die Buhler Straße 4.

Mit einem Schraubendreher und einem daran angesetzten Ringschlüssel brach er mit einem Ruck das Schloss von Gabis Haustür auf. Er schlich in ihr Haus, schloss die Tür von innen und lauschte. Er hörte kein Geräusch, es war also niemand wach. Nach einigen Sekunden knipste er die mitgeführte Taschenlampe an und leuchtete den Hauseingangsflur ab, bis zu einer offenen Treppe. Er nahm an, dass Gabis Schlafzimmer im ersten Stock lag. Er wollte schon seinen Fuß auf die erste Treppenstufe setzen, als er aus dem Keller ein gleichmäßiges Geräusch hörte. Es war ein tiefes Atmen, fast wie Schnarchen. Statt nach oben, schlich Alexander Vogel nun leise die Treppe nach unten hinab in den Kellerbereich. Die Tür zu einem als Gästezimmer mit Waschgelegenheit hergerichteten Raum stand weit offen. Mattes Mondlicht, das durch die Kellerfenster fiel, erleuchtete die Szene. Mitten im Raum stand ein Bett. Darauf lag Gabriele, zugedeckt mit einer Decke, schwer atmend und vor allem alleine. Alex setzte sich eine Schutzmaske auf und tränkte dann ein Tuch mit Chloroform. Er schlich sich leise in das Zimmer hinein, direkt auf die schlafende Gabriele zu.

Alex hielt den mit der betäubenden Flüssigkeit getränkten Lappen über ihr Gesicht. Dann drückte er es schlagartig auf ihre Nase und ihren Mund. Ein kurzes Aufbäumen und Stöhnen brachte sie noch zustande, doch dann wich jegliche Kraft aus ihren Gliedmaßen. Alex beließ das Tuch auf ihrem Gesicht, tropfte noch weitere betäubende Flüssigkeit darauf und vergewisserte sich in allen anderen Räumen des Kellers, dass dort niemand mehr war. Als er zu seinem Opfer zurückkam, schloss er die Tür des Kellerraumes hinter sich und schaltete das Deckenlicht ein. Er zog die Betäubte aus und band sie an den Bettpfosten mit Kabelbindern fest. So musste sie wohl auch damals dagelegen haben, als ein Schließen ihrer Beine nicht mehr möglich war, da ihr Großvater dazwischen lag. Alex legte Gabriele einen Injektionszugang in den rechten Arm, damit er ihr nach Belieben Medikamente intravenös verabreichen konnte. Er nahm das mit Chloroform getränkte Tuch von Gabis Gesicht, verklebte ihren

Mund zuerst mit Sekundenkleber und zusätzlich mit Klebeband und schüttete ihr dann Wasser aus einer Wasserflasche direkt ins Gesicht. Stöhnend und schwer durch die Nase atmend kam sie zu sich. Ihre Augen weiteten sich vor Schreck, als sie ihre Situation realisierte. Hilflos, an allen Gliedmaßen gefesselt lag sie nackt auf dem Bett und war diesem Fremden ausgeliefert.

Manche Dinge möchte man nicht wirklich hören.

Alex hatte die Schutzmaske abgenommen und sprach zu ihr: „Wir hören uns jetzt mal eine old-fashioned Kassette zusammen an. Und dann tun wir beide das, was Dein lieber Opapa mit Dir getan hat". Genussvoll drückte Alex den Play-Knopf des alten Kassetten-Rekorders, in dem die Kassette mit Dr. Williams Aufnahme steckte, und schaltete auf volle Lautstärke. Hier im Keller wird kein Ton nach außen gelangen, jedoch wird Gabi jedes Wort ihres Psychiaters von damals sehr gut hören können. Ihm, dem Einzigen, dem sie sich nach all den schweren Traumata endlich anvertraut hatte. Wie muss es wohl sein, wenn all ihre intimen Details nicht mehr geheim bleiben, sondern über den voll aufgedrehten Kassettenrecorder mit der Stimme ihres Vertrauensarztes in die Welt hinausgebrüllt werden? Welche Gefühle wird sie dabei empfinden? Scham? Peinlichkeit? Erinnerungen an die Schmerzen von damals? Angst? Todesangst?

Gabriele Baumgartner wollte schreien, doch sie konnte nicht – ihr Mund war zugeklebt. Sie versuchte zu strampeln, sich zu winden und zu befreien. Doch sie war gnadenlos mit den Kabelbindern fixiert. Sie atmete schwer und stoßweise durch die Nase. Tränen liefen ihr an den Wangen herab. Sie weinte noch mehr, als sie die Stimme ihres Kinderarztes, ihres vertrauten Psychiaters hörte. Er sprach über sie. Alle Details ihrer schambesetzten Kindheit und Jugend. Sie wusste nicht, ob es diese Art des Vertrauensbruches war, die sie so entsetzte, oder ob es die grausige Situation der nackten Auslieferung war, die ihr mehr Angst machte. Alex beobachtete sehr genau, bei welchen von Dr. Williams Sätzen bei Gabi die heftigsten Reaktionen ausgelöst wurden.

Am Ende von Dr. Williams Ausführungen tauschte er die Kassette gegen eine leere aus und drückte die Aufnahmetaste. Dann setzte Alex eine Spritze an Gabrieles Injektionszugang und spritzte ein Mittel ein. Die hochschwangere Gabi las mit Entsetzen den Aufdruck des Glases, aus der Alex die Spritze aufgezogen hatte: Tierärztliches Medikament, Wehenbeschleuniger für Kühe. Gabi hatte große Angst um ihr ungeborenes Kind. Sie wollte doch diesmal alles richtig machen und ihrem Kind die perfekte Mutter sein. Es gingen ihr blitzartig Gedanken durch den Kopf, wie: „Was hat der Wahnsinnige vor? Will er mein Kind? Warum quält er mich so?". Die mit den Wehen einhergehenden Kontraktionen begannen bei Gabi fast sofort. Sie spürte den Wehenschmerz und rang nach Luft. Doch sie konnte nur durch die Nase atmen und damit war das Luftvolumen sehr gering, im Gegensatz zum Atmen durch den Mund. „Hey, Schätzchen! Ich nehme Dir das Klebeband vom Mund, damit Du besser atmen kannst", sagte Alex süffisant, und riss das Klebeband mit einem rücksichtslosen Ruck von ihrem Mund.

Gabi wollte Luft holen und dann sofort um Hilfe schreien, doch es ging nicht. Ihre Lippen waren versiegelt mit Sekundenkleber. Als sie das realisierte, bekam sie noch mehr Panik und ihre Augen schienen fast aus den Höhlen zu quellen. Die Panik die sich einstellte, die Wehen die in kurzen Abständen kamen und die körperliche Fixierung waren zu viel für sie. Sie spürte dieses Gefühl aus ihrer Jugend wieder, als sie sich außerhalb ihres Körpers begab, um das Unerträgliche zu ertragen, um nicht sterben zu müssen. Es war wie eine Art Trancezustand, der ihr altvertraut vorkam. Gabrieles Körper reagierte automatisch. Die Wehen wurden stärker und stärker. „So eine Sauerei", sagte Alex, als Gabis Fruchtblase geplatzt war, und spritzte noch mehr Wehenbeschleuniger in Gabis Venen. Er sah, dass sie apathisch wirkte; das musste der Zustand sein, von dem Dr. Williams berichtete: die Seele ist außerhalb des Körpers. Dann nahm Alex ein Teppichmesser und schnitt Gabrieles Ober- und Unterlippe ab, so dass die Zähne sichtbar waren unter all dem Blut der schwer verletzten Gesichtspartie. „Was siehst Du?", schrie Alex Gabi an. Er wusste, dass es einen Punkt gab, wo körperliche und psychische Belastung zu groß werden, an dem die meisten Menschen in Ohnmacht fallen. Und eben auch einige aus ihrem Körper herausgehen können und nichts mehr spüren. Und wie von Alex erwartet sprach sie nun, trotz aller Schmerzen, Verletzungen und psychischen Re-Traumatisierungen. Sie sprach ruhig aber etwas unverständlich, da sie keine Lippen mehr hatte. Alex faszinierte diese Ruhe in ihrer Stimme. Trotz der Gesichtsverletzung, trotz der Wehen. Das war der Zustand, in dem er sie haben wollte. „Ich bin nicht mehr in meinem Körper. Ich sehe zu, bin Zuschauer. Du kannst mir nicht mehr wehtun", sagte sie.

Na, dann bekommst Du was zu sehen, dachte Alex, der nun vollends zu Argos geworden war, und schnitt ihr mit dem Teppichmesser den schwangeren Bauch auf. Blut spritzte und der Darm quoll hervor. Auf Grund der detaillierten Abbildungen auf den Pathologieseiten „anatomieonline24" wusste Alex genau, wo der fast fertig ausgebildete Mensch in Gabis Bauch war. Er griff in Gabis Bauch und zog das Ungeborene heraus. Er säuselte dicht an Gabis Ohr: „Herzlichen Glückwunsch, du bist wieder Mutter geworden! Lässt Du Dein Kind auch diesmal wieder im Stich? Sie sie dir an, deine hübsche Tochter!". Argos hielt ihr mit der einen Hand das Kind und mit der anderen Hand ein Bild ihres Großvaters direkt vor ihre Augen. Gabrieles Herz blieb im selben Augenblick stehen.

VERHÖR TEIL 3, ALEX LIEFERT EIN WICHTIGES PUZZLESTÜCK.

„Nun, meine liebe Monika werde ich dir etwas in Erinnerung rufen, was du vielleicht vergessen hattest", setzte Alex an und drehte ihr sein Gesicht mit einem Grinsen zu. Sofort wandte sich auch der Kommissar Monika Nirschl zu und sah ihr beschwörend in die Augen. Monika wusste in diesem Augenblick nicht, ob sie die direkte Ansprache durch Alexander Vogel oder der warnende Blick des Kommissars mehr erschreckte. Sie hatte ihre Hände während des bisherigen Verhörs in ihrem Schoß gefaltet und ihr dunkles Halstuch als Sichtschutz darübergelegt. Bei den schlimmsten Schilderungen des Serienmörders hatte sie ihre Finger ganz fest ineinander verschränkt und zugedrückt, um vom selbstzugefügten Schmerz abgelenkt zu werden. Doch jetzt kamen die Worte aus Alexs Mund direkt an sie gerichtet und das war für sie noch schlimmer. Sie fühlte sich schuldig, ertappt wie ein kleines Mädchen. Sie presste nun nicht nur die Finger ihrer verschränkten Hände aneinander, sondern stach sich zusätzlich ihre Fingernägel in ihre Haut. Nur so konnte sie mit der unsäglichen Anspannung und den ganzen negativen Gefühlen, die in ihr emporstiegen umgehen. „Sagen Sie nichts. Egal was der Verdächtige Sie fragt", das waren die Worte des Kommissars, als er sie auf das bevorstehende Verhör vorbereitete, und weiter: „Das allerwichtigste: sagen Sie unter keinen Umständen auch nur ein Wort, wenn Sie vom Verdächtigen angesprochen werden sollten!". Monika konnte diese Worte laut in ihrem Kopf hören, obwohl diese bereits vor einiger Zeit gesprochen wurden. Sie dachte kurzzeitig, dass der Kommissar über seinen eindringlichen, warnenden Blick ihr diese Worte nochmals telepathisch übermittelte. Denn der Kommissar hatte kein Wort gesagt, nur Blickkontakt mit ihr aufgenommen.

„Erinnerst du dich an Deine Mitschüler in deiner Grundschulklasse? Die meisten wurden 1980 geboren. Auch Du, wie ich bei meinen Recherchen über dich herausgefunden hatte. Kurz vor dem Übertritt in die nächst höhere Schule, also am Ende der vierten Klasse waren die meisten zehn oder elf Jahre alt. Ein schönes Alter, um unerwartete Lebensereignisse ganz bewusst zu erleben und tief im Gehirn abzuspeichern. Oder auch irgendwann zu verdrängen, wenn der Vorfall zu schlimm gewesen ist", fuhr Alex fort. Monika fragte sich, was dieser Serienmörder wohl alles über sie wusste. Und was wollte er jetzt gerade bei ihr bewirken? Mit einem eingefrorenen Grinsen sprach Alex weiter, nur seine Lippen schienen sich zu bewegen: „Die Psychologen nennen solch schlimme Lebensereignisse Trauma. Und genau das widerfuhr den lieben Kleinen damals. Und damit auch dir, meine Kleine." Monika Nirschl krallte sich ihre Fingernägel nun mit aller Kraft in ihre eigene Haut. Sie nahm den Schmerz nicht wahr, denn sie spürte wellenartig Böses auf sich einwirken. Dieser Blick des menschlichen Monsters, dieses „Argos", der alles über seine Opfer wusste, schien sie zu verhexen. Sie konnte nicht mehr klar denken, sah vor ihrem inneren Auge Bilder aus Horrorfilmen, die sie vor langer Zeit einmal gesehen hatte. Die aufgedunsene zwölfjährige Regan aus dem Film „Der Exorzist" erschien in ihrem Kopfkino und drehte den mit Narben versehrten Kopf um 360 Grad. Monika wurde es übel, aber sie konnte sich nicht von ihrem Stuhl erheben, denn sie war starr vor Schreck.

P.-J. Mayer war hin und her gerissen zwischen seinem Schutzinstinkt für Monika Nirschl, der ihm sagte „Nichts wie raus mit Frau Nirschl aus diesem Raum", und dem immensen Interesse an der wohl gleich folgenden Aussage von Alexander Vogel. Er fühlte, dass genau jetzt der Augenblick gekommen war, an dem der Serienmörder ein wichtiges Puzzleteil preisgeben würde. Drei Seelen wohnten nun gleichzeitig in seiner Brust. Seine kriminalistische Ader, seine Neugier und nicht zuletzt die Chance auf Rettung weiterer Opfer veranlasste ihn, Monika nicht zu helfen. Auch wenn er es menschlich als äußerst grausam ansah, war das psychische Leid einer gesunden Frau nichts im Vergleich zu den möglichen Opfern, die auf Befreiung warteten. Argos war solch ein Schwein, so abgrundtief böse, dass er selbst im Gefängnis mit seiner negativen Aura Leid verbreitete. Alleine durch seine Worte und seinen Blick. „Das muss die Frau aushalten – für andere Menschen, die dafür gerettet werden können", sagte der Kommissar zu sich.

Je mehr Monika angespannt war, desto weniger konnte sie sich erinnern, was damals, als sie in der vierten Grundschulklasse war, passiert war. Doch Alex, alias Argos, half ihr auf die Sprünge: „Ihr hattet damals einen überaus beliebten Klassenlehrer. Und viele der Mädchen schwärmten für ihn. Sexuelles Interesse hat man in diesem Alter noch nicht wirklich. Bis auf die zwei, drei Mädchen, die schon mal durchgefallen waren, die schon elf oder älter waren. Doch eine intensive Schwärmerei ist auch Zehnjährigen schon zuzutrauen. Die Jungs in der Klasse hatten Respekt vor ihm und himmelten ihn auf ihre Art an, als einen der wenigen männlichen Vorbilder in einer von Lehrerinnen dominierten Schule. Na, kannst du dich erinnern?". In Monika kamen Erinnerungen an ihren Lehrer hoch. Ja, es stimmte, sie hatte wie viele andere Mädchen in ihrer Klasse auch, schwärmerische Gefühle für ihn gehabt. Ein Psychologe hatte einmal zu ihr gesagt, dass Gefühle zeitlos seien und sie gebeten, an das schönste Gefühl bei einem Weihnachtsgeschenk zu denken, das sie in ihrer Kindheit gehabt hatte. Und sofort hatte sie dieses wunderbare Gefühl gespürt, und erst einige Sekunden später kamen ihr die entsprechenden bildhaften Erinnerungen. Doch in ihrer jetzigen Situation, hier in dieser Betonverhörzelle, zusammen mit diesem Ekel, diesem Massenmörder stellte sich zwar kurzzeitig jenes schwärmerische Gefühl von damals ein, doch keine Bilder von ihrem Lehrer. Ihr inneres Auge zeigte nicht das Gesicht des von ihr verehrten Lehrers. Warum? Das sollte sich nun offenbaren.

„Erinnerst du dich noch an den letzten Schultag damals vor den Weihnachtsferien? Wahrscheinlich nicht. Du hast es ganz tief in deinem Unterbewusstsein verdrängt. Das haben nicht alle der Schüler damals auf diese Weise verarbeitet. Alle mussten nach dem Trauma zum Schulpsychologen und etliche in psychotherapeutische Behandlung. Damals gab es zwar in einer Großstadt wie München schon einige Psychologen, aber ein Kinderpsychiater, ein auf Kinder spezialisierter Arzt für Geisteskrankheiten war deutschlandweit eine Seltenheit. In München gab es jedoch so einen Psychiater: Dr. Kurt Williams", führte Alex aus, weiter permanent grinsend und gleichzeitig Monika fixierend. Dann fuhr er fort: „Meine liebe Monika, ich werde deiner Erinnerung, und damit deinem Unterbewusstsein ein wenig auf die Sprünge helfen. Der Lehrer hieß Hartmut Zureck. Na, klingelts schon?". Monika nahm jedes Wort aus Argos Mund mit solcher Intensität wahr, dass sie nur noch seine Augen und seine Worte registrierte, aber die restlichen Anwesenden komplett ausblendete. Und dann erzählte Alex, alias Argos, das vom Kommissar P.-J. Mayer so sehnsüchtig erwartete Detail, das ihm so lange fehlte. Es war die Antwort auf die Frage, weshalb der größte Teil der Opfer aus derselben Grundschulklasse kamen. Und weshalb so viele Schüler einer einzigen Klasse bei einem Kinderpsychiater in Behandlung waren.

Argos war in bester Stimmung, fast so als könnte er sein nächstes Opfer töten. Er spürte, dass er gleich Chaos und Panik anrichten konnte, also fuhr er fort: „Dein lieber, über alles geliebter Lehrer und Jungmädchentraum Hartmut Zureck war zu jener Zeit gerade mitten in einem dreckigen Rosenkrieg mit seiner Noch-Ehefrau. Es ging mittlerweile um den Entzug des Umgangsrechts mit seinen Kindern. Seine Frau hatte von der Familienrichterin das alleinige Sorgerecht erstritten. Und an jenem Freitagmorgen vor den Weihnachtsferien hatte ihm ein Bote des Familiengerichts persönlich eine Verfügung überbracht, dass er ab sofort seinen Kindern nicht mehr näher als eintausend Meter kommen durfte. In diesem Schockzustand ging er zu seinem Waffenschrank mit den Jagdgewehren, entnahm eines und ein Magazin Munition. Danach ging er wie immer zur Schule, in seine Klasse, verlas die Anwesenheitsliste und setzte sich auf seinen Lehrerstuhl hinter dem Pult. Dreiunddreißig Schüler warteten gespannt darauf, was ihr geliebter Lehrer ihnen wohl heute beibringen würde. Doch diesmal war die Lektion eine Lektion fürs ganze Leben dieser noch halbwüchsigen Kinder. Anschließend sprach er noch diesen letzten Satz: „Wenn meine Kinder keinen Vater mehr haben dürfen, dann sollen andere Kinder das auch spüren". Aufmerksam und ganz still sahen dreiunddreißig Augenpaare auf ihn. Dann schob er sich den Lauf der Jagdwaffe in den Mund und drückte vor der versammelten Klasse ab. Erinnerst du dich jetzt?".

Schlagartig kamen die Bilder hoch, die Monikas Unterbewusstsein so lange tief im Inneren versteckt hatte. Der Knall, das spritzende Blut, die aus dem Kopf quellende graue Masse, die aufgerissenen Augen ihres Lehrers. Alles war mit einem mal wieder da, als ob es gerade erst passiert war. Diesmal war es umgekehrt: zuerst kamen die Bilder, dann erst das traumatische Gefühl von damals.

Schlimmer noch als der Augenblick des Kopfschusses, hatte sie jedoch ein bestimmtes Detail in Erinnerung: das Herabrutschen des beim Schuss gelösten Schädeldeckenteils von der großen grünen Schiefertafel. Nach dem markerschütternden Knall des Schusses, waren die anschließende Schreckstarre und die damit verbundene Stille für Monika am schlimmsten gewesen. Zu beobachten, wie ein Stück des Schädels ihres Lehrers lautlos über die Tafel nach unten glitt, war so tief in ihr eingebrannt, dass sie diese Szene wieder und wieder sah, wie in einer Endlosschleife. Nur ihr plötzliches Erbrechen und das rhythmische Zusammenziehen ihres Magens riss sie aus diesem schrecklichen Erinnerungsfilm zurück in das Verhörzimmer, ins Hier und Jetzt. Dabei kippte sie von ihrem Stuhl auf den Boden. Sie kotzte sich die Seele aus dem Leib, während Argos weiter grinste.

„Abbrechen!", schrie der Kommissar, sprang reflexartig auf und nahm Monika, trotz ihres Erbrochenen auf ihrer Kleidung, in seine Arme. Mittlerweile waren weitere Gefängnisbeamte in den Verhörraum gestürzt und nahmen Argos in den Polizeigriff. Der Kommissar trug die mittlerweile Bewusstlose schnellstens aus dem Raum und direkt zur Krankenstation des Gefängnisses.

MÜNCHHAUSEN-STELLVERTRETERSYNDROM (MÜNCHHAUSEN BY PROXY SYNDROME).

Patientenkarte Nummer 291: Karsten Vogt, geboren am 12. Mai 1980, Diagnose: diverse Traumata. T74.8, Münchhausen by Proxy Syndrome (bei der Mutter, Karola Vogt, diagnostiziert), artifizielle Störung.

Alex begann die Krankenakte mit den Aufzeichnungen von Dr. Williams zu lesen. Sie war chronologisch geordnet, wie alle Akten seiner Patienten. Doch diesmal war das älteste und damit erste Dokument, das Alex in seinen Händen hielt, ein handgeschriebener Brief. Er war an den „hochgeschätzten" Kinderpsychiater Dr. Williams adressiert und die Absenderin war Karola Vogt, die den Brief auch unterzeichnet hatte. Er war gespickt mit medizinischen Fachausdrücken, fast wie ein Attest eines medizinischen Gutachters. Darin beschrieb Karsten Vogts Mutter die bisherigen medizinischen Stationen ihres Sohnes. Sie beschrieb detailliert Krankheiten ihres Sohnes und die hierzu aufgesuchten Ärzte. Alex fiel auf, dass sie ihren Sohn – wenn er es denn war – immer nur mit Karsten Vogt beschrieb, also scheinbar mit einer gewissen Distanz.

Ein Absatz des Briefes gefiel Alex besonders gut: „Als Karsten Vogt zum dritten Mal innerhalb eines Monats in der Kindernotaufnahme mit Blinddarmsymptomatik vorstellig wurde, entschied der diensthabende Arzt sofort zu operieren und den Blinddarm zu entfernen. Doch nur wenige Wochen nach dem Eingriff zeigten sich immer wieder Koliken, Durchfälle, Erbrechen, erhöhte Temperatur und unspezifische Leibschmerzen. Das katarrhalische Stadium wird wiederholt erreicht". „Na, die Operation hat sich voll gelohnt, zumindest für den Arzt", sagte Alex süffisant zu sich und lachte laut. Vermutlich war dieser Brief der erste Kontakt von Karola Vogt zu Dr.

Williams; zumindest der erste schriftlich festgehaltene. Im Brief ging es weiter mit diversen Krankheiten, die die Ärzte bei Karsten Vogt diagnostiziert hatten. Am Ende schrieb die besorgte Frau, dass Karsten Vogt mittlerweile von den Ärzten als Simulant betrachtet würde und vom Hausarzt dringend empfohlen wurde, dass er bei einem Kinderpsychiater vorstellig werden sollte. Mit der Bitte um einen dringend notwendigen und daher doch möglichst kurzfristigen Termin endete der Brief.

„So viele verschiedene Krankheiten, wie in diesem Brief beschrieben wurden, konnte doch so ein kleiner Wicht gar nicht haben", dachte sich Alex. Er sah am Datum des Briefs, dass Karsten Vogt gerade mal vier Jahre alt war, als er Dr. Williams vorgestellt wurde. Auf der Patientenkarte war der Eingang des Briefs in Dr. Williams Praxis akribisch mit Eingangs- und Poststempeldatum vermerkt. Genauso detailliert beschrieb Dr. Williams den ersten Besuch des kleinen Patienten mit seiner Mutter in der psychiatrischen Kinderpraxis. Ja, sie war laut den Aufzeichnungen des Arztes wirklich Karstens Mutter. Warum nur schrieb sie nicht von ihrem Sohn, oder nannte Karsten nur bei seinem Vornamen? Sie titulierte ihn in ihrem Brief immer mit vollem Vor- und Nachnamen. Ungewöhnlich, dachte sich Alex.

Alex las die weiteren Aufzeichnungen des Kinderpsychiaters. Darin schilderte der Arzt, dass die Mutter ausgezeichnete medizinische Kenntnisse besitze, da sie als Krankenschwester in einer Intensivstation des örtlichen Krankenhauses arbeitete. Die Mutter empörte sich darüber, dass man ihrem Sohn unterstellte, dass er ein Simulant sei. Als Beweis nannte sie die Blinddarm-Operation, den gebrochenen Arm vor einem Jahr oder die letztendlich nur von echten medizinischen Koryphäen zu diagnostizierenden Asthma-Attacken bei Karsten, die er schon seit Jahren habe. Gerade beim Asthma hätten die Ärzte sehr lange gebraucht, um es zu diagnostizieren, da es ja nur sporadisch auftrete.

Alex überflog die Notizen der nächsten zwei oder drei gemeinsamen Sitzungen mit Mutter und Kind bei Dr. Williams, als er auf den Vermerk „Einzelgespräch Karsten Vogt Nr. 1" stieß. Dazu gab es keine weiteren Aufzeichnungen, was äußerst ungewöhnlich war für den sehr exakt arbeitenden Kinderpsychiater, der auf den Patientenkarten eher zu viel notierte, als zu wenig. Wie auch schon bei den anderen Patienten von Dr. Williams, entdeckte Alex auch hier in den Unterlagen eine Kassette aus einem Diktiergerät. Bei genauerer Betrachtung waren es jedoch diesmal zwei Kassetten. Eine trug die Aufschrift „Karsten Vogt Nr. 1", die andere „Karsten Vogt Nr. 2 (Karola Vogt)". Alex holte sich den Kassettenrekorder, den er bereits für andere Kassetten mit von Dr. Williams besprochenen Diagnosen genutzt hatte. Doch diesmal waren auf der ersten Kassette keine Diagnosen zu hören, sondern Dialoge zwischen Arzt und dem kleinen Patient.

Alex lauschte der angenehmen und warmherzigen Stimme des Kinderpsychiaters, der auf der ersten Kassette empathisch und kindgerecht zu dem vier Jahre alten Karsten Vogt sprach. Das Kind mochte den Doktor sehr gerne und es hatte Vertrauen gefasst, das konnte man aus dem Gespräch der beiden durchaus heraushören. Dr. Williams lenkte die scheinbar harmlose und oberflächliche Unterhaltung nach etwa fünf Minuten fast unmerklich in eine bestimmte Richtung. Das Kind antwortete freimütig auf die Fragen des für ihn Opa-haften Mannes. Dann stellte der Psychiater die Frage nach Karstens größter Angst. Das Kind hielt kurz inne, um dann herauszuplatzen: „Wenn Mama abends an mein Bett kommt". „Was macht sie denn da so?", fragte Dr. Williams mit zugeneigter und sehr freundlicher Stimme. „Manchmal hält sie mir Mund und Nase zu. Ich habe dann Angst und bekomme überhaupt keine Luft mehr. Manchmal gibt sie mir auch noch „Mama"-Medizin. Aber danach geht es mir meist nicht gut. Du sagst das aber nicht meiner Mama, oder? Sie wäre dann sehr, sehr traurig", antwortete Karsten. „Natürlich, du kannst dich auf mich verlassen. Großes Indianerehrenwort. Das ist unser kleines Geheimnis. Was würde Mama denn zu dir sagen, wenn du eure Abendzeremonie mit Medizin und Mund- und Nasezuhalten jemanden erzählen würdest?", fragte Dr. Williams so neutral, wie nur irgendwie möglich. Karsten erwiderte spontan: „Sie würde sich umbringen, das sagt sie dann immer. Ich will nicht, dass meine Mama stirbt!". Dr. Williams sprach trotz des in ihm hochkommenden Verdachts auf Kindesmisshandlung freundlich und dem Kind zugeneigt weiter: „Kannst du dich noch an deinen gebrochenen Arm erinnern, etwa vor einem Jahr? Wie ist das denn passiert? War da auch deine Mama dabei?". Karsten senkte nun die Stimme und sagte: „Du darfst nichts meiner Mama sagen. Du darfst wirklich niemandem irgendetwas erzählen, bitte, bitte". Dann hörte man auf dem Band einige Sequenzen, auf denen Spiele mit –vermutlich- Puzzleteilen gespielt wurden. Dr. Williams ist schon ein Fuchs, dachte Alex. Wenn es emotional kritisch wird, lenkt er den Patienten ab, damit dieser nicht blockiert und möglicherweise nichts mehr sagt. „Schlau, sehr schlau", brummte Alex vor sich hin.

Nach einigen Minuten mit belanglosen Gesprächen beim Spielen mit dem Kind, kam der Psychiater wieder zum eigentlichen Punkt seiner Recherchen zurück, und fragte Karsten erneut nach der Rolle seiner Mutter bei der Entstehung des gebrochenen Armes. Und dann erzählte der kleine, vierjährige und so liebenswerte Junge alles im Detail.

„Ich musste ins Bett, das Sandmännchen im Fernsehen war bereits vorüber. Ich lag im Schlafanzug in meinem Bett. Ich hatte meinen Bärli fest umklammert, denn jetzt war wieder die Zeit da, vor der ich mich am meisten fürchtete. Ich hatte Angst vor dem Mund- und Nasezuhalten-Spiel. Aber auch vor der „Medizin". Eins von beiden machte Mami immer. Jeden Abend. Sie sagt immer, dass das ein Spiel sei. Ich mag dieses Spiel gar nicht. Aber Mami sagt dann immer, sie bringt sich um und ich habe dann keine Mami mehr. Sie kommt dann nie mehr wieder und das will ich nicht", erzählte der Junge. Dr. Williams sagte nichts, lies den kleinen Karsten einfach weitererzählen.

Der Vierjährige fuhr fort: „Sie wollte wieder Nase und Mund zuhalten, wie schon so oft. Aber diesmal kniete sie auf meinem linken Oberarm. Irgendwann wusste ich nicht mehr, ob das keine-Luft-bekommen, oder das Gefühl im Arm schlimmer war. Mama ließ mich erst los, als es in meinem Arm knack gemacht hatte. Jetzt möchte ich wieder Puzzlespielen, Herr Doktor".

In der Schule wurde Alexander Vogel oft wegen seines Nachnamens von den anderen Mitschülern gehänselt. Sie riefen damals: „Du hast einen Vogel", „du Vogelfreier" oder später, in den Jugendjahren, auch „du bist ein Gevögelter" und noch schlimmere Schimpfwörter. Lächelnd dachte Alex, dass die Kinder damals recht gehabt hätten. Was würden sie wohl sagen, wenn sie wüssten, dass er einer der gesuchtesten Serienmörder war? Aber so einen großen Vogel wie Dr. Williams kleine Patienten hatte er bestimmt nicht, dachte er. Die Mutter quälte also ihr eigenes Kind. Vielleicht schon Jahre, vielleicht schon von Geburt an? Alex hatte als Kind auch Tiere gequält, war aber irgendwann darauf gekommen, dass Menschen die besseren Opfer sind. Das eigene Kind immer so weit zu quälen, dass es leidet, aber eben nicht stirbt. Das ist eine Variante, die Alex nicht gefiel. Er bevorzugte das endgültige Finale seiner Opfer. Auch wenn er das Finale so lange wie möglich hinaus zu zögern trachtete, konnte er der Vorgehensweise dieser Mutter nichts abgewinnen. Obwohl, wenn er länger darüber nachdachte, war das schon ein Vorgehen, das seinen Respekt verdiente.

Nun legte er die zweite Kassette ein und drückte auf den Startknopf. Dr. Williams führte darauf eine Hypnosesitzung mit Karstens Mutter, Karola Vogt durch. Er sprach: „...in dieser tiefen Entspannung gehen Sie gedanklich zu jenem Abend, als Sie auf Karstens Oberarm knieten und ihm Nase und Mund zuhielten". Karola erzählte detailliert, wie sie ihrem Sohn alle Atmungsöffnungen mit ihren beiden Händen zudrückte. Sie setzte immer mehr Kraft ein, je mehr er sich wehrte. Mit ihren Knien fixierte sie brutal die Oberarme ihres Kindes. Sie erzählte von jenem Augenblick, als der Knochen des damals Dreijährigen brach. Sie beschrieb das Geräusch des brechenden Knochens und den Schreck, den sie bekam, als die begriff, was soeben passiert war. Sie ließ sofort von ihrem Sohn ab. Von der ganzen Liebe, die sie schlagartig durchströmte, als sie ihrem Sohn erste Hilfe leistete. Welches Hochgefühl sie hatte, als sie mit ihm auf den Armen das Krankenhaus betrat. Der schönste Ort der Welt, sagte sie unter anderem.

Dr. Williams fragte weiter, während sich Karola Vogt in tiefster Hypnose befand: „Wann haben Sie das erste Mal versucht Ihr Kind zu ersticken?". Sie antwortete emotionslos in Trance: „Schon kurz nach der Geburt hatte ich mich noch im Krankenhaus über ihn gelegt und versucht ihm mit meinem Körper, meinen Brüsten zu ersticken. Doch es kam immer jemand dazwischen. Einmal meine Zimmerkollegin, dann die Kinderkrankenschwester. Keinem fiel mein Tun auf, denn ich hatte immer gute Ausreden. Als ich entlassen wurde, machte ich zu Hause damit weiter. Dort hörte und sah es niemand. Selbst mein Mann hat über die Jahre nichts bemerkt. Ich brauche das zur Spannungsabfuhr, um für mich bedrohliche innere Spannungszustände abbauen zu können. Manchmal nahm ich auch statt meiner Hände eine Rolle Frischhaltefolie. Die wickelte ich ihm um den Kopf und bevor er erstickte, stieß ich auf Höhe des Mundes mit meinem Finger ein Loch hinein. Danach wickelte ich die Folie liebevoll wieder von ihm ab. Dabei bleiben keinerlei Spuren zurück. Irgendwann begann ich das vorgetäuschte Ersticken meines Sohnes zu Ritualisieren. Immer abends nach dem Sandmännchen habe ich mit Lust meinem Baby die Luft genommen. Die Ärzte diagnostizierten bei dem Baby Asthma. Damit war ich entlastet und konnte mit dem weiter machen, was ich so sehr brauchte. Ich konnte Karstens beinahes Ersticken nun umso freier genießen und seine scheinbare Erkrankung, sein diagnostiziertes Asthma aufrechterhalten. Und das Beste: ich konnte wegen vermeintlicher Asthmaanfälle immer wieder in die Notaufnahme mit ihm fahren. Und dort den Ärzten, diesen Autoritäten, diesen Göttern in

Weiß, meine ganze tiefe Liebe zu meinem Kind zeigen. Zuvor hatte ich Karsten immer eingeschärft, was er sagen sollte. Meine Drohung ihm gegenüber war immer mein Selbstmord. Wenn er sich nicht fügen würde, würde ich mich umbringen, sagte ich ihm. Das wirkte auf ihn dann immer wie ein Hammerschlag".

„Erzählen Sie mir von der Medizin, die Sie Ihrem Kind verabreicht hatten", insistierte der Doktor. Karola sprach in ihrem tranceartigen Zustand ohne Blockaden oder Bedenken: „Meist war es eine Salz- oder Paprikamischung untergemischt mit beliebigen Tabletten aus unserem Arzneimittelschrank. Manchmal hatte ich Lust auf das Verabreichen von „Mamas"-Medizin, manchmal war mir aber auch mehr nach dem beinahe Ersticken meines Sohnes. Es ist so ein wunderbares Gefühl von Macht und Erlösung. Und im besten Fall hatte ich wieder einen Grund mit dem Kind ins Krankenhaus zu fahren. Oft in die Notaufnahme. Die Ärzte vermuteten alles Mögliche, fanden jedoch nie etwas sicher Diagnostizierbares. Einmal wurde ihm sogar der Blinddarm entfernt, nachdem ich ihm die „Mami"-Medizin gegeben hatte. Ich hätte gerne mehrere Kinder gehabt, dann hätte ich unter meinen Kindern jeden Abend auswählen können. Dann hätte auch einmal eines sterben können. Karsten darf nicht sterben, sonst habe ich niemanden mehr, an dem ich meine inneren Spannungen abbauen kann".

„Der Glanz im Auge der Mutter ist essentiell für die Kindesentwicklung", stand in einem entwicklungspsychologischen Buch, das Alex vor kurzem gelesen hatte. In Karstens Fall, war der Glanz dieses Mutterblicks jedoch pure Macht und Abartigkeit. „Good enough mothering", wie ebenso in diesem Buch beschrieben, sieht bestimmt ganz anders aus. Neben diesem lag noch ein weiteres Buch über Hermeneutik, Symboldeutung aufgeschlagen auf dem Tisch. Alex hätte erwartet, dass der Doktor tiefenpsychologisch über Symboldeutung an das Thema herangehen würde. Aber er hatte nicht damit gerechnet, dass sowohl das Kind, als auch die Mutter unter

Hypnoseeinfluss so offen reden würden. Selbst ihn, den doch so abgebrühten Serienkiller, überraschte manchmal noch etwas.

Akribisch, wie Dr. Williams war, hatte er auch alle weiteren Schritte auf der Patientenkarte von Karsten Vogt notiert. „Sofortige telefonische und nachfolgend schriftliche Information des Jugendamts. Inobhutnahme des kleinen Karsten Vogt durch einen Betreuer des Jugendamts. Sofortige Einweisung von Karola Vogt in die geschlossene psychiatrische Anstalt. Akute Selbstmordgefahr der Mutter, durch die Zwangstrennung von ihrem Kind", war als Aufzählung zu lesen. Hier hörten Dr. Williams Aufzeichnungen auf. Weder über den Patienten Karsten, noch über dessen Mutter Karola hatte Dr. Williams noch etwas Weiteres notiert. War dieses Kinderschicksal dem Arzt zu nahe gegangen? Oder gab es einfach nichts weiteres, was noch des Aufschreibens wert gewesen wäre? Oder hatte sich Dr. Williams damals nicht für das weitere Schicksal seines kleinen Patienten interessiert, was Alex allerdings nicht glaubte, viel mehr hatte er noch eine andere Vermutung: vielleicht waren einige Blätter dieser Krankenakte in einer anderen Kiste? Denn er hatte damals nicht alle Patientenakten komplett erstanden. Damals, als er die Kartons mit den brisanten Patientendaten von Dr. Williams Enkeln erstand, waren möglicherweise noch Kartons bei den Kindern verblieben, oder bereits vernichtet worden. Aber das war auch egal, denn nun wusste er, was zu tun war. Er überlegte diesmal nur, ob er den Sohn alleine oder auch die Mutter töten würde.

Doppelmord, doppelter Spaß.

„Zwei Opfer gleichzeitig, das erhöht den Thrill. Aber auch das Risiko", sagte sich Alex. Er grinste und fand in diesem Satz eine unglaubliche Genugtuung: „Doppelmord klingt viel besser, als Mord". Alex' Ego jubilierte. Er gab sich seiner Phantasiewelt hin und malte sich aus, was es bedeuten würde einen Doppelmord zu begehen.

„Argos tötet nun mehrere Menschen gleichzeitig", würde in den Zeitungen stehen. Das gefiel ihm und seiner Eitelkeit. Argos hatte ihn die Öffentlichkeit genannt. Argos, das Monster aus der griechischen Mythologie, mit den hunderten von Augen, von denen nie alle gleichzeitig schliefen. Niemand würde sich mehr sicher fühlen können, denn er wäre dann auch in der Lage mehrere Menschen gleichzeitig zu töten. Fast schon manisch, durchdachte er seine Phantasien, und war dem Größenwahn schon sehr nahe. Doch bevor er komplett in eine Manie abdriftete, erstarben diese für ihn ungewohnten Glücksgefühle jäh.

Durch seinen Unfall, damals als Kind im heimischen Garten, hatte Alex eine Hirnschädigung erlitten, die ihm tiefe Emotionen, wie zum Beispiel Empathie zu anderen Menschen, unmöglich machten. In letzter Zeit stellte er fest, dass er ungewohnte Emotionsausbrüche hatte, wie gerade eben. Doch diese verschwanden genauso schnell, wie sie gekommen waren. Für ihn war das überraschend, denn seit seinem Unfall in seiner Kindheit, hatte er keine wirklich tief gehenden positiven Emotionen mehr verspürt. Nur negative, wie Hass und Wut. Er vermutete, dass sich in bestimmten Regionen seines damals schwer verletzten Gehirns neue Synapsenverbindungen bildeten. Diese unvorhersehbaren Gefühle hasste er, denn sie würden ihn möglicherweise bei seinen weiteren Taten beeinflussen oder sogar in Gefahr bringen. „Warum kommen diese Gefühle gerade jetzt wieder, nach all den Jahren?", fragte er sich. Er recherchierte im Internet und versuchte einen Weg zu finden, diese spontanen und unvorhersehbaren Gefühle zu unterdrücken. Und er wurde fündig. Auf der Internetseite „onmeda-borderline" stieß er auf ein Forum für Borderliner mit Impulskontrollstörungen. Dort wurden Medikamente gelobt, die Emotionen unterdrücken können. Er bestellte sich einige dieser atypischen Neuroleptika im Ausland über das Internet. „Ich nehme das beim nächsten Opfer selbst ein, dann kann mir kein emotionaler Fehler passieren", sagte er zu sich selbst.

Karola Vogt wohnte noch immer im selben Haus, wie in den Adressdaten auf der Patientenkarte von Karsten Vogt vermerkt. Er bekam von der Internet-Suchmaschine als Ergebnis zu ihrem Namen zusätzlich sogar noch eine Werbeanzeige angezeigt: „Altenpflegeservice Karola Vogt, freundlich und fürsorglich, Tag- und Nachtservice, Tel. 089/8116103, www.KV-Pflege-TagundNacht.de". „Ob sie wohl jetzt alte Menschen erstickt oder ihnen „Mami"-Medikamente verabreicht?", dachte Alex bei sich. Auf der Webseite war neben der Adresse des Pflegeservices sogar der Schichtplan der Mitarbeiterinnen dargestellt. Karola Vogt war laut Impressum die Besitzerin und hatte heute Nachtschicht. Über Karsten Vogt konnte er im Internet nichts finden. Aber das machte Alex nichts aus – seine Mutter würde seine Adresse schon ausspucken, vermutete er. Dann ging er zu seinem schalldicht präparierten Fahrzeug, kontrollierte die darin installierte Liege mit den diversen Fixiermöglichkeiten und die Medikamente, die er auf dem Beifahrersitz liegen hatte: Sedativa, Tranquilizer und verschiedene Narkotika aus der Tiermedizin. Dann fuhr er los, zu der im Internet angegebenen Adresse. Er hielt gegenüber von Karolas Altenservice, der in einem ehemaligen Lebensmittelladen mit großer Glasscheibe untergebracht war. Vom Fahrersitz aus konnte er Karola beobachten, wie sie Dokumente sichtete und immer wieder mal telefonierte.

Es war bereits nach neun Uhr abends und die Beleuchtung im Inneren der Altenpflegestation ermöglichte es Alex, jedes Detail durch das große Schaufenster zu beobachten. Karola war eine zierliche Frau, es sollte ein leichtes sein sie zu narkotisieren und auf die Liege im Auto zu schnallen. „Für einen Vierjährigen sind selbst fünfzig Kilo „Mutter" zu viel", dachte Alex. Er bestückte seine Lederjacke mit einer Chloroform Flasche, einem Baumwolltuch und einer Spritze, die mit einem starken Beruhigungsmittel aufgezogen war. Dann fuhr er rückwärts in Richtung Eingangstür der Altenpflegestation und stellte den Motor ab. Er verließ sein Fahrzeug und ging zur Station und öffnete die unverschlossene Tür. Karola Vogt sah von ihren

Unterlagen auf und konnte gerade noch eine Begrüßungsfloskel von sich geben, als Alex ihr bereits das mit Chloroform getränkte Tuch an Nase und Mund hielt. Karola schwanden fast sofort die Sinne und sie rutschte von ihrem Stuhl auf den Boden. Alex schüttete nochmal einen Schwall Chloroform über die am Boden liegende Karola und schaltete das Licht aus, damit niemand von außen sehen konnte, was er tat. Er schleppte die Bewusstlose zu seinem direkt vor der Tür geparkten Transporter, dessen Heckklappe bereits geöffnet war und fixierte sein Opfer mit den an der Liege fest verschraubten Lederriemen. Er goss nochmals eine große Menge Chloroform über Karolas Atemöffnungen und schloss angewidert vom scharfen Geruch die Heckklappe. Dann fuhr er zu seinem Bauernhof, parkte den Wagen in der Scheune und schloss das Scheunentor wieder.

Wie immer, ließ er sein Opfer erst einmal alleine im schalldichten Transporter zurück. Es hatte sich gezeigt, dass es für die weitere Vorgehensweise vorteilhafter war, wenn das Opfer erst einmal Stunden oder gar Tage fixiert auf der Liege und in vollkommener Dunkelheit verbringen musste. Der Wille war danach umso schneller gebrochen, je länger seine Opfer alleine in Dunkelheit und ohne jegliche Wasserzufuhr verbrachten. Nicht zu unterschätzen war auch das demütigende Einnässen oder gar Einkoten seiner potentiellen Opfer, die durch die brutale Fixierung keine andere Wahl hatten, als ihren natürlichen Bedürfnissen irgendwann nachzugeben.

Diesmal änderte Alex allerdings seine bewährte Vorgehensweise, denn er benötigte den Lieferwagen bald wieder, um Karsten Vogt zu holen. Nach all den Opfern, die Alex bereits ermordet hatte, könnte man meinen, dass sich so etwas wie Routine eingeschlichen hatte. Doch er wusste, dass Routine auch die Gefahr von Fehlern erhöhen konnte. Daher war er immer sehr konzentriert und äußerst kaltblütig bei jedem Schritt den er durchführte. Diesmal öffnete er bereits nach zwei Stunden die Heckklappe seines in der Scheune geparkten Transporters und hielt sich als Schutz vor den Chloroform-Dämpfen ein feuchtes Tuch auf Mund und Nase. Dann löste er die Bodenarretierungen der Liege und fuhr sie mitsamt seinem Opfer aus dem Lieferwagen, neben eine Werkbank. Dann bestückte er seinen Wagen mit einer Ersatzliege, arretierte diese und schloss die Heckklappe des Transporters von außen. Er ging nochmals zur Liege, auf der die bewusstlose Karola lag. Er goss ihr nochmal Chloroform ins Gesicht, direkt in die Nasenlöcher. Außer einem Stöhnen kam keinerlei Regung von ihr. Alex startete den Transporter und fuhr ihn zum Hauptgebäude seines Bauernhofs, ging zurück zur Scheune und schloss das Tor. Nun war Karola wieder ganz alleine in der dunklen Scheune. Brutal fixiert, narkotisiert und hilflos dem aggressiven Wirken des Chloroforms ausgesetzt, das über ihre Nasenschleimhaut sich ätzend den Weg in ihren Magen und ihre Lunge bahnte.

Mutter ohne Sohn – nur der halbe Spaß?

Weder die einfache Web-Suche, noch im Bilderverzeichnis diverser Internetsuchmaschinen war etwas über Karsten Vogt zu finden. Das war ungewöhnlich. War der Sohn von Karola Vogt denn nie in irgendeinem Verein oder bei den sozialen Netzwerken aktiv gewesen? Heutzutage wird doch jedes kleine Ereignis im Internet gepostet. Warum tauchte nichts von Karsten Vogt auf? Es gab einen Physikprofessor in Berlin, der denselben Namen hatte. Aber als Alex sich die Bilder von dem Physikprofessor Karsten Vogt ansah, war ihm sehr schnell klar, dass dies nicht der gesuchte war. Der Professor auf den Bildern war mindestens siebzig Jahre alt, und das vorsichtig geschätzt. Alex kam auch der Gedanke in den Sinn, dass Karsten vielleicht auf Grund der Erlebnisse in seiner Kindheit in der geschlossenen Psychiatrie gelandet war. Oder bereits tot sein könnte. Dann hätte sich die Frage erledigt, ob Mutter und Sohn „fällig" waren, oder eben nur die Mutter.

Doch bevor Alex über Karstens Verbleiben keine Gewissheit hatte, wollte er sich nicht an Karstens Mutter vergehen. Es wäre verdammt schade, erst nach dem von Alex vorgesehenen langsamen Tod der Mutter festzustellen, dass deren Sohn doch noch lebte. Das wäre ein handwerklicher Fehler oder wie Alex es ausdrückte, ein künstlerischer. Schließlich sah er sich als Künstler. Er kreierte für jedes Opfer ein ganz besonderes Szenario, mit künstlerischer, kreativer Schaffenskraft. Zumindest war das seine Sicht der Dinge. Und selbst die Zeitungen schrieben über seine ungewöhnlich kreative Mordserie. In einem „Zeit"-Artikel mit dem Titel „Das kreative Monster" wurde besonders der künstlerische Aspekt mehrfach betont. Dass der Artikel ihn als „Monster" oder „abstoßender Serienmörder" bezeichnete, ignorierte er geflissentlich. Eigen- und Fremdsicht waren bei Alex vollkommen konträr. Alex surfte stundenlang alle ihm bekannten Suchmaschinen und Auskunftsseiten im Web ab. Doch er fand keinen brauchbaren Hinweis auf Karsten Vogt. Entnervt und mit gerunzelter Stirn klappte Alex seinen Laptop zu. Er schüttelte den Kopf und dachte immer wieder, dass es doch in der heutigen Zeit niemanden mehr gibt, der wenigstens irgendwo im weltweiten Netz eine Spur hinterlassen hat. Und wenn es nur eine winzig kleine Spur war. Selbst Todesanzeigen werden dort gepostet. Als seine eigene Mutter verstorben war, gab er eine Traueranzeige in der lokalen Tageszeitung auf. Die Traueranzeige erschien automatisch auch im Web, wie er nachträglich feststellen musste. Und selbst diese vor Jahren aufgegebene Anzeige war auch heute noch bei Google & Co mit Hilfe der richtigen Suchwörter zu finden. Warum also sollte es nichts, absolut gar nichts von Karsten Vogt im scheinbar allwissenden Internet geben?

Alex lehnte sich in seinem Bürodrehstuhl zurück und fing an sich auf dem Stuhl sitzend zu drehen. Der Stuhl knarzte ein wenig, doch der Sitz lief geschmeidig um die eigene Achse. Mit den Füßen tippte Alex immer wieder mal auf den Boden, um den Sitz am Drehen zu halten. Abwechselnd öffnete und schloss Alex ein, oder auch beide Augen, während er sich immer schneller drehte. Unvermittelt bremste er den Sitz, auf dem er saß und sein Gesicht strahlte vor Schadenfreude. „Genau in diesen Zustand des Schwindels werde ich Karola versetzen, damit sie wie eine Marionette genau das tut, was ich von ihr will. Ihr Gleichgewichtssinn wird versagen und es wird ihr kotz-übel sein", sagte Alex laut zu sich selbst. Er war genau auf Höhe der Patientenakte von Karsten Vogt zum Stillstand gekommen. Die Akte lag aufgeschlagen auf dem Schreibtisch vor ihm, als ihm eine weitere Idee kam. Was, wenn nicht nur Karstens Mutter immer noch an der alten Adresse von damals wohnte und diese war ja in der Akte vermerkt gewesen, sondern auch Karsten immer noch bei seinen Pflegeeltern? Gab es überhaupt Pflegeeltern? Schließlich wurde der Mutter das Kind entzogen und es musste vom Jugendamt betreut werden. Alex nahm Karstens Patientenakte zur Hand und las einige Seiten quer. Er überflog Details und hielt dann bei einem Satz staunend inne: „Das Kind wird zur Erstunterbringung dem Jugendamt München überstellt, mit anschließender Untersuchung in der Kinderpsychiatrie München Haar". „Damit finde ich ihn nur sehr schwer, oder vielleicht nie. Akteneinsicht in einer staatlichen Stelle ist wohl das schwierigste bezüglich Recherchen", dachte Alexander. Doch dann stieß er ziemlich am Ende von Dr. Williams Aktennotizen auf die ersehnte Information: „Nachtrag zur Patientenakte Karsten Vogt: das Kind wurde nach psychiatrischer Begutachtung im Bezirkskrankenhaus München-Haar zu Pflegeeltern nach München-Bogenhausen, Gustav-Schieferle-Straße 22, zu Familie Urban in Obhut gegeben". Bingo – das war einfacher, als Recherchen in den Untiefen des deutschen Beamtenmilieus. Schließlich hatte er nicht endlos Zeit. Karola Vogt lag bereits gefesselt in seiner Scheune. Und Karsten würde nun als nächstes Opfer folgen.

Alex saß in seinem schwarzen Lieferwagen direkt vor der Hausnummer 22 der Gustav-Schieferle-Straße. Er hatte mit PowerPoint einen Fake-Ausweis erstellt, dem ein getürkter Stempel des Jugendamts vermeintliche Legitimation verlieh. Auch ein Foto eines originalen Stempelabdrucks war im Internet problemlos zu finden und damit wunderbar in PowerPoint einzubinden. Mit einem Laminiergerät hatte Alex den selbstgebastelten Ausweis mit Folie überzogen, um damit dessen vermeintliche Echtheit noch besser vorzutäuschen. Wie immer, wenn er nach neuen Opfern suchte, beobachtete er auch diesmal in aller Ruhe den Hauseingang des für Münchner Verhältnisse sehr großen Einfamilienhauses. Es war so einfach. Beobachten, ansprechen, entführen. Die Menschen waren so gutgläubig, so naiv. Manchmal musste man auch erst mit einem anderen Hausbewohner oder Familienmitglied reden, um an das gesuchte Opfer heranzukommen. So war es auch bei einigen seiner vorherigen Opfer gewesen. Aber alles in allem, war es sehr einfach, jemanden verschwinden zu lassen. Alex hatte sich über die Google Bildersuche in Kombination mit dem Online Postadressbuch die Vornamen und zugehörigen Bilder der Pflegeeltern Karstens ausgedruckt. Bei jedem Passanten der vorbeikam, verglich Alex seine ausgedruckten Bilder mit dem Konterfei des Vorbeigehenden. Und dann war es soweit: Herr und Frau Urban kamen an ihm vorbei und gingen zu ihrer Haustür, schlossen sie auf und verschwanden im Haus. Ja, das waren eindeutig die beiden Pflegeeltern. Alex wartete noch etwa zehn Minuten in seinem Wagen, bevor er vor die Haustür der Gustav-Schieferle-Straße 22 trat und den Klingelknopf betätigte.

„Guten Tag, ich bin Robert Althaus vom Jugendamt und möchte Sie gerne zu einem Ihrer Schützlinge befragen", sagte Alex, als Herr Urban die Tür öffnete. Um seine Legitimation zu beweisen, hielt Alex seinen gefälschten Ausweis vor Herrn Urbans Gesicht. „Äh, ja. Kommen Sie doch herein", sagte der sichtlich verdatterte Mann und führte Alex ins Wohnzimmer, in dem auch Frau Urban auf einem Sofa saß. Alex nutzte seinen ganzen Charme und erzählte von Akten, die vervollständigt werden müssten mit diversen Angaben und Daten aller ehemaliger Pflegekinder. Es war natürlich ein Risiko nach Pflegekindern zu fragen, da Alex nicht wusste, ob Karsten ihr einziges Pflegekind gewesen war. Aber er musste dieses Risiko eingehen.

Manche Leute sind solche Gutmenschen, die wollen immer helfen; vor allem hilflosen kleinen Kindern. Alex sollte Recht behalten mit seiner Vermutung. Die Urbans hatten im Laufe ihres Lebens insgesamt acht Pflegekinder aufgenommen. Bereitwillig gaben die Urbans Auskunft über alle ihre Pflegekinder, die ihnen in all den Jahren anvertraut worden waren. Um kein Misstrauen zu wecken, tat Alex so, als würde er sich für alle Pflegekinder der Urbans gleich viel interessieren. Er schrieb fleißig mit, und hatte nach kurzer Zeit Namen, Geburtsdatum, jetzige Adresse und meist auch Telefonnummer und jeweils eine Einschätzung der Urbans zu ihren damaligen Pflegekindern. Da den Pflegeeltern nie Details zu den Herkunftsfamilien der Kinder mitgeteilt wurden, fragte Alex nach Verhaltensauffälligkeiten der meist jäh aus ihrer Ursprungsfamilie entrissenen „lieben Kleinen". Über Karsten erzählten die Urbans, dass er heute noch alleine in seinem Hause lebe. Und als er klein war, sehr in sich gekehrt war. Ein ganz bestimmter Satz, den Karsten zu jener Zeit oft wiederholte, hatte sie damals total schockiert: „Meine Mama bringt sich jetzt wegen mir um".

Nachdem Alex alle für ihn relevanten Informationen hatte, verabschiedete er sich von den Urbans, setzte sich in sein Auto und fuhr los. Nach einigen hundert Metern fuhr er rechts ran, parkte und sichtete seine Aufzeichnungen. „Schön wäre es auch, wenn ich noch an die Akten des Jugendamts kommen könnte. Dann wüsste ich auch bei allen anderen Pflegekindern der Urbans, warum das Jugendamt sie aus ihren Ursprungsfamilien geholt hatte. Das mussten extreme Situationen gewesen sein. Und für mich bedeutet das, dass ich ein neues weites Feld an Opfern entdeckt habe, jenseits von Dr. Williams Patientenakten. Die Patientenakten sind von der Anzahl limitiert; Jugendamtsakten fast ohne Begrenzung. Kinder werden permanent missbraucht. Vielleicht kommt gerade in diesem Augenblick eine neue Akte hinzu", sprach er wieder einmal laut zu sich selbst. Als er bemerkte, dass er mit sich selbst sprach, dachte er kurz darüber nach, ob er bei seinem nächsten Opfer vielleicht viel mehr im Voraus die

Dinge verbal ankündigen sollte, die er ihm antuen würde. Das fand er gut. Sehr gut. Doch eine andere Entscheidung fiel ihm viel schwerer. Sollte er Karsten in die Urangst des kleinen Kindes versetzen, das Angst hat, dass sich seine Mutter umbringt? Oder sollte in Karsten der ebenfalls tief sitzende Hass auf die Mutter und die damit verbundene Erstickungs- und damit Todesangst geweckt werden? Welches Szenario wäre das „bessere"? Er fand, zumindest jetzt, keine eindeutige Antwort. Er beschloss, dies erst dann zu entscheiden, wenn er beide, Mutter und Sohn, in seiner Scheune unter Kontrolle hatte. Er fuhr zurück zu seinem Bauernhof, um seine Utensilien für die nächste Entführung zu holen.

Am Bauernhof angekommen, ging er zuerst zum Tor seiner Scheune und lauschte von außen indem er ein Ohr an eines der Scheunenbretter legte. Er hörte zuerst nur ein Stöhnen und Seufzen. Doch dann hörte er ein heiseres um Hilfe schreien. „Sehr gut", sagte er sich, „die hat sich schon gut ausgebrüllt". Emotionslos ging er in das Haupthaus des Bauernhofes und besorgte sich aus dem Medizinvorrat für seine Kühe die Medikamente, die er bereits mehrfach erfolgreich am Menschen benutzt hatte. Für Entführungen, Folter und letztlich für das Ermorden einiger seiner Opfer. Da er nach all dem Geschwafel (wie er es nannte) mit den Urbans müde war, legte er sich in sein Bett und schlief, angezogen wie er war, ein.

Gegen zweiundzwanzig Uhr wachte Alex auf, setzte sich sofort an seinen Laptop und sah sich mit Google Street View Karstens Wohnadresse an, die er von den Urbans erhalten hatte. Das etwas verwahrloste Haus, in dem Karsten wohnte, war nicht verpixelt. Das kam Alex gerade recht. Er konnte sehen, dass das Haus wohl aus den fünfziger oder sechziger Jahren stammen musste, denn die Außenfassade war zum Schutz gegen Witterungseinflüsse mit einer Art Kacheln bedeckt. Wahrscheinlich sogar noch alte Asbestplatten, dachte Alex. In einigen der Platten waren Löcher zu erkennen. Vielleicht von einem Hagel? Die Nachbarhäuser rechts und links waren in Street View verpixelt, aber trotzdem als Industriegebäude noch erkenntlich. Er zoomte aus der Ansicht heraus und sah, dass es sich tatsächlich um ein Industriegebiet am Rande der Stadt handelte. Schrott-, Baustoff- und Gebrauchtwagenhändler waren als Google Maps Geschäfte angegeben. Er gab in Google Maps die Adressdaten von seinem Bauernhof zu Karsten Vogts Haus ein und erhielt als Ergebnis: dreißig Kilometer Entfernung, achtunddreißig Minuten Fahrtzeit. Dann verstaute er seine Entführungsutensilien in seiner Jacke mit den weiten und großen Innentaschen. Er kam wie berechnet nach einer guten halben Stunde am anderen Ende von München, im Industriegebiet von Pasing, abends gegen elf Uhr, an.

Anscheinend war hier ein größerer Straßenstrich, denn es standen etliche leicht bekleidete Frauen am Straßenrand. „Mist", dachte Alex, „da sind zu viele Menschen: Nutten die die Fahrzeuge genau mustern, Zuhälter die alles beobachten, vielleicht Zivilpolizei die Autonummern notieren; Mist!". Er bog mit seinem Wagen in die Nebenstraße, in der Karstens Haus lag und parkte gegenüber. Eigentlich wollte er eine Zeit lang warten und beobachten, so wie er es immer getan hatte. Aber diesmal war ihm das zu gefährlich. Wenn er beobachtet worden war und nicht aus dem Auto ausstieg, könnte das für einen Zuhälter bedeuten, dass Alex ein mutmaßlicher Konkurrent ist. Oder ein Spanner, der sich das Treiben (im wahrsten Sinne des Wortes) vom Autositz aus ansah. Und auch da würde vermutlich jemand auf ihn zukommen und ihn ansprechen. Dieses Risiko wollte er nicht eingehen. Daher prüfte er nochmal alle Gegenstände in seiner weiten Jacke auf Vollständigkeit, stieg aus und verschloss den Lieferwagen. Karstens Haus war deshalb in Google Street View so gut zu sehen gewesen, da auch der Vorgarten keinerlei Zaun oder Hecke hatte, die die Sicht behindert hätten. Alex sah im ersten Stock des Hauses Licht und traute sich daher direkt zum Eingang des Hauses zu gehen – in der Hoffnung, dass niemand im Erdgeschoss war. Er ging um das Haus herum, denn dort konnte ihn niemand von der Straße aus sehen. Das alte Haus hatte Kellerfenster auf halber Höhe des

Erdreichs. Ohne Gitter, Schutz oder jegliche Einbruchsicherungen. „Wie blöd muss man denn sein, sein Haus nicht gegen Einbrecher zu schützen? Aber mir kommt diese Dummheit gerade recht", murmelte Alex leise grinsend.

Mit dem mitgebrachten Glasschneider verschaffte Alex sich problemlos Zutritt in die Kellerräumlichkeiten. Seine Taschenlampe hatte einen sehr fokussierten Strahl, um das Licht auf das Nötigste zu begrenzen. Gewandt stieg er die Betontreppe hinauf in das Erdgeschoss und öffnete die unverschlossene Kellertür von innen. Dass im Erdgeschoss kein Licht war, hatte er bereits von außen gesehen. Um auch ja kein Geräusch zu machen, zog er seine Schuhe aus und ging auf Strümpfen die gefliese Betontreppe in den ersten Stock des Hauses hinauf. Alex schaltete seine Taschenlampe aus. Da das Haus von außen sehr klein aussah, konnte der erste Stock kaum aus mehreren Zimmern bestehen. Und so war es auch: am Ende der Treppe gab es nur eine einzige Tür zum einzigen Zimmer in dieser Etage. Die Tür war halb offen und das Licht schien auf die obersten Treppenstufen.

Jeder ist auffindbar. Wirklich Jeder.

Karsten Vogt lag vorübergebeugt auf seinem Schreibtisch. Er musste während des Schreibens eingeschlafen sein, denn auf dem Schreibtisch neben seiner rechten Hand lag ein Füller. Wenn Karsten schon im Internet nicht auffindbar war, dann war er wohl sehr old-school-mäßig eingestellt. Da passte ein Füller gut dazu. Karsten schrieb in seiner Freizeit Kurzgeschichten. Meist waren es Geschichten mit einem grausamen Ende. So konnte er die Dämonen seiner Kindheit besser besänftigen, nahm er an. Karsten hatte immer noch Albträume, obwohl es doch schon so lange her war, dass ihn seine eigene Mutter immer wieder dem Tode so nahe gebracht hatte. Manchmal schreckte er in der Nacht auf und hatte das Gefühl ersticken zu müssen. Das Schreiben war für ihn zu einem Ventil für seine aufgestaute Angst und seine unterdrückten Aggressionen gegenüber der Mutter geworden. Wenn er eine Geschichte fertig gestellt hatte, heftete er sie sorgsam in einem seiner Büroordner ab, versah sie mit dem Datum der Fertigstellung und las sie dann nie wieder. Er hatte auch noch nie irgendjemandem von seinem makabren Hobby erzählt. Wie auch? Er lebte alleine und war selbst an seiner Arbeitsstelle als eigenwilliger, introvertierter und gar nicht geselliger Kauz bekannt.

Mit einem vorher in Chloroform getränkten Tuch und von hinten kommend, schlich sich Alex langsam an den Schlafenden heran. Dann riss Alex ohne jegliche Vorwarnung Karstens Kopf an den Haaren nach hinten und presste ihm den narkotisierenden Lumpen auf Mund und Nase. „Umpf", gab Karsten noch von sich, dann sackte er zusammen. Alex goss nun direkt in die beiden Nasenlöcher des Opfers Chloroform hinein. Welche inneren Verletzungen er damit verursachte, interessierte ihn auch diesmal überhaupt nicht. Er setzte eine Atemschutzmaske auf und legte seine Arme von hinten um Karstens Brustkorb. Dann zog Alex den Betäubten gnadenlos die gefliese Betontreppe hinab. Unten angekommen, wickelte Alex sein Opfer in den im Eingangsbereich liegenden Teppich-Läufer ein. Er zog seine Schuhe wieder an und trug dann das menschliche Paket zu seinem Transporter.

Selbst jetzt noch, als Alex auf dem Fahrersitz seines Lieferwagens saß, hatte er den Chloroform-Geruch in der Nase. Kein Wunder, denn er hatte Karsten nicht nur im Laderaum des kleinen Transporters verstaut und auf der Liege fixiert und festgezurrt, sondern nochmals einen extra großen Schwall aus der mit Chloroform gefüllten Flasche direkt in das Gesicht seines Opfers geschüttet. Dabei mussten wohl ein paar Spritzer des Narkotikums auf Alex' eigener Kleidung gelandet sein. Er betätigte beide Fensterheber, um Frischluft in das Innere der Fahrerkabine zu leiten und fuhr los. Der Fahrtwind sorgte zwar für einen schnellen Luftaustausch, aber Alex war es trotzdem noch immer etwas schummerig. „Jetzt bloß keinen Unfall verursachen", dachte er bei sich. Er hielt in einer Parkbucht an und stellte den Motor aus. Dann verließ er den Wagen, aber ließ die Seitenscheiben geöffnet. Auf einer Parkbank in Sichtweite seines Fahrzeugs sitzend, dachte er nochmals über die verschiedenen Möglichkeiten nach, die sich ihm boten. Vielleicht war es die frische Luft, vielleicht auch die Vorfreude auf das, was er bald machen würde, oder beides, dass es ihm nicht nur besser ging, sondern dass er fast so etwas wie Euphorie in sich hochsteigen spürte.

Alex und Gefühle? Gar starke Gefühle, wie Euphorie? In letzter Zeit passierte das verstärkt, wie es ihm schien. Er hatte einmal etwas über sich regenerierende Nerven und Gehirnareale gelesen; vielleicht erholte sich auch bei ihm eine der alten Verletzungen? Er konnte sich noch genau an ein Gespräch an seinem Bett im Unfallkrankenhaus zwischen dem behandelnden Arzt und seinem Vater erinnern. Alex war nach seinem schrecklichen Unfall als dreizehnjähriger Junge gerade von der Intensivstation in ein normales Krankenzimmer verlegt worden, als der Arzt mit seinem Vater über das weitere Schicksal des jugendlichen Patienten sprach. Vater und Arzt dachten, dass der Junge wohl schlafen würde, doch da irrten sie sich. Er hörte jedes Wort. Alex kann sich noch heute an jedes einzelne Wort der Unterhaltung erinnern, das damals zwischen dem Arzt und seinem Vater gewechselt wurde.

„Der Junge wird immer emotionale Defizite habe, sein Leben lang. Das Emotionszentrum im Gehirn wurde bei dem Unfall schwer in Mitleidenschaft gezogen. Dieser Unfall mit einer angespitzten Eisenstange - die durch den Kiefer eindrang und durch die Schädeldecke austrat – überlebt man normalerweise nicht. Das aus einer Betondecke senkrecht nach oben stehende Stück Baustahl, auf das Ihr Sohn in der ungesicherten Baustelle fiel, durchdrang den Kiefer und Schädel des Kindes wie Butter. Da der Metallgegenstand auch noch geriffelt war, wirkten weitere verheerende Kräfte auf die Kopfregion – vergleichbar einem Drillbohrer. Fetzen von Haut, Knochen, Zähnen und eben vor allem Hirnmasse wurden irreparabel förmlich gehäckselt oder gar pulverisiert. Ihr Sohn fiel aus gut vier Meter Höhe und wurde laut Polizeibericht regelrecht aufgespießt! Wie lange er so am Kopf aufgespießt verharren musste, bis Hilfe kam, kann niemand sagen, vor allem nicht Ihr Sohn", sagte damals der wenig taktvolle und offensichtlich gefühlsarme Chirurg, der Alex operiert hatte und nun direkt neben seinem Krankenbett stand und über den schrecklichen Unfall in Anwesenheit des Jungen berichtete. „Alexander Vogel, du musst aufpassen, dass du durch Emotionen oder irgendwelche Gefühlsduseleien keine Fehler begehst", murmelte Alex zu sich selbst, ging zum Lieferwagen und fuhr mit weiterhin geöffneten Seitenscheiben los in Richtung seines abgelegenen Bauernhofs.

Zwei Opfer gleichzeitig, das hatte Alex bisher noch nie gehabt, in seiner schon lange andauernden Karriere als Serienmörder. Sein bisheriges Portfolio waren durchwegs einzelne Morde gewesen. Nun wollte er sein Repertoire erweitern. Er saß auf seinem Bürodrehstuhl im Bürozimmer seines Bauernhofs und dachte darüber nach, was wohl die beste Vorgehensweise zur Ermordung seiner zwei Opfer sein könnte. Er hatte Mutter und Sohn in seiner Scheune direkt nebeneinander platziert, beiden den Mund geknebelt und mit Teppichklebeband zugeklebt. Sie würden sich gegenseitig hören, ihr Stöhnen, Jammern, Atmen. Doch in völliger Dunkelheit nicht wissen wer neben ihnen lag. Allein das war schon eine interessante „Psychokiste", wie Alex solche Situationen zu bezeichnen pflegte.

Alex kannte diese Situation nur zu gut, schließlich lag er damals als Jugendlicher auch endlose Tage, ohne zu sehen, auf der Intensivstation. Nur sein Hörsinn funktionierte. Die Geräusche auf einer Intensivstation waren für den damals dreizehnjährigen Jungen beängstigend und erschreckend, traumatisierend. Er wusste, wie es war alles zu hören, jedoch sich nicht bemerkbar machen zu können, da der Rest seines Körpers ihm nicht gehorchte. Die Ärzte und Pfleger gingen von einem Koma aus, manche auch von seinem baldigen Ableben. Gefangen im eigenen Körper. So ähnlich mussten sich Karola und Karsten zurzeit fühlen. Alex spürte eine Art Machtgefühl, als er laut aussprach: "Ich habe euch in diesen misslichen Zustand gebracht, also werde ich euch auch daraus erlösen". Und plötzlich wusste er genau, was zu tun war.

Erst Tiere, später Menschen. Oder umgekehrt.

Karola Vogt hatte nach der vom Jugendamt erzwungenen Trennung ihres Sohnes aus ihrer Obhut, zu trinken begonnen. Ohne ihren Sohn hatte sie den Sinn im Leben verloren. Doch anders, als wohl die Mehrzahl der Mütter, die sich von einem Kind trennen mussten, empfand Karola nicht wirklich Sehnsucht nach ihrem Kind. Vielmehr fehlte ihr das Gefühl Herrin über Leben und Tod zu sein. Die Leere in ihr kam nicht, weil Karsten nun weg war, sondern wegen dem fehlenden Opfer für ihr unstillbares Verlangen nach dem Quälen eines wehrlosen Menschen, dem absoluten Gefühl von Macht über Leben und Tod. Zuerst ertränkte sie ihren Verlust und ihre Sehnsucht mit Alkohol. Jeden Abend war sie betrunken. Dann kaufte sie sich Tiere aus der Zoohandlung. Mäuse, Ratten, Hamster, Meerschweinchen. In einem späteren Stadium lockte sie Tiere in ihre Wohnung. Die Nachbarskatze, Hunde, die vor einem Supermarkt auf ihre Herrchen oder Frauchen warteten, nahm sie einfach mit nach Hause.

In ihrer Wohnung mussten diese armen Kreaturen Höllenqualen erleiden. So lange, bis Karola, die bei ihren Taten permanent unter Alkoholeinfluss stand, das Leben der Kreatur beendete. Doch dann musste sofort Nachschub an weiteren Lebewesen her. Karola bekam nach der Zwangstrennung von ihrem Sohn die Auflage, sich in psychologische Betreuung und therapeutische Behandlung zu begeben. Sie absolvierte lustlos einige Therapiestunden bei einem Verhaltenspsychologen, der sie jedoch auf Grund ihres starken Zwangsverhaltens zu einem Psychiater weiterverwies. Dort bekam sie Medikamente gegen Zwänge, die jedoch in Kombination mit ihrem starken Alkoholkonsum erhebliche Nebenwirkungen wie Halluzinationen und Stimmenhören zeigten. Darüber hinaus verlor sie auch noch ihren Arbeitsplatz, da sie in einem Großraumbüro arbeitete und permanent auffällig war. Das war der Zeitpunkt, an dem sie die Notbremse zog, was weitreichende Konsequenzen für sie hatte. Sie ließ sich von ihrem Psychiater freiwillig in die Psychiatrie einweisen. Dort wurde sie zu allererst entgiftet. Sie machte sowohl einen Alkohol-, wie auch einen Medikamentenentzug und intensive Psychotherapie. Bei ihrer Entlassung schwor sie sich, nie wieder Alkohol zu trinken. Und noch wichtiger: nie wieder Menschen oder Tiere zu quälen. Dazu hatte sie Verhaltensweisen erlernt, was sie tun kann, sollte das alte Verlangen nach Macht, Qual und letztlich Tod anderer Lebewesen in ihr wiederkommen. Sie machte sich aus der Arbeitslosigkeit heraus selbstständig und gründete ihre eigene Firma: den Altenpflegeservice. Sie war damit erfolgreich, rührte nie wieder Alkohol an und konnte das alte zwanghafte Verlangen in ihr kontrollieren. Wenn es wieder hochkam, wandte sie alle „Tricks" an, die sie in der Psychiatrie gelernt hatte. Das Äußerste, was sie noch manchmal machte, war, Ameisen mit dem Fuß zu zerquetschen.

Karolas Lebensweg hatte sie nach all den schlimmen Jahren nun in eine noch weitaus misslichere Lage gebracht: festgebunden auf einer Liege inmitten der Scheune eines Serienmörders, zusammen mit ihrem Sohn, den sie jahrelang nicht gesehen hatte. Das Jugendamt hielt den Wohnsitz ihres Sohnes und damit auch den der Pflegeeltern unter Verschluss. Egal wie oft sie auch beim Jugendamt anfragte, flehte. Und nun lag sie neben ihm und wusste es nicht. Es war nur das Atmen eines Menschen und ab und zu leises Stöhnen direkt neben ihr zu hören. Sie hätte ihren Kopf nicht drehen können, selbst wenn sie wach gewesen wäre und es gewollt hätte, denn er war mit einem

Lederriemen an der Liege gnadenlos fixiert. Noch war sie betäubt und somit willenlos. Chloroform hat eine Kreuztoleranz zu Alkohol, und das bedeutet, dass die Betäubung Karolas mittels Chloroformflüssigkeit und –dämpfen der Einnahme von Alkohol entspricht. Weder Alex noch Karola wussten dies. Karola war daher in einem Zustand, der dem eines rückfälligen Alkoholikers entsprach. Vor allem der Flüssigkeitseintritt über die Nase und in Folge dessen das Verschlucken des Chloroforms führte bei Karola zu einem rauschähnlichen Zustand. Momentan herrschte die narkotisierende Wirkung des Chloroforms vor, zeitgleich erlebte Karolas Körper alle Symptome eines schweren Alkoholrausches.

Alex hatte sich auf der Website „123-kauf-was" bereits vor einigen Wochen ein Nachtsichtgerät aus ehemaligen Armeebeständen besorgt. Es war etwa ein Uhr Nachts, als er sich zu seiner Scheune aufmachte, eine gefüllte Klappbox von Metro vor sich her tragend, die diverse Utensilien enthielt für das bevorstehende „künstlerische Werk", wie er das Töten von Menschen nannte. Um die Schulter hatte er sich einen Barhocker gehängt. Vor dem Betreten seiner Scheune löschte er die Hoflampe und setzte das Nachtsichtgerät auf. Er öffnete das Scheunentor, schloss es sofort wieder hinter sich und lauschte. Er vernahm das gleichmäßige aber schwere Atmen von zwei Menschen; Mutter und Sohn. Sein Nachtsichtgerät zeigte die Umrisse der beiden Körper auf den Liegen. Er setzte sich auf den mitgebrachten Barhocker, zwischen die beiden Liegen mit den darauf noch schlafenden Opfern. Nun konnte er bequem und vor allem von oben auf seine beiden Entführungsopfer herabsehen. Er saß und wartete. Welch ein Schauspiel würde er wohl heute geboten bekommen?

Bei Karsten ließ die narkotisierende Wirkung des Chloroforms zuerst nach. Zuerst kam der Hörsinn wieder ins Bewusstsein zurück. Er hörte jemanden tief und schwer atmen. Ein leichtes Schnarch- oder Rasselgeräusch war zu vernehmen. Es war so gleichmäßig, dass ihn das nicht beunruhigte. Nach und nach kamen weitere Sinneseindrücke ins Bewusstsein zurück. Er spürte zuerst den Riemen auf seiner Stirn. Karsten versuchte sich zu bewegen, was ihm nicht glückte. Stattdessen spürte er an seinem ganzen Körper Druck durch die Riemenfixierungen. Was war geschehen? Er öffnete schlagartig beide Augen und sah nur Dunkelheit. Konnte er nicht mehr sehen? War er erblindet? Es stieg ihm ein heißes Gefühl, von der Magengrube beginnend, bis zum Kopf hinauf. „Wo bin ich? Träume ich? Bin ich wach?", diese Sätze schossen ihm schlagartig in den Kopf. Er wollte seinen Mund öffnen, um nach Hilfe zu rufen. Doch er konnte ihn nicht öffnen. Zu brutal war sein Mund mit Klebeband verschlossen und auch um seinen Kopf gewickelt worden. Nur durch die Nase konnte er noch ein- und ausatmen. Der stechende Geruch der Chloroform Reste tat sein Übriges, so dass er –kaum erwacht- in Panik verfiel. Durch die gnadenlose Fixierung an der Liege und den mit Gewebeklebeband umwickelten Mund und Nacken konnte er das in ihm aufsteigende Adrenalin nicht in Bewegung umsetzen. Er hatte Angst ersticken zu müssen und sog folglich in immer größerer Panik die Luft durch seine Nase ein und fast sofort wieder aus. Seine Atemfrequenz steigerte sich dramatisch. Seine Halsschlagadern traten hervor und es schien ihm, als ob jemand auf seinen Kopf einhämmern würde. Durch das andauernde Hyperventilieren wurde die Kohlendioxidkonzentration im Blut zu niedrig. Seine Panikattacke wurde zuerst durch Schwindel, dann durch einen kurzzeitigen Kreislaufkollaps unterbrochen. Dann fiel er in eine längere Ohnmacht. Sein Atem ging nun langsamer, aber wieder regelmäßig.

„Das war schon ganz nett", sagte sich Alex. Er hatte jede Grimasse und jede Zuckung durch sein Nachtsichtgerät beobachten können. Jegliche Regung, die Karsten gezeigt hatte. Vom Augenaufschlagen bis hin zu totaler Panik und weiter zur Ohnmacht und tiefer Bewusstlosigkeit. „Besser als Fernsehen. Besser als jeder Kinofilm. Mal sehen, was die Schlampe macht, nach all dem verabreichten Chloroform", sprach Alex weiter zu sich. Er kannte die Wirkung des Chloroforms sehr gut von seinen Tieren auf dem Bauernhof. Er hatte damit schon so oft experimentiert. Schon als Kind hatte er Haustiere narkotisiert, ihnen den Schwanz oder andere Körperteile amputiert und dann beobachtet, was passiert, wenn die narkotisierende Wirkung des Betäubungsmittels nachließ. Irgendwann hörte er auf, bei seinen Tierversuchen Narkotika zu benutzen. Dann spannte er die Tiere in einem Schraubstock fest, oder fixierte sie auf einem Holzbrett mit Riemen. Und begann seine Versuche ohne jegliche Betäubung oder schmerzlindernde Mittel. Fast so wie jetzt. So wie er es schon so oft getan hatte. Medikamente und andere chemische Mittel, hauptsächlich aus dem Tiermedizinschrank seines Bauernhofs, wandte er regelmäßig zur Betäubung und anschließender Entführung seiner Opfer an. Oder wenn er jemanden den erlösenden Tod noch nicht gönnte. Dann waren diese Hilfsmittel eine willkommene Unterstützung. Zum Beispiel stach er bei einem Herzstillstand seines Opfers die Adrenalinspritzen direkt ins Herz, um damit den wichtigsten menschlichen Muskel wieder zum Arbeiten zu zwingen. Alex wollte über den Zeitpunkt des Todes bestimmen. Und vor allem den „Übergang", wie er es nannte, so lange als möglich hinauszögern.

Karola war gerade aus ihrem rauschähnlichen Dämmerzustand erwacht, als Karsten in Panik verfiel. Sie hörte das flache, stoßartige Atmen. Das Zappeln eines Lebewesens neben sich. Das Wimmern neben ihr; war das ein Mensch? Und dann war plötzlich Stille. Dann war gleichmäßiges Atmen zu hören. „Vielleicht hatte jemand einen Alptraum gehabt? Doch wer? Und warum kann ich nichts sehen? Mein Mund ist verschlossen, meine Nase frei", dachte sich Karola. In den vielen Jahren, in denen sie Psychotherapie erhielt, empfahl ihr eine Therapeutin doch zusätzlich einen Selbstverteidigungskurs für Frauen zu besuchen, was Karola damals auch tat. Dabei übte sie nicht nur Verteidigung, sondern auch das Verhalten bei Entführungen, drohenden Vergewaltigungen und Freiheitsverlust. Eine der sehr lebensnahen Übungen kam ihr nun sehr zu Hilfe. Damals musste sie sich in eine Holzkiste einsperren lassen, den Mund verbunden und geknebelt. Im Dunkeln, Hände mit Kabelbindern gefesselt, Mund verklebt mit Klebeband. Fast so wie jetzt. Sie hatte diese Situation in einer Übungsumgebung also bereits kennengelernt und fiel daher nicht sofort in Panik. Das Wichtigste in so einer Situation sei Selbstbeherrschung und bewusstes Atmen, hatte ihre Trainerin ihr damals eingebläut. Und genauso agierte sie jetzt. Was nahm sie wahr? Was war mit ihrem Körper? Er schmerzte von den Lederriemen der Fixierungen. Der berauschende Geruch von Chloroform war omnipräsent. Ihr Verlangen nach Alkohol war geweckt und sie spürte den Drang nach ihrer besiegt geglaubten Droge immer stärker.

Plötzlich blendete sie gleißendes Licht und sie zuckte zusammen. Alex hatte vier auf Stativen angebrachte Baustrahler gleichzeitig eingeschaltet. „Hallo Frau Vogt, herzlich willkommen in Ihrem Alptraum", begrüßte Alex die geschockte und immer noch geblendete Karola. Sie konnte den Umriss eines Menschen erkennen, der etwas wie eine Brille vor den Augen hatte. Er nahm das Nachtsichtgerät ab, beugte sich von seinem Barhocker herab, ganz nahe zu ihrem Kopf. Jetzt konnte sie sein Gesicht erkennen. Sie erstarrte, als ihr bewusst wurde, dass dies der Serienmörder sein musste, der in allen Zeitungen immer wieder einmal als Phantomzeichnung auf dem Titelblatt war. Und genau das wollte Alex erreichen.

Mantra-artig wiederholte sie in Gedanken die Anweisungen ihrer Überlebenstrainerin: „Beherrschung und bewusstes Atmen, Beherrschung und bewusstes Atmen,…". Alex fuhr fort, „Nachdem Sie mich zweifellos erkannt haben, darf ich Ihnen noch weitere Wahrheiten bekannt geben. Sie sind auf einer Liege fixiert, haben also keinerlei Chance sich zu befreien. Das haben schon etliche meiner Opfer vor Ihnen versucht – vergeblich, glauben Sie mir. Ein Zusammensein mit mir bedeutet immer den Tod. Also Ihren Tod. Aber seien Sie entspannt, Sie dürfen noch etwas leben. Vorerst. Ich bestimme, wann Sie gehen dürfen. Sie befinden sich in einer ausweglosen Situation. Ebenso, wie der junge Mann neben Ihnen. Vielleicht haben Sie ihn schon atmen, stöhnen oder paniken hören?

Erkennen Sie ihn nicht am panischen Atmen? Das sollte Ihnen wärmstens vertraut sein. Na, erkennen Sie es?". In Karola kroch ein starker Verdacht hoch und es wurde ihr gleichzeitig heiß und kalt. „Ich werde Ihnen nun den jungen Mann vorstellen", sprach Alex weiter. Doch das brauchte Alex eigentlich nicht, denn Karola wusste nur zu gut, wer neben ihr lag. „Laut Doktor Williams Krankenakte ist der junge Mann am 12. Mai 1980 geboren und heißt Karsten Vogt. Freuen Sie sich, dass Sie ihren Sohn endlich wiedersehen? Herzerweichend so ein Mutter-Sohn-Wiedersehen, finden Sie nicht auch?", beendete Alex seine Erklärung.

Nun war es um Karolas Vorsatz, Beherrschung und bewusstes Atmen, geschehen. Panik zog aus der Magengegend in ihren Kopf hoch. Gleichzeitig schnitt Alex das Gewebeklebeband um Karolas Mund und Nacken mit einem Teppichmesser durch. Sie fing nach ihrem ersten tiefen Einatmen durch ihren Mund schlagartig an zu schreien. Von „Hilfe" bis zu wüstesten Beschimpfungen kamen die Worte nur so aus ihr heraus, Sie sprudelte förmlich mit Fäkalsprache in einer Lautstärke, dass sich Alex sogar die Ohren zuhielt. Karolas Kopf lief rötlich an, ihre Halsschlagadern traten sichtbar hervor und sie bleckte dazwischen die Zähne. Dann begann sie herum zu spucken, was Alex allerdings missfiel. Er fasste in die Metro Faltbox und schnappte sich eine Kombizange daraus. Er wartete das nächste Spucken Karolas ab und zwickte ihr mit der Zange in die herausgestreckte Zunge und zog die Zungenspitze aus dem Mund. Er drückte gnadenlos zu, so dass die Zunge wie arretiert zwischen den Metallbacken der Zange gefangen war. Blut spritzte von der empfindlichen Zunge Karolas nach allen Seiten – ihr Gesicht war schlagartig blutbespritzt. Dann gab Alex ihr einen Kinnhaken, während er mit der Zange versuchte die Zunge weiter aus ihrem Mund zu ziehen. Durch das Zusammenklappen der Kiefer, durch den Schlag auf das Kinn verursacht, biss sich Karola so stark in ihre eigene Zunge, dass das vordere Drittel weg hing. Alex riss mit der Zange die letzten verbindenden Fasern dieses Zungenstücks ruckartig ab. Jetzt blutete der im Mund verbliebene

Zungenstummel erst richtig. „Ahhhhh!!!", schrie Karola wie irre. Das Blut pulsierte in der Mundhöhle und der Schluckreflex sorgte dafür, dass sie ihr eigenes Blut trank.

Alex betrachtete das Stück Zungenfleisch, dass er zwischen den Zangenbacken hielt. „Ja, ja, ja. Das ist anders als bei den anderen Opfern. Ja, ja, ja. Es macht mir Spaß", sagte Alex. Und dann brüllte er: „Ja, Spaß!", und noch lauter: „Spaaaaaß". Als Karola zu einem erneuten Schrei ansetzte, überlegte er nicht lange, sondern schob ihr die Zange mit samt dem abgebissenen Zungenstück zurück in ihre Mundhöhle, bis zum Schlund. Es knirschte dabei, Zähne brachen. Dann löste er den Klammergriff um die Zange und öffnete sie. Das Zungenfleischstück fiel in Karolas Rachen und ihr Schluckreflex tat die restliche Arbeit. Dann zog er gewaltsam, entgegen der kraftvollen Kiefermuskulatur Karolas, die Zange ruckartig wieder aus ihrer Mundhöhle. Wieder brachen Zähne oder wurden zwangsweise brutal verschoben.

Mittlerweile war Karsten wieder zu sich gekommen. Das Schreien seiner Mutter, die knirschenden Geräusche brechender Zähne und nicht zuletzt Alex Spaßgebrüll hatten Karsten ins Hier und Jetzt zurückgeholt. Ihn durchfuhr es blitzartig, denn er erkannte die Stimme seiner Mutter wieder. Trotz des schmerzverzerrten Tons und den unflätigen Worten war sie es, die da schrie. Das Geschriene war kaum verständlich. Wie auch, so ohne ein Drittel der Zunge? Nach all den Jahren, hörte er seine Mutter wieder, das war ein größerer Schock für ihn, als die Situation, die er beim letzten Erwachen durchlebte. Er fühlte sich schlagartig wie der kleine Junge von damals, als seine Mutter ihm wieder und wieder schreckliche Dinge antat. Vor allem das beinahe Ersticken hatte er so schrecklich in Erinnerung. Er war wieder der kleine Junge, er war wieder am Ersticken, er bekam keine Luft. Zu wenig Luft. Die Nasenlöcher reichten in seinem momentanen paniknahem Zustand nicht aus. Alex schätzte die Situation richtig ein und stach mit dem blutigen Teppichmesser, mit dem er Karolas

Mundfessel durchschnitten hatte, ein Loch in Karstens Knebelband am Mund. Dabei schnitt Alex ihn zwangsweise auch in die Lippen. Doch jetzt konnte Karsten frei atmen, auch wenn seine Lippen bluteten. Das uralte Gefühl des fast Erstickens legte sich etwas durch die tiefen Atemzüge, die er nun machen konnte.

Alex löste Karolas Kopffriemen, damit sie zu ihrem Sohn sehen konnte, wenn sie wollte. Und sie drehte sofort ihren Kopf in Richtung ihres Sohnes trotz ihrer schweren Zungenverletzung und dem Ekel, den sie verspürte, nachdem sie ihre eigene Zunge verschluckt hatte. Sie sah ihn im Profil, denn er konnte sich nicht bewegen, nicht mal den Kopf drehen, denn er war mehrfach mit Riemen fixiert. Sie sah Blut von seinen Lippen, über seine Backen in seinen Nacken laufen. Da schrie sie unvermittelt trotz ihrer Schmerzen im Mund wieder laut los. Alex lockerte ihr zwei Riemen auf Bauchhöhe, so dass sie ihre Hüfte ein wenig anheben konnte. Dann verklebte Alex Karstens Nase luftdicht, so dass dieser mit dem Mund nach Luft zu schnappen begann. Danach nahm Alex einen Wasserschlauch aus seiner Klappbox und führte diesen in die Mundöffnung ein, die er Karsten mit dem Teppichmesser zuvor hineingeschnitten hatte. Karsten wehrte sich nicht, denn der Mund war nun der einzige Weg Luft zu bekommen. Danach schnitt Alex ihm noch mit dem Teppichmesser sowohl Ober- als auch Unterlippe ab und kommentierte süffisant, zwischen dem vor Schmerz schreienden Sohn und der zusehenden und ebenfalls schreienden Mutter: „Das macht das Atmen leichter". Nachdem der Schlauch einige Zentimeter in Karstens einziger verbliebenen Luftzufuhrmöglichkeit steckte, fixierte Alex diesen so, dass außer durch den Schlauch keine Nebenluft anderweitig zu Karstens begierig nach Luft ringenden Lungen kommen konnte. Karsten war nun wieder von dem Gefühl von damals überschwemmt: keine Luft zu bekommen, sterben zu müssen. Nicht zubeißen zu dürfen, denn das hätte den Schlauch geknickt, die einzige Luftzufuhr gestoppt. Währenddessen schob Alex das andere Schlauchende unter

Karolas Hüfte hindurch, so dass es auf der anderen Seite der Liege hervorstand.

„Meine liebe Karola", begann Alex, „dein Sohn Karsten kann nur noch durch diesen alten Gartenschlauch atmen. Seine Nase ist dicht. Der Mund ist luftdicht verklebt. Der Schlauch geht aus seinem Mund direkt zu Deiner Liege. Unter deinem Becken hindurch. Das Ende ragt neben deiner Liege heraus. Es liegt an dir, ob er atmen kann oder nicht. Hebst du dein Becken an, ist der Gartenschlauch frei. Und damit bekommt Karsten zumindest ein Minimum an Luft. Lässt du dein Gewicht auf den Schlauch plumpsen, drückst du den Schlauch zusammen und er bekommt keine Luft. Ganz einfach. Verstehst du das? Es ist doch die Situation, die du immer am meisten geliebt hast, oder? Das gibt dir doch den richtigen Kick. Viel Spaß dabei. Ach, und übrigens: ich filme alles mit der Kamera hinter den Baustrahlern. Dann können wir uns das alles hinterher immer wieder ansehen".

Die körperlichen Schmerzen hatte Karola längst ausgeblendet. Jetzt ging es nur noch um das Überleben ihres Kindes. Jahrelang hatte sie erfolgreich daran gearbeitet, diese zwanghafte Schädigung ihres Kindes zu unterbinden. Jahrelange Therapie und Seminare. Sie nahm diverse Medikamente ein, die das Verlangen dämpften, ihr Kind je wieder quälen zu wollen. Und nun war sie in derselben Situation wie damals. Das Überleben ihres Sohnes hing von ihr ab. Wieder einmal. Doch im Unterschied zu damals wollte sie nun wirklich, dass er überlebt. Ihre Therapie war erfolgreich gewesen, das erkannte sie nun, genau in dieser Situation. Sie wollte unter allen Umständen, dass ihr Sohn lebt. Also hob sie ihre Hüfte, auch wenn das nur einige Zentimeter weit möglich war, denn sie war immer noch mit etlichen Riemen an dieser verdammten Liege fixiert. Es kostete sie unendlich Kraft, ihre Hüfte gegen den Widerstand der Lederriemen auch nur einige Zentimeter hoch zu heben. Dann ließ ihre Hüftmuskulatur nach und sie fiel auf den Schlauch, der ihrem Sohn nun keine Luftzufuhr mehr gewährte. Sofort spannte sie wieder ihre Muskulatur an, hob ihre Hüfte und hoffte, lange so verharren zu können.

Während der ganzen Zeit sah sie ihrem Sohn zu, wie dieser um sein Überleben kämpfte. Karolas Muskeln begannen zu zittern, ihre Hüfte sank entgegen ihrem Willen auf die Liege zurück und drückte den Schlauch ab. Sofort bäumte sich Karstens Brustkorb auf, seine Hände verkrampften sich, seine Adern am Hals schienen heraustreten zu wollen. Ihr gelang es nur noch sekundenweise ihre Hüften anzuheben und sie brauchte immer länger, um neue Kraft zu sammeln. Dadurch bekam Karsten immer nur einige Sekunden lang stoßartig Luft. Wieder hob Karola ihre Hüfte trotz zitternder Muskeln an, bis sie einen Krampf der Muskulatur verspürte und ihr ganzes Gewicht wieder auf dem Schlauch lag. Mit aller Kraft und unbändigem Willen versuchte sie ihre Hüfte entgegen dem Muskelkrampf anzuheben, was ihr aber nicht mehr gelang. Ihre Hüftmuskeln versagten den Dienst. Sie musste hilflos mit ansehen, wie ihr Sohn direkt neben ihr erstickte. Und sie war mit Schuld. Sie brachte ihren Sohn um. Das „fast"-Ersticken-Spiel aus Karstens schlimmer Kindheit war nun Realität geworden. Ohne „fast" – nur mit Ersticken. Sie schrie nur noch ein Wort, das sie wie ein Mantra wiederholte: „Nein!". Sie schrie, und schrie und schrie…

Der weibliche Münchhausen.

Alexander Vogel saß nach getaner „Arbeit" auf seiner Wohnzimmercouch und blätterte die Lokalzeitung durch. „95 Prozent Wahrscheinlichkeit „Argos" zu finden", titelte die Münchner Gazette. Alex dachte sich, dass er zwar diesmal erst 50 Prozent seiner momentanen Opfer getötet hatte, oder besser: töten hat lassen. Er selbst war also diesmal unschuldig und somit nicht der Mörder von Karsten Vogt. Allerdings hatte er diesmal keine neuen Erkenntnisse über den Sterbeprozess, den Übergang vom Leben zum Tod, durch den erstickten Karsten Vogt bekommen. Doch das war einkalkuliert. Die andere Hälfte dieses „Münchhausen-Pärchens", wie Alex Mutter und Sohn Vogt nannte, würde er bald in den Schwebezustand zwischen den Welten bringen, das wusste er. Ganz gelassen las er den Artikel in der Zeitung weiter, während Karola Vogt festgebunden auf der riemenbewehrten Liege in der Scheune lag; neben ihr der durch ihr Körpergewicht getötete Sohn. Alex las weiter: „95 Prozent ist die durchschnittliche Aufklärungsquote der Münchner Polizei bei Mord. Bei Serientätern ist diese sogar noch höher, denn die Anzahl der Indizien steigt mit jedem Mord, die Fehlerwahrscheinlichkeit auch. Also wird „Argos" auch bald überführt sein, könnte man meinen.

Die Besonderheit in diesem brisanten Fall ist nicht nur, dass es bisher keine wirklich konkrete Spur gibt, sondern es scheint vielmehr so, dass dieser Serienkiller alles weiß über seine Opfer, bevor er zuschlägt. Brillant, könnte man sagen, würde es sich hier nicht um einen skrupellosen Mörder handeln, der bestialisch quält und mordet. Dagegen sieht die Münchner Polizei hingegen sehr schlecht aus. Der Mörder treibt sein grausiges Spiel seit Jahren und die zuständigen Behörden tappen immer noch im Dunkeln. Dieser Fall wird die Aufklärungsquote der Münchner Polizei weit nach unten ziehen. Das wird auch dem Polizeidirektor Manfred Offerbaum nicht gefallen. Wie lange wird der bayrische Innenminister Dr. Kevin Mühlendorffer noch zu seinem obersten Münchner Polizisten halten? Selbst der bayrische Polizeipräsident hat sich schon indirekt gegen Manfred Offerbaum gewandt. Vielleicht ist es auch der Ministerpräsident Franz Xaver Bender selbst, der bald ein Machtwort sprechen und personelle Konsequenzen fordern wird. Lange kann es nicht mehr dauern, bis die politische Führung reagieren wird".

Alex bemerkte süffisant halblaut: „Die haben nichts, rein gar nichts gegen mich in der Hand. Sonst gäbe es diese politischen Verwerfungen nicht. Und dass ich brillant bin, vielmehr genial, schmeichelt mir". Er las den Artikel zu Ende. Unter dem Artikel war eine Anzeige für ein Schlankheitsgetränk platziert, auf der auch eine Frau mit Wespentaille abgebildet war. Vermutlich war das Foto mit der Frau mit einem Bildbearbeitungsprogramm nachgearbeitet worden. Kein Mensch hält es lange aus, wenn ihm die Taille so eingeschnürt wird. Hier wäre dann maximal noch eine Art von Schnappatmung möglich. „Das ist es!", rief Alex aus. Dann murmelte er: „Die Mutter wird ähnlich wie der Sohn sterben; nur langsamer und mit einem langen Übergang in den Tod". Dass eine Anzeige in einer Zeitung einen Serienmörder zu einer weiteren bestialischen Tat animieren würde, hatten sich die Macher der Anzeige bestimmt nicht im Traum vorgestellt.

Die in der Scheune auf Stativen angebrachten Baustrahler waren immer noch eingeschaltet. Damit hätte Karola jedes Detail ihres toten Sohnes betrachten können, wenn sie gewollt hätte. Doch sie hatte ihr Gesicht abgewandt, soweit dies die Fixierung auf der Liege zuließ. Sie war keine Heldin, das wusste sie. Anderen, sogar ihrem eigenen Kind etwas antun, das konnte sie. Für sich selbst zu kämpfen, das konnte sie nicht. Sie fühlte sich wie gelähmt. Sie wagte nicht einmal einen Versuch, um sich möglicherweise aus den Lederriemen zu befreien. Die von ihrem Peiniger gelösten zwei Riemen auf Bauchhöhe, die es ermöglichten ihre Hüfte ein wenig anzuheben, hätten vielleicht eine Chance auf Befreiung bedeuten können. Obwohl sie körperlich in der Lage gewesen wäre, konnte sie sich nicht rühren. Sie war in eine Art Schreckstarre verfallen. Eines der drei Ur-Verhaltensmuster. Verteidigung, Flucht oder Erstarrung – von diesen drei Reaktionen auf eine akute Gefahr, wählte ihr Unterbewusstsein die Erstarrung. Selbst wenn sie gewollt hätte, hätten ihr ihre Muskeln nicht gehorcht. Der Überlebensmechanismus des Erstarrens, oder auch des Totstellens, übersteuerte alle willentlichen Entscheidungen Karolas. Somit bewirkte dieser Überlebensreflex genau das Gegenteil seines eigentlichen Zwecks: die real bestehende Chance über die gelockerten Riemen frei zu kommen.

Alex war nun langsam wieder in der Stimmung, zu Argos zu mutieren. Er las sich die Patientenakte von Karsten Vogt nochmal akribisch durch, in der Hoffnung, dass darin auch Details über dessen Mutter niedergeschrieben sein könnten. Dabei fiel ihm ein Kuvert mit der Aufschrift „An den weiterbehandelnden Arzt" in die Hände, das einen Arztbrief enthielt. Es war der Abschlussbericht eines vom Familiengericht bestellten ärztlichen Gutachters, der sowohl Karsten, als auch Karola psychiatrisch untersucht hatte. Und da Dr. Williams damals der behandelnde Arzt von Karsten war, bekam auch er diesen Bericht übersandt. Alex las auch diesen Bericht genau durch. Vor allem eine Passage gefiel ihm sehr gut: „Das wiederholt versuchte Ersticken des Babys und späteren Kleinkinds Karsten Vogt, durchgeführt von seiner Mutter, deutet darauf hin, dass Frau Karola Vogt selbst panische Angst vor dem Ausgeliefertsein hat. Sie zeigte bei psychiatrischen Tests mehrfach Erstarrungsverhalten bis zum Stupor. Dieser Starrezustand des ganzen Körpers bei wachem Bewusstsein, zeigt sich bei hohem Stress und/oder bei großer Angst. Werden die Bewegungsmöglichkeiten der Patientin durch eine medizinische Fixierung (Zwangsjacke mit Schrittgurt) eingeschränkt, verstärkt sich die Starre bis zum Rigor". Alex las die Fremdwörter Stupor und Rigor bei Wikipedia nach. Für ihn gab es keinen Unterschied zwischen den beiden Begriffen. Beides bedeutete Starrheit; hier eben medizinisch ausgedrückt. Er ging nun in den Keller seines Hauses, bis er vor der Wand mit den Werkzeugen und Hilfsmitteln, die man auf dem Bauernhof brauchte, stand. Er füllte einen ganzen Wäschekorb mit Utensilien. Kälberstricke, ein Hobel, diverse Tiermedikamente und einige Zangen waren darunter. Er trug den Wäschekorb über die Treppe nach oben und weiter bis zu seinem Medizinschrank für Tiermedikamente. Aus diesem entnahm er Spritzen, medizinisches Besteck und diverse Medikamente. Argos war erwacht.

Als Argos die Scheune des Bauernhofs betrat, wusste er, dass der ärztliche Gutachter zu 100 Prozent Recht hatte. Karola lag exakt so da, wie er sie zurückgelassen hatte. Nur der Kopf war zur Seite gedreht. Ihre Fäuste waren geballt. Sie war wohl unfähig diese zu entspannen. Auch ihre Fußspitzen waren nach oben gezogen, als ob sie einen Krampf hätte. Argos zog ihr die Schuhe und Strümpfe unter erheblichem Kraftaufwand aus. Er betrachtete ihre Füße und Zehen, die erstarrt und nach oben hin überdehnt wirkten. Mit einem Skalpell schnitt er ihre Kleidung auf, bis sie komplett nackt vor ihm lag. Der ganze Körper war steif wie ein Brett. Selbst die Muskeln am Brustansatz waren angespannt. So etwas hatte er noch nie gesehen. Er zog eine Spritze mit einem tiermedizinischen Muskelrelaxans auf und verabreichte es ihr in den Oberschenkel. Zuerst löste sich die Anspannung in Karola Vogts Beinen, dann nach und nach im ganzen Körper. Jetzt war sie auch wieder ansprechbar, auch wenn sie noch sehr verwirrt wirkte. Argos sprach sie an: „Ich möchte, dass Du mit mir sprichst. Auch wenn Dir ein Stück Deiner Zunge fehlt. Du sprichst die ganze Zeit, egal was geschieht! Solltest du verstummen, wird alles noch schlimmer und schmerzhafter werden. Hast du das verstanden, Schlampe?". Sie wimmerte nur leise und hauchte ein sehr zaghaftes „Ja".

Seinem Ziel nahe.

Alex war nun ganz zu Argos geworden. Er weidete sich darin, alles über sein Gegenüber zu wissen. Alles was seinem Opfer maximale Angst bescheren würde. Es war eine Art Mischung aus Macht über den anderen Menschen und Neugier auf das nun Kommende. Neben der laufenden Videokamera war auch noch ein Kassettenrekorder neben Karolas Kopf platziert und ebenfalls in den Aufnahmemodus geschaltet. Argos wollte schließlich auch noch etwas von der nun folgenden Vorstellung, wie er es nannte, haben, wenn er nach der Tat wieder zu Alex wurde. Das wiederholte Abhören dieser Kassette würde ihm immer wieder einen ähnlichen Kick geben, als ob er die Tat gerade erst begehen würde.

Argos zog die zuvor gelockerten Hüftriemen wieder fest. So brutal fest, dass Karolas Taille genauso eingeschnürt wurde, wie auf der Zeitungsanzeige abgebildet. Karola stöhnte und stieß einen Schmerzschrei aus. Sie war nun immer klarer im Kopf, erfasste immer mehr ihre ausweglose Situation. Argos löste nun die Fuß- und Beinriemen beider Beine. Er packte das linke Bein mit einer Hand, winkelte es im Knie- und Hüftgelenk an, so dass es auf Karolas Bauch wie zusammengefaltet zum Liegen kam. Dann band er einen der mitgebrachten Kälberstricke um Fußgelenk und Oberschenkelbeuge seines Opfers, und fixierte das zusammengebundene Bein zusätzlich am Taille-Riemen der Liege. Dasselbe tat er mit dem rechten Bein. Trotz medikamentös gelockerter Muskeln war Karola nicht in der Lage sich zu wehren, da sie psychisch bereits durch den Tod ihres Sohnes gebrochen war. Sie konnte daher auch die zweite Chance, die sich geboten hatte, nicht nutzen. Denn kurzzeitig waren beide Beine ohne Fixierung. Sie hätte um sich treten können, Alex verletzten können. Doch auch diese Chance war nun verstrichen. Sie lag wie ein Käfer, mit den an der Taille befestigten Beinen, nun absolut hilflos auf dem Rücken. Die Einschnürung der Taillen-Fixierung und das Eigengewicht ihrer Beine verstärkten ihre Atemnot. Sie atmete stoßartig ein und aus.

Der Anblick von Karolas ungeschützter Vagina ließ Argos kurz innehalten. Ihre ganze Scham, ihre äußeren Geschlechtsteile boten sich ihm nun dar. Zwischen den äußeren Schamlippen spitzten die inneren etwas hervor. Gleichzeitig mit dem abgehackten Atmen Karolas, pulsierten ihre Schamlippen. Argos spürte die ansteigende Erektion seines Penis. Er zog alle sonstigen Lederriemen der Liege nochmal fester, um jegliche Ausweichbewegung Karolas zu unterbinden. Er holte Melkfett aus dem mitgebrachten Wäschekorb und schmierte eine Fingerkuppe voll auf Karolas unfreiwillig dargebotenen Schamlippen. Im Vergleich zu Argos sonstigem Umgang mit seinen Opfern, verstrich er das Melkfett ungewöhnlich sanft. Er genoss das Einschmieren und fuhr dabei immer wieder mit seinem Zeigefinger zwischen ihre Schamlippen, gerade so tief, dass seine Fingerkuppe darin verschwand. Nach mehreren Minuten einschmieren, massieren und streicheln von Karolas Geschlechtsteil zog er seine Hose aus, bestieg die Liege und betrachtete die hilflose Frau noch einmal eingehend. Sein Blick blieb an ihrer Vagina, mit den mittlerweile durch die Massage gut durchbluteten Schamlippen, hängen. Sein erregter Schwanz pulsierte, als er plötzlich in sie eindrang. Es war wie ein Rausch, so dass er weder das stakkato-artige Atmen Karolas noch deren dazwischen herausgepressten Schmerzschreie hörte. Tränen liefen ihr über das mittlerweile schon leicht violette Gesicht. Als er endlich in ihr gekommen war und aus diesem Lustrausch erwachte, spürte er die kalten Füße Karolas auf seinem Bauch. Nun nahm er auch ihr Hyperventilieren wahr, das sich durch die brutale Einschnürung des Unterbauches und des damit verbundenen sehr flachen Atmens eingestellt hatte. Er zog seinen immer noch erigierten Penis aus ihr heraus, sprang förmlich von ihr herab und löste ihren Taillengurt.

Karolas erster vollständiger Atemzug war für sie die größte Erleichterung, die sie je gespürt hatte. Dabei entleerte sie unwillkürlich ihre Blase. Da sie immer noch in der durch Riemen und Kälberstricke erzwungenen Lage verharren musste, die einer Schildkröte die auf dem Rücken liegt glich, lief ihr warmer Urin über ihre Oberschenkel und ihren Hintern. Schon beim zweiten tiefen Atemzug, schüttelte es sie regelrecht und sie weinte bitterlich dabei. Sie spürte ihre wundgescheuerte, mit Urin und Sperma besudelte Vagina nun intensiver als während der Vergewaltigung durch Argos, als sie nur noch dachte ersticken zu müssen. Doch sie spürte auch, wie sich das ihr wohlbekannte Gefühl der Erstarrung wieder in ihr ausbreitete, denn das Mittel, das ihr gespritzt worden war, ließ in der Wirkung langsam nach. Die Todesangst durch das beinahe Ersticken und die gerade erfolgte Vergewaltigung lösten soviel Stress aus, dass ihre Standard-Überlebensstrategie der Erstarrung von ihrem Unterbewusstsein erneut angetriggert wurde.

Argos war nun ganz nahe über ihrem Gesicht und sagte grinsend zu ihr: „So etwa muss sich dein Sohn damals gefühlt haben. Immer wieder, wenn Mama mit ihrem Sohn das abendliche Spiel spielte. Und dann gab es dazu auch noch Mama-Medizin, nicht wahr?". Dieses eine Mal ergriff sie die sich ihr bietende Chance, sich zu wehren. Trotz des in ihr hochkriechenden Gefühls der Starre. Trotz der Angst, die sie hatte. Und trotz des totalen Ausgeliefertseins an dieses Monster. Genau in dem Augenblick, als Argos nur einige Zentimeter von ihrem Gesicht entfernt war, nutzte sie den minimalen Spielraum, den ihr der Kopfriemen ermöglichte. Sie hob ruckartig ihren Kopf und erwischte mit ihrer Stirn Argos an der Nasenwurzel. Der Stoß wurde allerdings ebenso ruckartig durch den Kopfriemen gestoppt. Somit war der Effekt von Karolas Kopfstoß zu ihrem großen Bedauern sehr begrenzt. Es reichte jedoch, Alex so in Wut zu versetzten, dass er schlagartig wieder 100-prozentig zu Argos wurde, dem Ungeheuer, das alles über seine Opfer in Erfahrung brachte, letztlich die tiefsten Ängste seiner Opfer kannte und exzessiv ausnutzte. „Das wirst Du bitter bereuen, Du Mistschlampe!", fauchte Argos. Und was es bedeutet, einen so erfahren Folterer und Mörder zu reizen, sollte Karola nun in allen Facetten erfahren.

Alex wird nun ganz zu Argos.

Als erstes zog er den lockeren Kopfriemen so brutal fest, dass Karola dachte, ihre Stirn oder ihre Schädeldecke würde zerspringen. Dann gab Argos seinem Opfer einen Fausthieb auf die Nase, damit es selbst spüren konnte, was es ihm eigentlich antun wollte. Blut lief aus ihrer nun gebrochenen Nase und sie schrie vor Schmerz. Weinen, Schmerzlaute und ein in Wellen kommendes Zittern wechselten sich ab. Argos war aus ihrem durch die Kopffixierung sehr eingeschränktem Sichtfeld verschwunden. Ihre Hoffnung, dass er nach dem brutalen Fausthieb von ihr nun abgelassen hätte oder vielleicht diesen Raum, diese verdammte Scheune, verlassen haben könnte, erwies sich als trügerisch. Argos hatte mittlerweile aus dem Wäschekorb ein pfropfenartiges Metallteil herausgenommen. Es hatte auf einer Seite einen Greifring, den man mit einer Hand fassen konnte, und auf der anderen Seite sah es aus wie ein kegelartiges Gartengerät, ähnlich einem Pflanzholz. Karolas Peiniger hatte sich mit seinem Oberkörper auf den unteren Teil der Liege gelegt. Da Karolas Beine durch den Kälberstrick auf ihrem Bauch fixiert waren, war das untere Drittel der Liege frei. Er umfasste das kegelförmige Metallteil mit beiden Händen und führte die Kegelspitze langsam in Karolas After ein.

Sie spürte einen unbeschreiblichen Schmerz und den kalten, metallenen Gegenstand an ihrem Anusmuskel und zwickte diesen instinktiv zusammen. Doch gegen Argos' beidhändigen Druck und dem sich kegelförmig verbreiternden Metallgegenstand hatte sie keinerlei Chance. Wie in Zeitlupe schob Argos den kalten Gegenstand in ihren Anus. Nachdem die breiteste Stelle des Metallkegels erreicht war, umschloss ihr Schließmuskel auch diesen, so dass nur noch der Stiel zum Greifring herausschaute. Mit einem weiteren Kälberstrick band Argos den Greifring an Karolas Oberschenkelbeugen fest. Damit konnte der Metallkegel auch mit Druck durch die Darmperistaltik nicht nach außen gedrückt werden. Urin hatte Karola schon entleert – Kot würde sie nicht mehr entleeren können, dafür hatte Argos gesorgt. Er hatte bei vielen seiner vorhergehenden Opfer feststellen müssen, dass diese in Momenten des größten Schmerzes, oder wenn sie kurz vor dem Tod standen, Exkremente abgaben. Das würde diesmal nicht möglich sein – eher würde der Darm seines Opfers platzen.

Wieder auf Höhe von Karolas Kopf stehend, sprach Argos zu seinem wehrlosen Opfer, welches ihn vor Schrecken und Angst mit weit geöffneten Augen ansah: „Du sagst mir ab sofort alles, was Du fühlst, siehst, denkst. Vielleicht lasse ich Dich dann frei. Du wirst einige Schmerzen aushalten müssen, das steht fest. Die Frage, die Du Dir stellen solltest ist vielmehr willst Du leben oder sterben? Wenn Du leben willst, dann sprich mit mir. Ich möchte, dass Du mir jede Sekunde Dein Befinden mitteilst. Solltest Du schweigen, bist Du tot. Solltest Du nur noch schreien oder dauernd weinen, bist Du ebenfalls tot. Willst Du leben, dann sprich zu mir; permanent. Also, wofür entscheidest Du Dich?". Karola schrie förmlich: „Leben!!!", und begann zu reden wie ein Wasserfall, unterbrochen nur durch gelegentliches Schluchzen oder kurzzeitiges Weinen. Sie sprach über ihre momentanen Körperempfindungen, oder besser – missempfindungen: „Mein Schädel fühlt sich an, als müsse er zerspringen, meine Vagina und mein After brennen wie Feuer, meine angewinkelten Beine schmerzen so sehr, die Fixierung an diese verdammte Liege machen mich halb wahnsinnig, ich spüre die Starre in mir aufsteigen, sie verstärkt sich…".

Als Argos begann, um den kleinen Zeh von Karolas Fuß eine Schlinge aus Metalldraht zu legen, und deren Enden erst von Hand und dann mit einer Kombizange zu verdrillen, stockte Karolas Redeschwall abrupt. Ihr kleiner Zeh wurde schnell blutleer und nahm eine weiße Färbung an. Sie versuchte den minimalen Bewegungsspielraum zu nutzen, den sie über die Fuß- und Zehengelenke zur Verfügung hatte. Doch außer einem Zappeln, war sie zu kaum mehr in der Lage, ihre Körperstarre war mittlerweile bis zu ihren Füßen gelangt. Der Metalldraht grub sich tief in Haut und Fleisch des kleinen Zehens ein. Während Karola vor Schmerz aufschrie, behandelte Argos nach und nach alle restlichen von Karolas Zehen mit derselben Methode. Anschließend band er ihr die ersten Fingergelenke mit dem Metalldraht ab. Auch hier war der Effekt der Blutleere schnell eingetreten. Dann formte er zwei größere Metallschlingen und verdrillte deren Enden. Als Karola sah, dass Argos diese Schlingen um ihre Brüste legte, erstarrte sie vollständig am ganzen Körper. Schlagartig kam kein Wort, kein Schrei mehr über ihre Lippen. Stille. Argos zog die Drahtschlinge über der ersten Brust zusammen. Das weiche Gewebe des Busens ließ sich leicht zusammenquetschen und abschnüren. Der zweiten Brust erging es genauso. Nun kam die

Spritze mit dem muskelentspannenden Medikament erneut zum Einsatz. Fast mit sofortiger Wirkung ließ Karolas Starrezustand nach, und damit begannen auch wieder ihre Schmerzensschreie. Argos hatte damit alles vorbereitet für sein eigentliches Vorhaben, Er schaltete die Baustrahler aus und verließ die Scheune mit der darin laut schreienden Karola Vogt.

Karola wusste nicht, wie lange sie geschrien hatte, als sie bemerkte, dass sie vor Heiserkeit kaum mehr ein Wort hervorbrachte. Die Schmerzen waren überraschenderweise geringer geworden, oder bildete sie sich das nur ein? Sie versuchte sich zu beruhigen, doch sobald sie die Hoffnungslosigkeit ihrer Situation erkannte, überkam sie wieder Panik. Dadurch verstärkte sie das Gefühl der langsam wieder hochkommenden Starrheit. Sie war in diesem Teufelskreis gefangen. Irgendwann fiel sie in einen der Bewusstlosigkeit ähnlichen Zustand, aus dem sie temporär zwar immer wieder erwachte. Dafür gingen ihr dann schreckliche Gedankenfetzen durch den Kopf, wie: „Meine Gliedmaßen werden absterben! Sie müssen möglicherweise amputiert werden! Ich muss mich dringend entleeren, warum geht das nicht? Mein ganzer Unterleib schmerzt – bin ich verstümmelt? Jetzt bekomme ich die Bestrafung für all das, was ich meinem Baby damals angetan habe. Mein toter Sohn Karsten zahlt mir alles mittels dieser folternden, grausamen Person, dieses Monsters heim. Ich bin gefangen bei Argos, dem Serienkiller, der seit Jahren gesucht wird". Diese schrecklichen Fragen und Erkenntnisse führten regelmäßig dazu, dass sie wieder in den Zustand zwischen Schlaf und Bewusstlosigkeit zurückfiel.

Argos wütet.

Nach einem erholsamen Schlaf in seinem Doppelbett, in dem noch nie eine weitere Person gelegen hatte, erwachte Alex gegen zehn Uhr morgens. Zu einem ausgiebigen Frühstück las er seine abonnierte

Lokalzeitung. Auch heute war er wieder der Star der Presse. Für den heutigen, sehr umfangreichen Zeitungsartikel, betitelt mit „Argos das Monster", fand Alex nur Spott und Häme. „Die tappen im Dunkeln. Zappen duster ist es bei denen! Ich werde mir überlegen, ob ich denen etwas auf die Sprünge helfe. Wenn die Polizei, allen voran dieser Kommissar Peter-Josef Mayer, mich nach all den Jahren nicht von alleine findet, werde ich mich stellen. Aber nicht einfach mal so, sondern mit einem genau ausgetüftelten Plan. Das wird meine heutige Aufgabe: das für die Polizei, den Kommissar Mayer und für meine geliebte Monika Nirschl Unvorhersehbare wird detailliert geplant. Zur Belohnung, nach getaner, akribisch geplanter Arbeit, kümmere ich mich heute Abend ausführlich um die Dame mit den abgebundenen Körperteilen", beendete Alex sein Selbstgespräch.

Mittlerweile waren mehr als vierundzwanzig Stunden vergangen, seit Karolas Körperteile abgebunden worden waren. In der Medizin geht man von maximal sechs Stunden aus, nach denen man abgetrennte Körperteile mit Erfolg wieder annähen kann. Abgetrennt war – zumindest bisher- noch kein Körperteil. Allerdings war das Abbinden über so einen langen Zeitraum garantiert gewebeschädigend, wenn nicht gewebetötend. Genau das wollte Alex alias Argos erreichen. Als er gegen Mitternacht die Scheune mit einer eingeschalteten Taschenlampe wieder betrat, war es darin sehr still. Nur ein regelmäßiges Atmen war zu vernehmen. Er schaltete alle nebeneinander drapierten Baustrahler nacheinander ein. So konnten sich seine Augen gut an das helle Licht gewöhnen. Karola schlief. Je länger Alex sein regungsloses Opfer betrachtete, umso mehr überkam ihn seine zweite Natur: Argos, der Serienmörder.

Argos sah die schwarz verfärbten Zehen, Fingerenden und die beiden dunkelblauen Brüste. „Die Titten hätte ich fester abbinden sollen", sprach er zu sich und zog dann eine Spritze mit einer Mischung aus Muskel lockernden und aufputschenden Substanzen auf. Er rammte die Nadel der Spritze erneut in Karolas Oberschenkelmuskel und injizierte ihr die ganze Mixtur. Karola schlug die Augen auf und schloss sie sofort wieder, denn die Strahler waren zu hell für ihre Augen. Blinzelnd erkannte sie immer mehr Details um sich herum. „Kannst Du Deine Zehen sehen?", fragte Argos. „Oh, Gott!", entfuhr es ihr, als sie erkannte, dass ihre Zehen schwarz und vermutlich abgestorben waren.

Karola fing wie hysterisch an zu schreien, als ihr Argos plötzlich eine Zange, einen Seitenschneider vor das Gesicht hielt und sie ebenfalls anschrie: „Halt das Maul, Schlampe! Der Tod ist noch weit entfernt. Ich schneide Dir jetzt Deine verfaulten Zehen und Finger ab! Sei mir dankbar, denn das Gift aus Deinen abgestorbenen Gliedern würde Dich über kurz oder lang töten!". Unter dem anfangs noch lautem Schreien, das nach einigen Sekunden bereits wieder in das heisere Krächzen ihrer versagenden Stimmbänder überging, machte sich Argos ans Werk. Genussvoll zwickte er Karolas linke kleine Zehe am letzten Zehengelenk mit dem Seitenschneider, einer Zange die üblicherweise zum Abtrennen von Kupferkabeln benutzt wird, ab. Der Zeh blutete kaum, denn durch die Drahtschlinge wurde der Blutfluss seit mehr als einem Tag unterbunden. Karola fiel dabei kurzzeitig in Bewusstlosigkeit. Auf Grund der Medikamente, die Argos aus dem Tiermedizinschrank entnommen und ihr verabreicht hatte, währte die Bewusstlosigkeit jedoch nicht sehr lange.

Bereits beim dritten abgescherten Fußglied erwachte sie wieder. Argos sah jedem abgeschnittenen Zehenglied nach, wo es hinkullerte. Manche blieben auf Karolas Bauch liegen, andere rollten über ihren Oberschenkel oder ihre Scham auf die Liege, oder auf den Boden. Karola war nun wieder ganz bei Sinnen und schrie nur noch, oder was man mit ihrer heiseren Stimme noch schreien nennen konnte. Es war weniger der Schmerz der abgeschnittenen Gliedmaßen, denn sie konnte diese kaum spüren, da die Nerven dieser Regionen auch abgestorben waren. Nur die Knochenhaut meldete entsprechende Reize, wenn der Seitenschneider den Knochen und die Knochenhaut durchtrennte. Es war vielmehr die psychologische Wirkung. Zusehen zu müssen, wie bei lebendigem Leib einzelne Gliedmaßen abgetrennt werden – das war das eigentliche Trauma.

Nachdem Argos alle Zehen- und Fingerendgelenke von Karolas Körper abgetrennt hatte, sammelte er eine Handvoll davon ein und steckte sie der heiser krähenden Karola Vogt in den vom verzweifelten Schreien geöffneten Mund. Dies vervielfachte ihren Schrecken und ihre Panik, so dass sie trotz der ihr verabreichten Medikamente erneut in Ohnmacht fiel. Argos öffnete der Bewusstlosen den Kiefer und holte die schwarzgefärbten menschlichen Körperteile aus ihrem Mund heraus. Schließlich wollte er nicht, dass sie daran erstickte. Er hatte noch wichtigeres mit ihr vor. In Karolas zwangsweise geöffneten Mund sprühte er tief in den Rachen ein Erkältungsspray ein. Damit konnte der Heiserkeit seines Opfers eine Zeitlang entgegengewirkt werden und eine Verständigung sollte dann wieder möglich werden. Argos ging um die Bewusstlose herum, bis er wieder auf Höhe der Füße mit den amputierten Zehen war. Jetzt nahm er einen handelsüblichen Zimmerer-Hobel aus dem mitgebrachten Wäschekorb. Damit setzte er zum Abhobeln der Fußsohle an. Wie bei einem Parmesanhobel, fielen Hautstreifen vom Fuß ab; nur dass diese blutgetränkt waren. Als er mit dem Hobel auf die Fußknochen kam, hörte er auf. Beide Füße bluteten stark, denn die Füße waren im Gegensatz zu den Zehenendgelenken nicht abgebunden gewesen.

Argos zog noch eine Spritze auf. Diesmal füllte er sie mit starken Amphetaminen, also mit Aufputschmitteln, die zum Beispiel bei schweren, langwierigen Kälbergeburten in der Großtiermedizin zum Einsatz kamen, und komplettierte diese Mischung mit einem starken Schmerz stillendem Morphium Präparat. Selbst bei schlimmsten Schmerzen hielten diese Mittel sowohl die trächtige Kuh, wie auch das Kälbchen bei Bewusstsein und dämpften sämtliche Schmerzen. Kurz nach der Injizierung des starken Aufputschmittels riss Karola

Vogt die Augen auf. Bevor sie weiter reagieren konnte, sagte Argos in einem Befehlston, der keinen Widerspruch erlaubte: „Sag mir, was Du empfindest, und Du kommst frei!". Trotz all der Wunden, den Amputationen und den großflächig blutenden Wunden an den Füßen, empfand Karola kaum Schmerzen. Selbst der psychische Schreck war nur noch gering spürbar. Sie fühlte sich fast ein wenig high, als ob sie Drogen genommen hätte. Sie redete einfach darauf los: „Ich schwebe. Ich fühle meinen Körper nicht mehr. Ich sehe nicht mehr scharf. Ich höre Stimmen, die mich rufen. Mein Papa ist da. Er lächelt".

Jetzt war der Zeitpunkt gekommen, dem Ausbluten Karolas, über die abgezogene Haut an ihren Füßen, zuvorzukommen.

Die mittlerweile - von dunkelblau zu fast schwarz - verfärbten Brüste Karolas waren nun Argos nächstes Ziel. Bei Wikipedia hatte er gesehen, dass auf dem Kampffeld bei verwundeten Soldaten sogenannte Tourniquets zum Einsatz kamen. Militärs wussten am besten, wie man schnell und unkonventionell abgetrennte Gliedmaßen behandeln sollte und wie mit dem verbliebenen Stumpf umzugehen war. Im Prinzip ähnlich, wie Argos Karolas Gliedmaßen abgebunden hatte. Doch die Militärs nutzten eine Art Stock, den sie in die Schlinge steckten und drehten, um noch mehr Druck auf den Stumpf zu bekommen. Und genau das tat Argos jetzt, allerdings nicht mit der Intention das Verbluten eines Versehrten zu verhindern, sondern genau das Gegenteil zu erreichen. Argos zwängte mit brutaler Gewalt einen großen Schraubendreher zwischen Karolas Brust und der Drahtschlinge aus Metall. Dann drehte er den Schraubendreher so, dass sich die bereits vorgespannte Metallschlinge immer weiter in die Haut und das Fleisch seines Opfers schnitt. Als die Haut des Busens riss, spritzte Blut über Argos und Karolas Gesicht. Davon unbeirrt sprach sie permanent weiter, denn die ihr verabreichten Medikamente waren wohl mit die Stärksten, deren man in der Tiermedizin habhaft werden konnte. Was bei ausgewachsenen Kühen funktionierte, sollte auch bei Menschen entsprechend wirken, dachte Argos. Und zugleich wusste er, dass es gleich mit seinem Opfer zu Ende gehen würde. Karolas letzte Sätze lauteten: „Ich sehe ein Licht. Das Licht, es zieht mich hinüber. Ich komme Papa. Ich komme zu dir!" Argos sah Karola trotz aller Verletzungen ihres Körpers friedlich sterben. Er schaltete das Aufnahmegerät ab und blickte von Karolas Gesicht hinab zu dem Loch, das früher einmal eine ihrer Brüste war.

VERHÖR TEIL 4, ODER: UNERWARTETES KOMMT OFT.

Es war der zweite Tag des Verhörs, als etwas für alle Anwesenden absolut Unvorhersehbares geschah. Weder der Minister, noch P.-J.s Vorgesetzter nahmen noch an dem Verhör teil – scheinbar war die Brisanz durch die gestrige Pressekonferenz der beiden Amtsträger so weit entschärft, dass sie es als nicht mehr notwendig erachteten. In Anwesenheit des forensischen Psychiaters Dr. Josef Schubert, seiner Begleiter und dem für die Technik zuständigen Polizeibeamten hinter der verspiegelten Scheibe, eines Gefängniswärters, des Kommissars und Monika Nirschls im Verhörraum, erzählte Alexander Vogel emotionslos immer neue Details zu seinen Gräueltaten. Alex' Aussagen waren, wie bereits gestern schon, klar und logisch nachvollziehbar. Der Kommissar saß auch heute dem Serienmörder genau gegenüber, nur der Holztisch war zwischen ihnen. Monika saß seitlich hinter dem Kommissar auf einem weiteren Stuhl, der genauso am Boden festgeschraubt war, wie die anderen spartanischen Möbel im Raum. Der Gefängniswärter stand an der Tür, bewaffnet nur mit Pfefferspray und einem Gummiknüppel, an dem er speziell ausgebildet war und regelmäßig alle möglichen Situationen trainierte, die beim Umgang mit Gewaltverbrechern auftreten könnten. Sämtliche Schusswaffen mussten vor Betreten dieses Raumes abgegeben werden. Kommissar Mayer fühlte sich nach Abgabe seiner Waffe unbehaglich, da ihm alleine das Gewicht der Waffe schon Sicherheit suggerierte. Doch ohne die Waffe fühlte er sich regelrecht nackt, bis sein Verstand seine Empfindungen übersteuerte und er einsah, dass es keine gute Idee wäre mit einer Waffe in einen Raum mit einem Serienmörder zu gehen, der diese Waffe im schlimmsten Fall an sich reißen und gegen ihn oder andere richten könnte. Der Psychiater Dr. Schubert kam nun aus dem Raum hinter der Scheibe heraus, murmelte dem Gefängniswärter etwas zu und hatte sich seitlich neben Alex stehend mit einem Notizblock platziert. Dr. Schubert konnte beim gestrigen Verhör, über die Distanz die zwischen der Scheibe und dem Verdächtigen lag, keinerlei spontane Emotionen feststellen. Er dachte sich, wenn er näher an ihm dran wäre, dann würde er an der Mimik des mutmaßlichen Serienmörders irgendeine Reaktion ablesen können. Deswegen stand er heute besonders nahe neben Alex. Auf dem mit Schrauben am Boden fixierten Tisch stand ein Schild mit der Aufschrift „Verhörraum 1". Aus Sicherheitsgründen war das Schild aus biegsamem Kunststoff mit abgerundeten Kanten.

Monika war klar, dass dieser Serienmörder sofort verstummen würde, wenn sie den Raum verließe. Sie war heute Morgen intensiv von zwei Psychologen auf dieses Mammutverhör vorbereitet worden. Eigentlich hätte sie diese Unterstützung bereits bei der ersten Konfrontation mit Alex benötigt. Auch wenn sie „nur" zuhören sollte, war es eine unglaubliche Leistung, mit diesem Mörder in einem Raum zu sein und seine Worte zu ertragen. Sie versuchte dem Mörder innerlich keinen Namen zu geben, was ihr jedoch nicht immer gelang. Dann nannte sie ihn nur „dieses Ekel". Meist wandte sie aber die Empfehlung der Psychologen an, sich einen sicheren Platz in Gedanken zu suchen und dort –äußerlich nicht bemerkbar- aufzuhalten. Doch ihr Unterbewusstsein bekam jedes Wort aus Alexander Vogels Mund mit. Das hatten die Psychologen ihr nicht gesagt. Vermutlich hätte es die sowieso schon sehr angespannte Monika noch mehr verunsichert und geängstigt. Sie war müde, denn nach den gestrigen Erlebnissen in diesem betongrauen Raum mit diesem „Ekel", konnte sie lange nicht einschlafen. Ihr Schlaf war unruhig und flach gewesen; sie hatte sich im Bett immer wieder stöhnend hin und her gewälzt. Sie fühlte sich schwach und permanent angewidert von diesem Subjekt. Doch sie wollte durchhalten, denn ihr Verhalten kann Leben retten. Leben von anderen unschuldigen Menschen. Menschen, wie sie selbst. Hatte sie nicht selbst unglaubliches Glück gehabt? Hätte sie eines der Opfer sein können? Durchaus. Sie befand sich zwar in einer äußerst unangenehmen Situation, doch beschützt von der Polizei und mit einem Ziel: Menschenleben retten. Sie hielt es nur deshalb im selben Raum mit diesem Bastard aus, um all den Opfern Gerechtigkeit zukommen zu lassen. Gerechtigkeit, die es nur gab, wenn „dieses Etwas" alles zugibt, was er getan hatte. Es widerstrebte ihr, all diese schrecklichen Worte in ihr Bewusstsein kommen zu lassen. Sie wusste, dass es nur in ihrer Gegenwart möglich war, ein umfangreiches Geständnis für seine Verurteilung und eine daran anschließende lebenslange Verwahrung zu erwirken. Plötzlich verspürte Monika Nirschl eine Veränderung im Raum. Sie konnte das unerwartete Gefühl nicht einordnen, aber sie spürte in dieser negativen Umgebung nochmals eine Verschlechterung der Stimmung im Raum. Monika erschauerte, denn sie spürte eine Art negative Aura, die von diesem Mörder plötzlich verstärkt ausging. Ihr Bauch, der schon während des ganzen Verhörs permanent angespannt war, fühlte sich nunmehr an, als würde jemand langsam, ganz langsam seine Faust tiefer und immer tiefer hineindrehen.

Mitten im Satz stockte plötzlich Alex' bisher so sprudelnder Redefluss, ein Ruck ging durch seinen Körper und er stieß einen markerschütternden Schrei aus. Alle Anwesenden zuckten zusammen. Seine Finger und Zehen bogen sich zusammen, kurz darauf auch seine mit Hand- und Fußschellen gefesselten Arme und Beine. Er fiel vom Stuhl auf den Betonboden des Verhörraumes und hätte mit seinen Beinen auch noch den Verhörtisch umgerissen, wäre dieser nicht fest im Boden verankert gewesen. Obwohl der Psychiater Dr. Josef Schubert schnell reagierte und zu Alex hechtete, konnte er dessen Sturz vom Stuhl nicht verhindern. Alex ganzer Körper verkrampfte sich, so dass er in Embryonalstellung am Boden kauerte und gleichzeitig zitterte. Blut lief unter seinem Kopf hervor. Auf Höhe von Alex' Schritt war seine Hose eingenässt und es hatte sich eine kleine Urinlache auf dem Boden gebildet. Der Psychiater versuchte das am Boden neben dem Verletzten liegende Kunststoffschild mit der Aufschrift „Verhörraum 1" zwischen Alex' Zähne zu schieben, was ihm auch gelang. Gleichzeitig schrie Dr. Schubert in die Richtung des Gefängniswärters: „Schnell holen Sie einen Notarzt und eine Benzodiazepin-Spritze!".

„Raus!", brüllte eine innere Stimme in Monikas Kopf. Sie folgte dem davoneilenden Gefängnisaufseher spontan einige Meter, dann wurden ihre Knie weich und sie setze sich mitten auf den Gang vor dem Verhörraum. Ihr Mageninhalt kam mit aller Wucht nach oben. P.-J. Mayer dachte fast zeitgleich an zwei Aspekte. Hoffentlich stirbt dieser räudige Hund jetzt nicht. Und: wenn die Presse mitbekommt, dass Blut beim Verhör des Verdächtigen geflossen ist, dann sind alle Aussagen hinfällig. Wer glaubt schon an einen Unfall? Ein Reporter, der eine gute Story braucht, sicher nicht. „Polizeiwillkür und Staatsbrutalität", „Unbescholtener Bürger ohne Anwalt verhört", „Mitbürger von Polizei gefoltert", sah P.-J. Mayer schon vor seinem geistigen Auge auf den morgigen Ausgaben der Tageszeitungen. Das musste unbedingt verhindert werden. Zwei Ärzte aus der im Gefängnis integrierten Krankenstation stürmten in den Verhörraum, spritzten dem krampfenden und röchelnden Mehrfach-Mörder ein starkes Beruhigungsmittel mit muskelentkrampfenden und stark sedierenden Medikamenten. Schlagartig lösten sich Alexander Vogels Verkrampfungen und er fiel in einen Dämmerschlaf. Dann wurde seine Platzwunde am Kopf verbunden und auf einer Krankentrage in das Gefängniskrankenhaus gebracht. „Das war's dann wohl; zumindest für heute", sagte der Psychiater zu Kommissar Mayer. „Mist", rief Mayer laut und aggressiv aus, und dachte dabei an mögliche weitere Opfer dieser Bestie, die möglicherweise noch irgendwo auf Befreiung und Erlösung durch die Polizei warteten.

Am nächsten Tag bekam der Kommissar vom forensischen Psychiater Dr. Schubert eine Zusammenfassung des gestrigen Vorfalles aus medizinischer Sicht. „Der Beschuldigte ist auf der Krankenstation des Gefängnisses an den Gliedmaßen am Krankenbett fixiert", begann Dr. Schubert. „Nicht nur wegen der weiterhin bestehenden Fluchtgefahr, sondern hauptsächlich wegen akuter Selbstgefährdung. Es besteht der Verdacht auf eine generalisierte Epilepsie nach einem Schädel-Hirn-Trauma". „Was bedeutet das? Können Sie das bitte einem medizinischen Laien begreifbar machen?", fragte der Kommissar. Dr.

Schubert erklärte, dass bei einer genaueren Untersuchung des Schädels des Verdächtigen, sowohl eine Eintritts- als auch eine Austrittsnarbe, vermutlich einer Patrone oder eines anderen runden Gegenstands, gefunden wurden. Beide Narben seien schon einige Jahre alt. Hier vermute man die Epilepsie auslösende Ursache. Da der Patient jedoch keinerlei Angaben zur Vorgeschichte gemacht hatte und zurzeit auch nicht machen kann, könne es eben nur bei dieser Vermutung bleiben. Weitere Details würden im Laufe des Tages zur Verfügung stehen, wenn das Computertomogramm vorliege. Außerdem sei der Patient bis auf weiteres nicht vernehmungsfähig, meinte Dr. Schubert. Das gefiel dem Kommissar nicht. Überhaupt nicht.

Jede Verzögerung bedeutete, dass die Polizei sich öffentlich rechtfertigen musste, warum nicht schneller gearbeitet werde. Warum diese „Bestie" nicht schneller vor Gericht gebracht würde. Oder eben genau das Gegenteil, dass die Polizei den Falschen, einen Unschuldigen geschlagen habe. Das eine war der öffentliche Druck und der Imageverlust seiner Behörde. Das andere, und noch viel dringendere war, so schnell wie möglich weitere Opfer zu finden, die sich noch in Gefangenschaft befinden könnten und vermutlich Todesängste ausstehen müssen. Hier zählt jede Minute! Doch Dr. Schubert blieb hart und bestand darauf bis zum Abschluss der medizinischen Untersuchungen kein weiteres Verhör zuzulassen. Was den Kommissar letztlich überzeugte, war die Aussage des Mediziners, dass eine Aussage des Verdächtigen zum jetzigen Zeitpunkt, im jetzigen Zustand, keinerlei Bestand vor Gericht hätte.

P.-J. Mayer bekam am nächsten Morgen endlich den ersehnten Anruf von Dr. Josef Schubert. Er erzählte eine Menge medizinischer Sachverhalte, von denen P.-J. kein Wort verstand. „Stopp!", rief der Kommissar in den Hörer. Und danach: „Für den Laien. Für den L A I E N, bitte", intervenierte er genervt. „Aber gerne Herr Kommissar", begann Dr. Schubert etwas süffisant. „Ihr Verdächtiger hat eine alte

Verletzung in einem Hirnareal, das für Empathie und Gefühle zuständig ist. Nach meinen Recherchen, ist eine derartige Verletzung aus medizinischer Sicht nur noch einmal dokumentiert. Bei diesem einzigen beschriebenen Fall handelt es sich um den deutschen Sprengmeister Erwin Weber, der durch eine vorzeitige Zündung einer TNT-Mischung für den Bergbau, einen Unfall mit einer Eisenstange - die durch den Kiefer eindrang und durch die Schädeldecke austrat - überlebte. Die beschriebenen verletzten Gehirnregionen ähneln auffallend den Stellen, die Herr Alexander Vogel aufweist. Herrn Weber fehlten nach diesem Unfall jegliche Sozialkompetenz, Empathie oder Emotion. Selbst schlimmste Filmszenen, die man ihm bei den neurologischen und psychiatrischen Nachuntersuchungen zeigte, erhöhten weder Puls noch Blutdruck", erklärte der Arzt. Und abschließend: „Ich vermute, dass wir es bei Herrn Vogel mit einem äußerst seltenen, aber sehr ähnlichem Typ von Gefühlsverlust zu tun haben. Restemotionen könnten durchaus noch vorhanden sein. Diese treten jedoch sehr, sehr selten auf, wie ich im Laufe des Verhörs beobachten konnte. Der Epileptische Anfall mit vorhergehender, spürbarer Aura gehört zum Krankheitsbild". „Krankheitsbild?", fragte P.-J. Mayer ungläubig, und fuhr fort: „Heißt das, dass Alexander Vogel nicht für seine Taten bestraft werden kann, weil er gefühllos, also aus Ihrer Sicht krank und damit vollkommen irre ist?". Der Psychiater antwortete: „Wenn Sie es so laienhaft ausdrücken wollen, lautet meine Antwort vermutlich ja".

PSYCHOSYNDROM NACH SCHÄDEL-HIRN-TRAUMA.

Patientenkarte Nummer 213: Susan Schneider, geboren am 14. Juni 1979. Diagnose: organisches Psychosyndrom nach Schädel-Hirn-Trauma und mehrmonatigem künstlichen Koma, F07.2.

Die Menge der Unterlagen, die Dr. Williams für diese Patientin gesammelt hatte, war erheblich größer als für alle seine anderen Kinderpatienten, die Alex zuvor durchgesehen hatte. Bei Dr. Williams kleinen Kindern und Jugendlichen war meist vom vorher behandelnden Arzt nur ein Überweisungsschein, oder manchmal auch ein Arztbrief bei den Unterlagen. Meist waren es Erstdiagnosen von der Sorte „Verdacht auf …", da die Nicht-Psychiater, meist Allgemeinmediziner, mit der Diagnose von psychischen Störungen durchwegs überfordert waren. Und gerade im psychischen Bereich bedeutet selbst eine „Verdachts"-Diagnose bereits eine Art Stigma. Bei Susans Unterlagen war dies etwas anders gelagert, da sie zuerst im Krankenhaus aufgenommen wurde und danach erst zur Nachsorge zu Dr. Williams kam. Vier dicke Schnellhefter mit Diagnosen und Befunden aus dem Krankenhaus lagen nun vor Alex auf dem Tisch. Er sortierte die vier in der Reihenfolge des Datums, das auf dem Deckblatt stand. Er nahm den ältesten der Schnellhefter und erkannte auch hier, dass alle Blätter in chronologischer Reihenfolge eingeheftet worden waren. Alex begann mit dem ersten Blatt; es war ein kurzer Polizeibericht. Darin stand: „Herr Erwin Hausherr steuerte gegen 22 Uhr 30 das Kraftrad (125ccm) vom Stadtteil Blutenburg kommend in Richtung Stadtteil Pasing. Dabei wurde er von der fest installierten Verkehrsüberwachungskamera mit 72 km/h erfasst (zulässige Höchstgeschwindigkeit im Stadtgebiet an dieser Stelle: 50 km/h). Auf Höhe Rosenheimer Straße 34 berührte er mit vermutlich immer noch deutlich überhöhter Geschwindigkeit mit dem Vorderrad die Gehsteigkante. Auf dem Soziussitz saß die heute in das Krankenhaus

Schwabing eingelieferte Frau Susan Schneider. Sie trug einen Helm, der Fahrer nicht. Beide Passagiere stürzten vom Motorrad in einen Holzzaun. Herr Hausner brach sich dabei vermutlich den rechten Oberarm. Frau Schneider verlor während des Sturzes den Helm und schlug mit ihrem Hinterkopf gegen einen Betonstützpfosten des Zauns. Sofort nach dem Eintreffen der Polizeistreife leistete Polizeihauptmeister Peter Aurich bei Frau Susan Schneider erste Hilfe mit Herzdruckmassage und Beatmung, bis zum Eintreffen des Notarztes. 12.09.1994, Polizeihauptmeister Hans Ziebart".

Ein schwerer Unfall also, dachte Alex. Herzdruckmassage, Hinterkopf gegen Betonpfosten. Das ist krass. Ein gerade mal fünfzehnjähriges Mädchen ist mit ihrem vielleicht ersten Freund unterwegs und dann gleich so ein Unfall! Unter sechzehn Jahren muss man vor zehn Uhr abends zu Hause sein – vielleicht war das mit ein Grund für das schnelle Fahren und den Fahrfehler? Begierig nahm Alex sich das nächste Blatt vor. Es war der Bericht der Unfallaufnahme des Schwabinger Krankenhauses. Darin wimmelte es von vielen medizinischen Fachausdrücken, doch allein die für Alex bereits verständlichen Worte, wären für einen „normal" empfindenden, mitfühlenden Menschen grauenerregend gewesen. „...Hirnmasse ist bereits am Unfallort ausgetreten...Schädelbasis-Fraktur...hoher Blutverlust...erneute Reanimation...wiederholter Herzstillstand..." und schließlich „...in künstliches Koma versetzt...".

Auch die weiteren ärztlichen Berichte während Susan Schneiders komatösen Zustands waren eher nicht geeignet Hoffnung zu verbreiten. Immer wieder wurde von Reanimation berichtet, von lebensbedrohlichen Zuständen. Über Wochen hinweg stabilisierte sich Susans Zustand nicht, trotz des künstlich herbeigeführten Komas. Der Blutdruck schwankte tageweise mehr als abenteuerlich zwischen kaum mehr messbar bis hin zu extrem hoch. Die Ärzte vermuteten eine Schädigung der Steuerung des vegetativen Nervensystems, vermutlich verursacht durch Verletzungen der tiefen Hirnschichten. Irreversibel stand in einem der Arztbefunde.

Die Liste und die Dosierung der verabreichten Medikamente war immer initialer Bestandteil der ärztlichen Tagesberichte. Alex überflog den Packen an Tagesbefunden und stoppte schadenfroh grinsend am 24.12.1994 – Weihnachten. Das war eine besondere Zeit, ein besonderer Tag – vor allem für Susans Familie, dachte sich Alex. Gut drei Monate nach Susans Unfall war die Liste der Medikamente allerdings kürzer geworden und der Tagesbefund weit freundlicher, als Alex annahm. Auch von einem komatösen Zustand wurde nicht mehr berichtet. Sie musste wohl aus dem künstlichen Koma erwacht sein. Welch ein zähes Biest, dachte Alex.

Im jeweiligen Arztbericht des Tages, war mittlerweile auch ein Status einer Physiotherapeutin enthalten, die mit Susan die grundlegendsten Bewegungsabläufe wieder einübte: „Einen Löffel zu halten fällt der Patientin noch sehr schwer. Die Koordination des Armes und der Hand ist nur zu 20 Prozent willentlich steuerbar. Die Impulskontrolle hingegen ist größtenteils vorhanden, jedoch besteht die Gefahr, dass sporadisch Spasmen auftreten. Jede Bewegung ist ruckartig, mechanisch. Die Kontrolle der Beine ist unkoordiniert und von plötzlichem Nachlassen der Muskelspannung geprägt. Ein Rollstuhl ist noch immer indiziert. Laut Logopädin ist, bei vollständig intaktem Sprachapparat der Patientin, keine ihrer Laute als Wort oder Satz erkennbar. Ein Bemühen zur Verständigung ist ansatzweise feststellbar. Während der Physiotherapie gegen fünfzehn Uhr krampfte Frau Schneider am ganzen Körper für einige Sekunden. Der Krampf ging dann in einen epileptischen Anfall über, der vom diensthabenden Arzt nur mit starken Antikonvulsiva gestoppt werden konnte".

Alex blätterte weiter in den chronologisch geordneten Unterlagen und kam tatsächlich zum Entlassungsbericht, datiert auf den zweiten März 1995. Darin befanden sich nicht nur ein detaillierter Arztbericht, sondern auch die Adressen der nächsten Verwandten mit Telefonnummern. „Sehr schön, dann finde ich sie – falls sie noch lebt", dachte sich Alex.

Bei der Namenssuche nach Susan Schneider bei Google, gab es mehrere Treffer mit Bildern. Welche Susan Schneider ist die Richtige? Dann tippte er die Telefonnummer von Susans Bruder Stefan bei Google ein und bekam in Sekundenschnelle wiederum eine Liste von Treffern. Gleich die erste Nummer war ein Volltreffer: das Online-Telefonverzeichnis der deutschen Telekom gab Stefans Straße und Hausnummer für jedermann preis. Die Google-Bildersuche lieferte noch das passende Portraitfoto in Großaufnahme dazu; es schien ein relativ aktuelles Bild zu sein. Alex steckte Susans Krankenakten in einen Stoffbeutel und fuhr zu Stefans Haus.

Geduld zahlt sich aus.

Alex parkte auf der gegenüberliegenden Straßenseite und hatte Stefans Haus und dessen Eingangstür im Blick. Während er wartete, las er die weiteren Unterlagen von Susan durch. Er hatte nun den ersten Bericht von Dr. Williams über Susans damaligen Zustand vor sich. „07.03.1995: Susan Schneider, geboren am 14. Juni 1978, Diagnose: Zustand nach organischem Psychosyndrom nach Schädel-Hirn-Trauma und mehrmonatigem künstlichen Koma. Die jugendliche Patientin spricht nur bruchstückhaft, stammelnd und stotternd. Ihr Gang ist unsicher und ihre Gesamtmotorik ist von Langsamkeit geprägt. Die Narben am Kopf sind durch eine Perücke nur teilweise verdeckt. Die aktuell eingenommenen Medikamente sind …" – es folgte eine lange Liste an Medikamentennamen und -dosierungen. Dr. Williams notierte weiter: „Es fehlt jegliche Emotion in der Physiognomie und in den Worten der Patientin, bis auf ihre scheinbar grundlose, auffällig offene Aggression. Die Impulskontrolle ist gestört, sowohl verbal, als auch motorisch. Die Patientin scheint sich selbst dafür zu verurteilen, dass sie auf Grund ihres schweren Unfalls nicht so kann wie sie gerne möchte. Die unvermittelt auftretenden Schwankungen in der Befindlichkeit zeigen sich im plötzlichen Ballen der Fäuste und dem hörbaren Zusammenbeißen des Kiefer mit nachfolgendem Zähneknirschen".

Alex nahm das Öffnen der Haustür durch Stefan aus den Augenwinkeln heraus war und unterbrach augenblicklich seine Lektüre. Das war eindeutig der Mann auf dem Portraitfoto, das war Susans Bruder. Alex stieg aus dem Wagen. Stefan ging auf dem Bürgersteig die Straße etwa fünfzig Meter entlang, bis zu einem Irish Pub mit dem Namen „Glenmorangie Fountain". Darin verschwand er. Alex folgte ihm in das Pub und sah ihn an der Bar Platz nehmen. Alex setzte sich auf einen Barhocker neben ihn und fing ein scheinbar oberflächliches Gespräch an. Nach einigen Guinness Bieren und diversen Whiskys fragte Alex nach Stefans Geschwistern.

„Ja, ich habe eine Stiefschwester. Aber die ist wohl vom rechten Weg abgekommen. Sie hatte als junges Mädchen einen schrecklichen Motorradunfall. Danach war sie nicht mehr sie selbst. Quasi ein anderer Mensch. Das mitzubekommen war schon unheimlich. Ich war damals gerade elf oder zwölf Jahre alt. Ich werde den Tag nie vergessen, als sie nach etlichen Monaten wieder aus dem Krankenhaus nach Hause kam. Den Kopf weiß eingebunden, wie mit einem Turban. Der Sabber lief ihr von den Mundwinkeln herab. Sie konnte nicht sprechen, nur stammeln oder glucksende Laute von sich geben. Und diese Ausstrahlung. Eine negative Aura, würde ich heute sagen. Aber damals konnte ich das alles nicht in Worte fassen; ich war ja noch ein kleiner Junge. Die Hülle meiner Stiefschwester stand damals vor mir. Der Inhalt war irgendwie anders. Das Gesicht breiig. Die Seele eine andere. Verändert. Anders", erzählte Stefan sichtlich bewegt. Er fuhr fort: „Als ich erfuhr, dass dieses Wesen heute Nacht in unserem Kinderzimmer, zusammen mit mir, übernachten wird, fühlte ich mich, als würde man mir den Boden unter den Füßen wegziehen. Dieses

Wesen mit dieser gewaltig negativen Aura im Stockbett über mir? Die ganze Nacht? Nein, ich wollte das nicht! Doch meine Eltern entschieden anders als ich. Ich musste das Zimmer in dieser Nacht mit ihr teilen. Ich wache heute noch manchmal auf in der Nacht, schrecke hoch und spüre das negative Feld von damals, aus jener Nacht. Ich weiß noch genau, wie ich es erlebte. Unten liegend in diesem Stockbett. Sie oben, immer wieder unartikulierte Laute von sich gebend. Immer wieder stöhnend. Ich lag angespannt wach, lange sehr lange. Morgens wachte ich schweißgebadet auf – ich weiß es noch wie wenn es gestern gewesen wäre. Susan saß neben meinem Bett auf Kopfhöhe und sah mir zu – wie lange wohl schon? Ich konnte ihren Atem spüren und ihr schweres Röcheln. Ich riss die Bettdecke weg, schob Susan zur Seite und flüchtete aus dem Kinderzimmer. Heute weiß ich, dass sie sehr starke Medikamente verabreicht bekommen hat, mit all den unschönen Nebenwirkungen wie Speichelaustritt aus dem Mund, Beruhigungsmittel die auf die Motorik wirken und anderes. Ich bin ja kein Doktor, aber das war eine ganze Menge für das Mädchen: Unfall, schwerste Kopfverletzungen, monatelanges Koma, Hammer-Medikamente und und und... Aber auch für den kleinen Stefan war das Miterleben all dieser schlimmen Dinge irgendwie ein Trauma. Ich habe Jahre gebraucht damit umzugehen. Aber warum erzähle ich Ihnen das alles? Langweile ich Sie damit nicht?". „Keinesfalls", entgegnete Alex und fragte weiter: „Was ist aus ihr geworden, was macht sie jetzt?".

Stefan fuhr fort: „Sie begann trotz ihrer Behinderungen und ihrer offensichtlichen Persönlichkeitsveränderung eine Lehre als Verkäuferin. Sie hatte ja nicht einmal einen Hauptschulabschluss – der Unfall verhinderte dies. Als sie merkte, dass die Ausbildung zur Verkäuferin viel Arbeit, aber wenig Verdienst bedeutete, fing sie an leichter und mehr Geld zu verdienen, wie sie sich damals selbst ausdrückte. Prostitution. Ihr leiblicher Vater, mein Stiefvater also, starb exakt ein Jahr nach Susans Unfall an einem Herzinfarkt, an gebrochenen Herzen möchte man sagen. Er hat die

Wesensveränderung seiner über alles geliebten Tochter nicht verkraftet. Dieses Wesen, so möchte ich sie bezeichnen, kam immer tiefer in kriminelle Kreise und wurde dadurch selbst immer krimineller. Die Krönung war eine Verurteilung wegen Zuhälterei, Waffenbesitz und Steuerhinterziehung vor dem Münchner Strafgericht vor etwa zwei bis drei Jahren. Sie war sogar auf einer Doppelseite der Bild-Zeitung abgebildet, als sie mit erhobener Faust auf die vor dem Gerichtssaal wartenden Reporter losging. Ein vielsagendes Foto. Ich habe es immer in meinem Geldbeutel bei mir. Schau, hier".

Alex scannte das Bild mit großen Augen, das ihm Stefan vor die Nase hielt. Jetzt hatte Alex ein Gesicht zum Namen – das lief ja wie geschmiert. Stefan steckte das Bild wieder in sein Portemonnaie und fuhr fort: „Bis heute hat sie einen Platzverweis für ganz München. Mittlerweile ist sie wieder auf freiem Fuß. Sie leitet ein Puff in Landshut. Susi's Club. Wie könnte es auch anders sein, sie kann es einfach nicht lassen. Ich habe jeglichen Kontakt zu ihr abgebrochen, als sie damals ins Frauengefängnis einrücken musste". Alex fragte nun konkreter nach Susans körperlichen Einschränkungen und Stefan antwortete: „Es gibt da einen bestimmten Punkt am Kopf, direkt an der Bruchkante des Schädels über dem rechten Ohr, der hochsensibel ist. Wenn darauf über längere Zeit Druck ausgeübt wird, bekommt sie Übelkeit und Herzrasen. Selbst nachts muss sie bis heute eine Art Helm tragen, damit das Eigengewicht ihres Kopfes beim Schlafen nicht auf diese Stelle wirkt. Sie bekam damals nach dem Unfall an jener Stelle eine Eisenplatte eingesetzt. Eisen, Chrom, Edelstahl. Irgend so etwas. Das scheint bei Gewichtsbelastung auf diese Platte heftigste körperliche Reaktionen auszulösen". Alex wusste nun genug – mit diesen Informationen würde er sie finden. Er trank noch ein Guinness und verabschiedete sich danach von dem auskunftsfreudigen Bruder Susans.

Clubs können gefährliche Orte sein.

In seinem zu Hause angekommen, setzte Alex sich sofort an seinen Computer und gab „Susi's Club, Landshut" in die Suchmaske der Suchmaschine ein. Er gelangte auf die Web-Seite eines Erotik-Massagestudios, klickte auf den Button „Ich bin über achtzehn" und erwartete, endlich Susans Gesicht zu sehen. Es gab Bilder von nackten Frauen bei der „Arbeit" an einer Massageliege; allerdings war der Kopf abgeschnitten. Er klickte auf die verschiedenen Reiter der Web-Seite. Er fand Preise für diverse Dienstleistungen, Anfahrtspläne, ein Online-Gästebuch, Bilder von den Räumlichkeiten und natürlich die Bilder der Mädchen, die dort ihre Dienste anboten. Allerdings ebenfalls ohne Kopf – einfach abgeschnitten oder unkenntlich gemacht. Jaqueline, Natascha, Nicole, Chantal, Sarah – wie sollte er nur herausbekommen, hinter welchem Phantasienamen sich Susan versteckte? Musste er nochmal den Kontakt zu Susans Stiefbruder suchen, um genauere Angaben zu erfragen? Er hatte alle Reiter der Web-Seite mehrfach durchgesehen, aber keinerlei Anhaltspunkte auf Susan gefunden. Sein Mailprogramm meldete sich plötzlich mit dem Aufpoppen des Briefsymbols. Er klickte darauf und eine E-Mail öffnete sich mit einem Hinweis zu möglichen Abmahnungen von professionellen Abmahn-Anwälten bei nicht richtig gepflegtem Impressum. „Scheiß Spam!", fluchte Alex. Im selben Augenblick kam ihm jedoch die Idee, das Impressum der Massage-Webseite zu suchen und durchzusehen. Bingo! Im Impressum war die Adresse von Susan hinterlegt: Susan Schneider, Bergerstraße 4, 84028 Landshut. Sie leitete den Puff, das war es, was ihr Stiefbruder sagte. Leiten. Nicht unbedingt dort arbeiten.

Alex las im Online-Gästebuch von „Susi's Club" die neuesten Einträge durch. Dort hieß es unter dem vielsagenden Titel „Flatrate bei Susi", dass es Mittwochabend wohl immer sehr heiß zugehen würde und vor allem die Chefin selbst aktiv in das Geschehen eingreife. Wenn man vorher buchen würde, könne man auch mit der

Chefin bis zu drei Stunden im Separee bekommen, schrieb ein wohl sehr zufriedener Kunde. Alex dachte, dass er bisher die meisten seiner Opfer in seinem Bauernhof gefahrlos töten konnte. Das Risiko war dort minimal bis null. Allerdings hätte es schon einen besonderen Reiz, in so einem Etablissement sein Handwerk zu verrichten. Er wägte gründlich das Für und Wider ab, das offensichtlich erhöhte Risiko gegen den Reiz der Lokation. Er sah sich online die Räumlichkeiten und das Separee an, dessen Tür von innen abschließbar war. In der Detailansicht sah er auch, dass das „Lotterbett" am Kopf- und Fußende Metallstangen hatte. Ja, er wollte diesmal den Kick erhöhen, auch wenn er gleichzeitig das Risiko damit erhöhen würde. Aber mit guter Vorbereitung würde er auch das in den Griff bekommen. Er hatte bisher sämtliche Morde bis ins kleinste Detail geplant und dabei keinen einzigen Fehler gemacht. Noch nie war auch nur eine einzige unvorhersehbare Situation eingetreten. Das einzig Unvorhersehbare war für Alex Geschmack nur das manchmal zu schnelle Ableben seiner Opfer.

Schon morgen war Mittwoch – Flatrate-Mittwoch bei Susi. Also rief er in diesem Etablissement an und buchte das „3-Stunden Tantra-Paket bei der Chefin". Danach ging er in den Keller seines Wohnhauses und stand vor der Wand mit seinen Werkzeugen und den gesammelten Tier-Medikamenten. Er stellte auf der Arbeitsplatte seiner Werkstatt nach und nach alle Werkzeuge zusammen, die er benötigen würde, um eine Frau mit einer Eisenplatte im Schädel zu „behandeln". Er packte alle Werkzeuge in eine größere Aktentasche, inklusive diverser tiermedizinischer Medikamente und anderen Tierarzt-Utensilien. Er war bereit für morgen Abend.

Der unscheinbare Lieferwagen, mit dem er bereits einige seiner Opfer entführt hatte, parkte in einer Nebenstraße, einige hundert Meter weit entfernt von Susi's Club. Flatrate-Mittwoch nicht nur „bei Susi", sondern „exklusiv nur für Susi", dachte Alex sich, als er an der Tür des Bordells klingelte. Alex hatte sich für den heutigen Tag die Haare dunkel getönt, einen Schnauzbart angeklebt und eine dunkle Sonnenbrille aufgesetzt. Eine etwas abgetakelte Prostituierte, die wohl schon bessere Zeiten gesehen hatte, begrüßte ihn und verlangte sofort einhundert Euro Eintritt, die Alex gerne bezahlte. Er zeigte seine spezielle Buchungsbestätigung für die „Chefin" vor und wurde durch die Empfangsdame direkt ins Separee geführt. Die Separee-Tür schloss sich sanft hinter ihm und er konnte sich in Ruhe im Raum umsehen. Aus den Lautsprechern ertönte „Slave To The Rhythm" von Grace Jones. Richtige Bums-Musik; passt zu dem Schuppen, dachte sich Alex. Er öffnete seine große Aktentasche, um schnell hineingreifen zu können. Er prüfte nochmals den Inhalt seiner Jackentaschen, dazu tastete er nach der Flasche mit dem Betäubungsmittel und lockerte den Flaschenverschluss ein wenig. Als Susi den Raum betrat, begrüßte sie ihn, schloss die Tür hinter sich und schob den innenliegenden Sicherheitsriegel vor. „Wir wollen doch nicht gestört werden. Ich bin Susi und freue mich auf die kommenden drei Stunden", sagte Susan. Alex sagte süffisant: „Ich bin Rudi und ich freue mich mindestens genauso". Kurz ging ihm der Gedanke durch den Kopf, wirklich Sex mit ihr zu haben. Aber selbst wenn sie ein Kondom benutzt hätten, wären bestimmt noch genügend Haut- und Haarpartikel von Alex im Bett zurückgeblieben. Das hätte es der Polizei zu einfach gemacht; daher verwarf er diesen Gedanken sofort wieder.

Alex zog aus der Innentasche seiner Jacke eine Rose und gab sie der nur mit einem Bademantel bekleideten Susan. Sie war gerührt und nahm sie mit beiden Händen entgegen. Das war der richtige Augenblick für Alex, denn Susan hatte keine Hand mehr frei. Blitzschnell holte er aus den beiden Außentaschen seiner Jacke gleichzeitig die Flasche mit Chloroform und ein Stofftuch. Er schütte einen Teil des Flascheninhalts sofort auf Susans Gesicht, was sie erstarren ließ. Dann übergoss er das Tuch und presste es ihr auf Mund und Nase. Die so überraschte Frau hielt sich in ihrer Erstarrung mit einer Hand weiter an der Rose fest, mit der anderen versuchte sie das

Tuch wegzureißen. Doch mehr als ein sehr schwaches Heben des Armes war ihr nicht mehr möglich. Sie sank, von Alex gezogen, auf das King-Size-Bett und fiel in Bewusstlosigkeit. Alex setzte sich eine Mund- und Nasenmaske mit einem für Chloroform undurchlässigem Luftfilter auf. Er achtete darauf, dass das mit Betäubungsmittel getränkte Tuch gut auf Nase und Mund seines Opfers lag. Er fixierte das Tuch mit einem Gummi unter Susans Nase und um ihren Hinterkopf. Dann schüttete er nochmals Flüssigkeit aus der Flasche mit der Aufschrift „Chloroform" und der Warnung in Großbuchstaben „TIERMEDIZINISCHES PRODUKT. NICHT AM MENSCHEN ANWENDEN!" auf das Stofftuch auf Susans Gesicht. Sie atmete schwer. Die Luftmenge, die in ihre Lungen strömte, war durch das Tuch vermindert und gleichzeitig von Chloroform geschwängert.

Er tastete Susans Kopf mit seinen Fingerspitzen ab. Auf der rechten Seite auf Höhe des Ohres, musste etwas spürbar sein, hatte Susans Stiefbruder gesagt. Er ertastete eine minimale Erhebung, die hinter dem rechten Ohr begann, gerade nach oben zum Scheitelpunkt des Kopfes und dann kreisförmig wieder zurück zur Stelle hinter dem Ohr. „Wow", entfuhr es Alex spontan. "Das ist eine Platte, so groß wie ein Drittel ihres Schädels!", fügte er fasziniert hinzu. Er öffnete seine Aktentasche nun ganz, holte Rasierutensilien heraus, und begann die komplette rechte Seite des Kopfes seines Opfers kahl zu rasieren. Auf der linken Seite rasierte er ihr nur ihren Schläfenbereich. „Du siehst Scheiße aus mit deinem neuen Haarschnitt. Aber auch vorher sahst du schon ziemlich verbraucht und fertig aus", sagte Alex zu seinem betäubten Opfer. Sicherheitshalber fixierte er ihre Hände und Füße mit Kabelbindern an den Metallstangen des Bettes, und drehte die Musik lauter. Er betrachtete sie eingehend, wie sie so ausgeliefert und betäubt vor ihm lag. Hände und Beine gespreizt und fixiert. Wie viele Männer hatten wohl schon diese Titten in den Händen, wie viele hatten ihren Schwanz in ihrer Vagina, fragte er sich in Gedanken. Kurz schoss ihm durch den Kopf, dass die Frau, die er wehrlos und mit gespreizten Beinen vor sich liegen sah, geil aussah. Aber seine

Perfektion, die teilweise zwanghafte Züge annahm, brachte ihn von seinen sexuellen Gefühlen wieder zurück in sein logisches Denken, seinen pedantischen Perfektionismus und zu seinem ursprünglichen Plan. Wichtiger als Sex war ihm die Vollendung seines Plans. Er hatte nur eine Absicht: den Tod seines Opfers und diesen so lange wie möglich hinauszuzögern. Er hatte drei Stunden gebucht – so lange würde ihn niemand stören.

Metall leitet Strom hervorragend.

Alex nahm nun die Nacktheit der Prostituierten nicht mehr wahr, sondern konzentrierte sich auf sein grausames Werk. Er schmierte eine Art Leitpaste auf beide Seiten ihres Schädels, auf Höhe der Schläfen. Dann befestigte er Elektroden mit Saugnäpfen an ihrer nur noch mit Haut bedeckten Schädelseite. Er steckte die Lampe auf dem Nachttischkästchen neben einer mit Blumen gefüllten Vase aus. Anschließend steckte er erst eine Mehrfachsteckdose ein und dann zwei mitgebrachte Geräte daran an. Das eine Gerät war ein Transformator, das andere eine Bohrmaschine. Die Musik war laut genug, dass sie einen jederzeit möglichen Schrei Susans übertönen würde. Er nahm das mit Chloroform getränkte Tuch von Susans Nase und verklebte ihren Mund mit einem Klebeband. Sie befand sich nun in einem Dämmerzustand, konnte Alex allerdings bereits verstehen. Er gab ihr unmissverständliche Anweisungen, die mehr wie Befehle klangen. „Sag mir, was Du erlebst, wenn Du jetzt sterben wirst. Jedes Detail. Wenn Du das tust, stirbst Du leichter. Wenn nicht, wird es unendlich lange dauern!". Um seine Worte zu unterstreichen, drehte er den über Kabel mit Susans Kopf verbundenen Transformator ein wenig auf. Susan wollte schreien, doch mehr als ein Stöhnen kam nicht über ihren mit Klebeband fixierten Mund heraus.

Susan wollte sich aufbäumen, doch durch die Fixierung ihrer Hände und Füße am Bett konnte sie nur ihren Kopf etwas anheben. Alex spielte mit ihr, in dem er immer wieder den Regler des Trafos auf null setzte. Ein paar Sekunden danach erhöhte er die angelegte Spannung wieder, und zwar immer nur ein bisschen mehr. Susan verspürte höllische Schmerzen, denn bereits ein kleiner mechanischer Druck verursachte bei ihr Übelkeit und einen stechenden Schmerz. Die regelmäßig angelegte elektrische Spannung in unterschiedlichsten Intensitäten war um ein vielfaches schlimmer. Als Alex den Regler wieder einmal von Null auf eine sehr hohe Spannung erhöhte, musste sich Susan übergeben. Doch der säuerliche Speisebrei konnte nicht seinen Weg ins Freie finden, denn ihr Mund war mit Klebestreifen verschlossen. Die Menge des Erbrochenen war so groß, dass nicht nur die Mundhöhle gefüllt wurde, sondern auch die Nasenzugänge. Somit war die einzige Möglichkeit durch die Nase zu atmen, durch das Erbrochene verstopft. Susan traten nun fast die Augen aus den Höhlen. Alex erkannte die Situation blitzschnell, riss ihr das Klebeband gnadenlos vom Mund, packte mit einer Hand ihre Zunge und mit der anderen entfernte er das Erbrochene aus ihrem Mundraum. Durch das Festhalten der Zunge bestand nicht die Gefahr, dass sie zubeißen würde. Er goss ihr das Wasser aus der auf dem Nachttischkästchen stehenden Vase in den Mundraum. Sie würgte und rang um Luft. „Mist", dachte Alex, „das war so nicht geplant". Und: „Verdammt, ich hätte das doch bei mir auf meinem Bauernhof machen sollen. Wenn das Miststück jetzt schon erstickt, war die ganze Aktion umsonst. Mein erster Fehler – das darf mir nie wieder passieren".

Susan erholte sich von der vermeintlichen Erstickung an ihrem Erbrochenem. Allerdings war sie nun durch die körperliche Anstrengung und die Tortur mit dem Generator noch kraft- und willenloser als zuvor. Bereits die unvorhersehbaren Stromstöße hatten ihre Psyche destabilisiert. Alex bedrängte sie zu sagen, was sie in der beinahe Erstickungssituation erlebte. Mit leiser Stimme wimmerte sie unverständliche Wörter. Dann kam noch einmal ein Schwall Erbrochenes hoch. Jetzt muss sie leer sein, dachte Alex. Er stellte den Generator auf Intervall und drückte an dem Gerät den Knopf

„Random". Damit wurde es für Susan völlig unmöglich sich auf die Stromstöße vorzubereiten, oder gar einzustellen. „Erzähl was Du siehst, sonst wird alles noch viel, viel schlimmer", schrie Alex auf die weinende Susan ein, während im Hintergrund die Musik wechselte und Kylie Minogue sang „I Can't Get You Out Of My Head"; wie passend. Susan wimmerte und flehte ihren Peiniger an: „Bitte hören Sie auf! Bitte, bitte,…". Alex hatte seine Metamorphose zu Argos fast vollzogen und verschärfte seinen Ton. Er wiederholte eindringlich seine Forderung, seinen Befehl: „Sag mir sofort was Du siehst!". Susan spürte nun die negative Aura, die von Alex ausging: er war nun vollkommen zu Argos, dem Monster geworden. Als Susan die Ausweglosigkeit ihrer Situation und die Entschlossenheit von Argos erkannte, war ihr eigener Wille gebrochen und sie tat was er ihr befohlen hatte.

„Alles dreht sich, ich bin ganz leicht, es ist hell…", murmelte Susan in einer kurzen Pause der Stromstöße durch den autonom gesteuerten Generator. Argos spannte einen Diamantbohrer mit kleinem Durchmesser, aber etwa zehn Zentimeter Länge in die mitgebrachte Handbohrmaschine ein und setzte an der Stahlplatte in Susans Kopf an. Er wartete den nächsten Stromstoß des Generators ab und bohrte dann ein kleines aber tiefes Loch in die Edelstahlplatte in Susans Kopf. Susan nahm weder das Bohrgeräusch, noch die Verletzung ihrer Kopfhaut wahr. Neben dem Stromstoß spürte sie nur, wie in weiter Ferne, eine Vibration ihres Kopfes. Auch als der Bohrer erstmals die Platte in ihrem Kopf durchdrang, nahm sie das nicht wahr. Erst als der Stromstoß endete, spürte sie warmes Blut an ihrem Kopf herunterlaufen. Nach dem Herausziehen des Bohrers, sah Alex alias Argos lächelnd der kleinen Fontäne aus Susans Kopf zu. Zuerst kam dunkles Blut, dann rosarotes, dann weißliche Flüssigkeit. Alex stellte den Generator ab, denn er hatte Susan jetzt in diesem Zustand, den er herbeisehnte: irgendwo zwischen Leben und Tod. „Alles ist so hell…", hauchte Susan noch über ihre Lippen, bevor sie verstarb.

Argos bemerkte, dass sie nicht mehr atmete und rastete aus. „Scheiße, das war zu kurz! Das kannst du mir nicht antun! Du Drecksschlampe!", rief er. In seiner Rage bohrte er Susan immer wieder wahllos Löcher in ihren Schädel. Aus allen Bohrlöchern liefen Flüssigkeiten heraus. Nach einer gefühlten Ewigkeit mutierte Argos wieder zu Alex. Er verstaute alle mitgebrachten Utensilien wieder sorgfältig in seiner Aktentasche. Dann ging er ins Bad, wusch sich Kotze, Blut und andere Flüssigkeiten ab. Er betrachtete sein Werk noch einmal intensiv und murmelte: „Das wird mir nicht mehr passieren. So schnell lasse ich keinen mehr sterben. Das nächste Opfer wird dafür umso intensiver und länger leiden". Er setzte seine dunkle Sonnenbrille wieder auf, zerriss Susans Krankenakte in kleine Fetzen, verstreute diese über ihren Leichnam, nahm seine Aktentasche und verschwand aus dem Etablissement, ohne dass ihn jemand bemerkte.

VERHÖR TEIL 5, ODER: PECH GEHABT!

P.-J.. Mayer saß in seinem Büro und studierte die Akten zum Fall Alexander Vogel. Er las sich die Aufzeichnungen von Dr. Williams, die bei der Hausdurchsuchung von Alex' Bauernhof gefunden wurden, durch. Zu jedem der Opfer des Serienmörders gab es passende Aufzeichnungen von Dr. Williams, die die Polizei über DNS-Analysen oder auf Grund von Leichenfunden auf Alex Grundstück zuordnen konnte. Der Mörder hatte seine Opfer nach vollbrachter Tat zusammen mit der jeweiligen Patientenkarte beerdigt. Nur die Leiche im Brunnen und die der Prostituierten Susan Schneider war nicht beerdigt worden. Vermutlich war es dem Mörder zu mühsam, die Leiche aus dem Brunnen zu bergen, oder Susans Leichnam aus dem Puff zu schleppen. Aber auch dort waren Unterlagen über das jeweilige Opfer vom Mörder über die entsprechende Leiche verstreut worden. Der wohl öffentlichkeitswirksamste Schock stellte jedoch das heutige Auffinden des bayerischen Ministerpräsidenten dar, oder was von ihm übrig war. Über die Details der Leichenfunde wurde strengstes Stillschweigen vereinbart, um keine Panik in der Bevölkerung auszulösen, oder gar Nachahmer auf abstruse Ideen kommen zu lassen. Wie war es Alex gelungen einen so geschützten Politiker zu entführen? Hatte Alexander Vogel Komplizen? Es gab allerdings auch eine Menge Patientenkarten, zu denen es keinerlei Hinweise gab, ob diese Kinder von damals, heutige Erwachsene, auch zu den Opfern gehörten. War der Schluss zulässig, dass eine Patientenkarte ohne zugehörige Leiche automatisch bedeutete, dass diese Person noch am Leben war? Oder hatten die anderen Patienten von Dr. Williams einfach nur Glück, dass sie noch nicht an der Reihe waren? Hielt sich der Serienmörder strikt und zwanghaft an dieses Vorgehen? Oder war dies ein Trugschluss? Der Kommissar hatte sein fünf köpfiges Team beauftragt, zu jedem Patienten von Dr. Williams, deren Patientenkarten in Alexander Vogels Bauernhof gefunden wurden, Nachforschungen über deren momentane Lebensumstände zu betreiben. Auch der Profiler Gustav Weber unterstützte den

Kommissar intensiv. Das Mindeste, das er von seinen Mitarbeitern erwartete war, dass sie den Status „tot" oder „lebendig" der Patienten von Dr. Kurt Williams in Erfahrung brachten. Nur so konnte Gewissheit hergestellt werden, ob nicht noch weitere Opfer irgendwo eingesperrt auf Befreiung warteten, oder im schlimmsten Fall weitere Leichen zu suchen wären. So lange dieser Wahnsinnige, wie der Kommissar Alex in seinen Gedanken nannte, nicht vernommen werden durfte, war das die einzige Möglichkeit, einen Überblick über diese menschliche Katastrophe, über all das Leid und weitere mutmaßliche Opfer zu erhalten. Die Auswertungen von Alexander Vogels Laptop und den Verbindungsdaten des Internetproviders, ergab eine komplette Historie aller seiner angesurften Webseiten. Manche Seiten waren nach P.-J.'s Einschätzung so abartig, dass es sogar ihn, als abgehärteten Ermittler ekelte. Er, der schon viele schreckliche Dinge gesehen hatte, traute manchmal seinen Augen nicht, wenn er sich die von Alex besuchten URLs ansah. Doch da musste er durch, denn auch das war ein Teil seines Jobs. Es war bereits Abend geworden, als der in den Unterlagen zum Fall „Argos" versunkene Kommissar einen Anruf aus der forensischen Psychiatrie erhielt. Dr. Josef Schubert meldete sich: „Hier ist Dr. Schubert, guten Abend Herr Kommissar. Der diensthabende Arzt der Forensik hat mir soeben mitgeteilt, dass Herr Vogel erneut einen Anfall hatte. Er ist danach wieder in ein Koma gefallen. Aus meiner Erfahrung heraus kann ich Ihnen bezüglich einer schnellen Befragung meines Patienten leider keine gute Prognose mitteilen. Es kann Wochen, gar Monate dauern, bis sich so ein Zustand wieder zurückbildet und solche Patienten überhaupt wieder ansprechbar sind". Diese Nachricht war für P.-J. Mayer wie ein Schlag in den Magen. Der Kommissar zischte hasserfüllt mit zusammengebissenen Zähnen: „Scheiße, jetzt entkommt dieser Mistkerl möglicherweise der Befragung und damit auch der angemessenen Bestrafung!".

Am nächsten Tag machte Kommissar Mayer seinem Team erheblich mehr Druck als bisher schon, um die Klärung über Leben und Tod sämtlicher ehemaliger Patienten Dr. Williams, deren Krankenakten in Alexander Vogels Bauernhof gefunden wurden, voranzutreiben. Nach und nach konnte die Liste der potentiellen Opfer verringert werden. Drei von Dr. Williams damaligen Klienten waren den Recherchen seiner Kollegen nach eines natürlichen oder eines Unfalltodes gestorben; diese Fälle müssen noch intensiver untersucht werden – könnten es doch auch „getarnte" Opfer von Alex gewesen sein. Der Kommissar hatte so viele Fragen, konnte aber seinen einzigen Antwortgeber vermutlich über längere Zeit nicht ansprechen. Wieso hatte sich der Mörder gestellt, obwohl die Polizei durchwegs im Dunkeln tappte? Welche Rolle spielte die unbedingte Anwesenheit von Monika Nirschl für Alexander Vogel? Gab es einen weiteren Grund, außer den zufällig an den Mörder gelangten Patientenkarten, wonach der Mörder seine Opfer aussuchte? Welche Verbindung gab es noch zwischen Täter und Opfer? Und warum tötete er überhaupt? War er nur „irre", oder war ein größerer Plan hinter all seinen Taten? Fragen über Fragen, zu denen die Antworten im Kopf eines verrückten Serienmörders steckten. Doch es gab auch Erkenntnisse ohne Alexander Vogels momentanes Mitwirken. So lagen dem Kommissar aus der Hausdurchsuchung auf dem Bauernhof diverse Ton- und Bildaufnahmen der Opfer vor, die der Serienmörder gemacht haben musste. Besonders schockierend waren die Aufnahmen des Mordes aus dem Brunnenschacht. Weshalb war der Mörder so versessen, Informationen von seinen Opfern zu erhalten, wenn diese kurz vor dem Sterben waren? War es wirklich dieser Übergang vom Leben in den Tod, das den Mörder so sehr interessierte, faszinierte? Der Kommissar konnte nur Vermutungen anstellen, denn eine endgültige Wahrheit würde nur bei einem geständigen und erinnerungsfähigen Aussagenden ans Licht kommen. Und das könnte dauern. Oder nie passieren, wenn Alex einen bleibenden Schaden auf Grund der Anfälle oder des Komas davontragen würde. Oder gar versterben würde, was durchaus passieren könnte, laut Dr. Schubert.

PARANOIDE SCHIZOPHRENIE.

Patientenkarte Nummer 343: Franz Xaver Bender, geboren am 14.August 1979. Diagnose: Paranoide Schizophrenie, F20.0. Verdacht/Auslöser: Unfall mit Anti-Fahrzeugmine.

„Nein, das kann nicht wahr sein. Das wäre so unwahrscheinlich, dass es nicht sein kann", murmelte Alex vor sich hin. Dieser Name, diese Ähnlichkeit – unmöglich, dachte er sich. Die Patientenkarte, die er in der Hand hielt, beschrieb einen schwer kranken Jugendlichen, der wohl aus einer Laune des Zufalls heraus genau so hieß wie der aktuelle Ministerpräsident von Bayern! Welch eine Namensgleichheit, welch ein Zufall. Ausgeschlossen, unmöglich, keinerlei Parallelen, außer dem Namen. Alex checkte das Geburtsdatum des Ministerpräsidenten auf der offiziellen Web-Seite der bayerischen Staatsregierung und es durchfuhr ihn heiß vom Solarplexus ausgehend, als ob ein glühender Draht sich durch seinen Bauch schneiden würde: das Geburtsdatum war das gleiche, wie auf der Patientenkarte vermerkt. Dies war seit langem eine der ganz wenigen Emotionen, die Alex seit seinem Unfall vor vielen Jahren verspürte, eine Regung, die er sogar körperlich wahrnahm. Alex schüttelte den Kopf, sagte immer wieder „Nein" vor sich hin, er konnte diese Ähnlichkeiten nicht glauben. Und doch waren es Tatsachen, die er schwarz auf weiß vor sich hatte. „Wenn das wahr wäre,…", er beendete den Satz nicht, sondern sah sich die Patientenkarte von Franz Xaver Bender mit den von Dr. Williams darauf vermerkten Namen der Eltern und deren damalige Wohnadresse an. Peter und Maria Bender, Magdalenenweg 23, 81324 München. Auf der offiziellen Web-Seite der Landesregierung konnte er zu den Eltern des Ministerpräsidenten keinerlei Angaben finden. Im Lebenslauf waren nur ab dem Abitur schulische Daten hinterlegt – keinerlei persönliche Hintergründe, keine Angaben über den Familienstand, oder sonstige private Daten. Aus seinen umfangreichen Erfahrungen beim Suchen im Internet griff er auf eine Web-Seite der Regenbogenpresse zurück: „gossipklatschgeschichten". Auf dieser Seite waren kostenfrei alle Verwandten, Frauen, Freundinnen und andere für klatschinteressierte Beziehungs- und Skandaljunkies interessante Daten und Namen hinterlegt. Er gab den prominenten Namen in der Suchmaske der Web-Seite ein und erhielt sogar einen Treffer mit einer grafischen Darstellung der Verwandten und wichtiger Bezugspersonen des Gesuchten. Und: Bingo! Die Eltern des Ministerpräsidenten waren dort mit Peter und Maria Bender und deren Geburts- und Sterbedatum hinterlegt. „Unglaublich", sprach Alex zu sich selbst und lehnte sich mit offenem Mund in seinem Drehstuhl zurück. Er kannte bisher nur das Gefühl von Wut und Hass. Erstaunen gehörte bisher nicht dazu.

Alex, der selbst bei seinen schlimmsten Verbrechen keinerlei Emotion zeigte, oder gar körperlichen Ausdruck von Gefühlen kannte, zeigte kurzzeitig so etwas wie eine „normale" Reaktion. Doch schon wenige Augenblicke später verwandelte sich sein Gesichtsausdruck von Überraschung in das ihm so vertraute regungslose Gesicht ohne Mimik. Auch das heiße Gefühl in der Magengegend verschwand und er konnte wieder emotionslos, wie so oft zuvor, an sein perfides nächstes „Werk" gehen.

„Das wird die Krönung meiner Aktivitäten. Meine lieben kranken Kinder, meine verrückten Jugendlichen und Halberwachsenen. Ich erlöse Euch von Euren psychischen Defekten", giftete er vor sich hin. Jetzt war er wieder in diesem Zustand, in dem der Hass und die Wut hoch kam, auf diese verrückten kleinen, unreifen, lebensuntüchtigen Menschen, wie er sie nannte. Wie gerne hätte er den kleinen Jungen von damals, wie er auf der Patientenkarte beschrieben war, jetzt zwischen den Fingern gehabt. Der Junge war mittlerweile ein vollständig Erwachsener, das wusste er. Aber er sah spätestens, wenn er einem seiner Opfer habhaft wurde, immer den kleinen Jungen, oder das kleine Mädchen von damals vor sich. In seinen Augen waren die mittlerweile erwachsenen Patienten von damals immer noch kranke

Geschöpfe, die nicht lebenswert seien. Spätestens wenn sie dem Tode nahe waren, wurden sie alle wieder kleine Kinder. Bettelten um Erbarmen, oder um Erlösung. Ihre körperlichen Funktionen versagten meist schon vor dem endgültigen Eintritt des Todes. Schließmuskeln versagten ihren Dienst, das Herz stand still – der Tod war aber meist zu diesem Zeitpunkt noch nicht eingetreten. Er liebte diesen flehenden Blick in den Augen „seiner" kranken und missratenen Kinder.

Der Ministerpräsident war in den Medien immer mal wieder als „machtbesessen" bis hin zu „größenwahnsinnig" bezeichnet worden. Nun erschien Alex dies alles in einem anderen Licht. Es waren wohl die Reste der in Franz Xavers Kindheit von Dr. Williams diagnostizierten paranoiden Schizophrenie, vermutete Alex. Attribute wie „jähzornig", „hoch aggressiv" bis hin zu „bösartig" wurden dem Ministerpräsidenten in diversen Online-Zeitungsartikeln zugeschrieben. Einerseits musste das Verhalten dieser in der Öffentlichkeit stehenden Person doch auf die Wähler abschreckend wirken, dachte Alex. Andererseits kommt das vielleicht auch als durchsetzungsstark und übermotiviert bei der für Franz Xaver relevanten Wählerschicht an. Wer weiß das schon? Die letzte Wahl sprach für ihn – der Mann mit der starken Hand, war sein erfolgreicher Wahlslogan. Und es hatte funktioniert; gut sogar. Immerhin war er zum Ministerpräsident gewählt worden.

Alex bestellte sich im Online-Versandhandel die DVD „Raum 4070/Psychosen verstehen" und den Film „Das weiße Rauschen". Er las, in der Zeit bis zum Eintreffen seiner Bestellungen, immer wieder in seinem kleinen blauen Büchlein mit dem Titel „ICD-10"; dem Werk für die Kategorisierung von psychischen Krankheiten. Dabei las er das komplette Kapitel 2 über Psychosen, Schizophrenie und Wahn mehrmals durch. Er wollte dieses Krankheitsbild verstehen, so gut dies eben für einen Laien möglich war. Endlose Seiten im Web und diverse Foren betroffener Angehöriger von an Psychose Erkrankten vermitteltem ihm Wissen zu diesem schwersten aller psychischen Krankheitsbilder.

Nachdem sich die erste Überraschung über sein wohl prominentestes zukünftiges Opfer sehr schnell gelegt hatte, analysierte er die Situation akribisch. Eine Entführung war bei der starken Bewachung dieser Person des öffentlichen Interesses ausgeschlossen. Alex war allein, es hätte vermutlich einer ganzen Armee bedurft, um einen Ministerpräsidenten entführen zu können. Diesmal musste er es anders angehen. Noch besonnener als jemals zuvor. Bisher hatte er seine sämtlichen Anschläge, Entführungen und Überraschungsangriffe immer ohne jegliche Emotion, rein rational, durchgeplant und umgesetzt. Seine Pläne gingen bisher immer auf. Vielleicht hatte er auch einfach eine Menge Glück? Vielleicht war es auch, weil er immer den Überraschungsmoment auf seiner Seite hatte? Diesmal war alles anders. Diesmal war es viel schwieriger, an die Zielperson heranzukommen. Er hatte keine Eile. Nein, das hatte er bei seinen Vorbereitungen nie.

Was wäre, wenn er die Tatsache, dass der bayrische Ministerpräsident in seiner Kindheit schizophren war, an die Öffentlichkeit brachte? Würde er sein Amt verlieren, und damit für Alex leichter „greifbar" sein? Ja, das schien ihm sehr wahrscheinlich. Er musste ihn also zuerst zu einem Normalbürger ohne 24-Stunden Personenschutz machen. Erst dann könnte er an ihn herankommen. Zuerst demontieren, dann zerstören – das erschien Alex als ein guter Plan.

Wenn er Details aus Franz Xavers Krankenakte an die Presse geben würde, wie groß war dann die Gefahr, dass er als Informant verraten oder enttarnt würde? Es ging immerhin um einen der höchsten Würdenträger des Staates. Damit würde er sich mit Franz Xavers Partei, seinen politischen Freunden, dem Staatsschutz und nicht zuletzt mit einem cholerischen, ehemals paranoid Schizophrenen anlegen. Ehemals? Vielleicht war er es immer noch, aber eben in einem Umfeld, in dem solch ein sonderbares Verhalten nicht auffiel.

Oder eher im Gegenteil: cholerische Anfälle eher Respekt einflößten, oder gar Führungsstärke demonstrierten? Wahnsinn und der Kontext, in dem er spürbar, erlebbar wird, können sich ergänzen. Man denke nur an Größenwahnsinnige wie Hitler, Stalin, Idi Amin, Kaiser Bokassa, Pol Pot oder andere Politiker, Generäle oder grausamste Führer, die man aus dem Geschichtsunterricht kennt.

Die Patientenkarte, die Alex nun in der Hand hielt, war eine der umfangreichsten, die er bisher betrachtet hatte. Mit einer Heftklammer waren mehrere DIN A4 Seiten an die Basis-Patientenkarte angeklammert. Er las sich die Notizen und Mitschriften Dr. Williams zu seinem Patienten Franz Xaver Bender durch; alle Seiten, bis zum vermutlich letzten Behandlungstermin bei Dr. Williams im September 1997, also kurz nach Franz-Xavers achtzehnten Geburtstag.

Minen verletzen oder töten Menschen.

„Der heute fünfzehnjährige Junge hatte vor zwei Jahren im elterlichen Garten einen Unfall mit einer Anti-Fahrzeugmine aus dem zweiten Weltkrieg“, begannen die Notizen von Dr. Williams. „Dabei riss es ihm den linken Fuß ab dem Knöchel ab. Da der Junge auf dem Weg vom Haus zur Mörtelmischmaschine seines Vaters, im hinteren sonst ungenutzten Teil des heimischen Gartens, einen Zementsack auf den Schultern trug, hatte er genug Gewicht, um die bei einem Busch vergrabene Mine auszulösen. Der immer noch stark traumatisierte Junge erscheint in meiner Praxis sehr extrovertiert bis hin zu permanenten Versuchen, Aufmerksamkeit zu bekommen. Auffällig ist, dass er mit der Fußprothese permanent gegen Gegenstände (Praxisstuhl, Arztschreibtisch) tritt; wobei nicht klar erkennbar ist, ob er seine Prothese ablehnt, oder seine Aggressionen abbauen möchte. Der Vater berichtet, dass der Junge seit der Explosion unter Verfolgungsängsten leide und hinter jedem Busch „Böses“ vermute. Auffallend sei auch sein Starrsinn und seine Wut- und

Aggressionsanfälle, die der Vater vor dem Unfall so von seinem Sohn nicht kannte", so ging es weiter auf Franz Xavers Karteikarte und den angehefteten Blättern. Medikamentationen wie Haldol 1-1-1 und weitere Medikamente waren akribisch aufgeführt, denn Dr. Williams war ein überaus korrekter Arzt gewesen.

Über die Jahre erreichte Dr. Williams bei seinem jugendlichen Patienten eine Linderung der Symptome, vor allem mit Hilfe von starken Medikamenten; Neuroleptika wurden in hoher Dosis verordnet und wohl auch tatsächlich von Franz Xaver eingenommen. Alex las sich im Internet den Beipackzettel von Haldol durch. Die Liste der Nebenwirkungen war nicht nur extrem lange, sondern enthielt auch schwerste Vorfälle bis hin zum Tod des Patienten. Von abnormen, unwillkürlichen Bewegungen vor allem im Bereich von Kiefer- und Gesichtsmuskulatur wurde darin berichtet, von einem lebensbedrohlichen malignen neuroleptischen Syndrom, Fieber über vierzig Grad, Muskelstarre, vegetative Entgleisung mit Herzrasen und Bluthochdruck, Bewusstseinstrübung bis zum Koma, und so weiter und so fort. Alex sah sich Videos auf YouTube und „anatomieonline24" zum Thema Schizophrenie und Haldol-Medikamentation an. Aufgequollene Gesichter und Leiber, speichelsabbernde, emotionslose und sogar scheinbar seelenlose Personen wurden darin gezeigt, die wie Zombies aussahen.

„Ja stimmt", dachte sich Alex, „Ich erinnere mich, dass der Ministerpräsident immer wieder ein Stofftaschentuch zum Mundwinkel führt und sich abtupft. Das heißt, er nimmt das Medikamentenzeugs noch immer. Ich sehe mir das mal auf YouTube an". Alex fand nach einigen Clips, in denen der Ministerpräsident Reden hielt und das Abtupfen eher selten vorkam, einen Clip namens Best-Of-Compilation-Franz-Xaver, in dem das Abtupfen zu vielen Sequenzen hintereinander geschnitten war. Erst dachte Alex, das wäre ein getürktes Video. Doch durch die verschiedenen Anzüge, die der Ministerpräsident bei jeder dieser kurzen Szenen trug, war die Echtheit der Filmsequenzen für Alex bestätigt. Franz Xaver hatte diese Nebenwirkung des Sabberns und übermäßigen Speichelflusses noch immer. So exzessiv dieses Phänomen auch im Video dargestellt wurde, es war für Alex der Beweis, dass der Ministerpräsident entweder noch immer starke Medikamente einnahm, oder eben ein gesundheitlicher Dauerschaden auf Grund von jahrelanger Medikation eingetreten war.

Alex interessierte besonders die ungewöhnliche Kombination eines sehr starken Medikamentes, dem Explosionstrauma mit Verlust eines Fußes, der paranoiden Schizophrenie mit Verfolgungswahn als Diagnose und der unglaublichen Tatsache, dass gerade „so jemand" es trotz aller Handicaps bis an die Spitze der Politik geschafft hat. Oder vielleicht gerade deswegen? Alex war nun noch neugieriger geworden und beschloss nicht mehr zu warten, bis er sein potentielles nächstes Opfer bloßstellen würde. Es musste schneller gehen, und Alex würde sich für die Entführung diesmal Hilfe holen – zum ersten Mal würde er andere Menschen nutzen, um sein neustes Opfer, einem Politiker diesmal, habhaft zu werden.

Kriegsheimkehrer gibt es viele.

Alex besuchte zum ersten Mal in seinem Leben ein Internetforum für Kriegsheimkehrer. Es waren vor allem Rückkehrer aus dem Irak- und Syrienkrieg, die ihn interessierten. Teilweise waren in diesen Foren komische, ja vermutlich krankhafte Menschen online. Viele von den ehemaligen Soldaten hatten psychische Schäden erlitten. Sie beschrieben ihre Traumata manchmal bis in das kleinste Detail; vermutlich um das Geschehene auf diese Weise zu verarbeiten. Je länger sich Alex in diesen düsteren Internetforen aufhielt, desto detailliertere Informationen bekam er über Kriegs- und Foltertechniken. Irgendwie war er von einem der Foren unabsichtlich in ein Forum des sogenannten „Islamischen Staates" , kurz IS, gelangt. Darin wurden Sklaven gegen Geld angeboten. Auch

Menschenentführung nach Auftrag war hier zu finden. Selbst in den USA oder Europa sei „kidnapping" nach Auftrag möglich. Für Geld wären diese Menschen bestimmt bereit, einen Politiker zu entführen. Und Geld hatte Alex genug, seit seine Mutter verstorben war und ihm neben dem Bauernhof noch große Summen Bargeld und Aktien vermacht hatte. Er traf sich nach einigem Mailwechsel mit einem ehemaligen IS-Kämpfer in einer Moschee in Frankfurt. Dieser nahm den Auftrag nach dem zweiten Treffen gegen eine sehr hohe Summe schließlich an. Alex übergab die Hälfte des Bargeldes bei einem weiteren Treffen. Die Hälfte bedeutete: von Alex mit einer Papierschneidemaschine halbierte Geldscheine. Die anderen Geldscheinhälften würden bei erfolgreicher Lieferung der „Ware" übergeben werden, so war die Vereinbarung geschlossen worden.

Einige Wochen später erhielt Alex den ersehnten Anruf des IS-Kämpfers mit der Vollzugsmeldung der Entführung. Nach Übergabe der zweiten Hälfte des Geldes am vereinbarten Treffpunkt im Perlacher Forst, stieg Alex in einen nicht abgesperrten BMW 2er Active Tourer, der dort vollgetankt stand. Der Wagen war vom IS-Kämpfer mit falschem Ausweis angemietet worden, um keine Spuren zu hinterlassen. Der Zündschlüssel lag in der Mittelkonsole, die Rücksitze waren nach vorne verschoben, um im Kofferraum mehr Platz für das Opfer zu haben. Das Abdeckrollo zwischen den Rücksitzen und der Heckklappe war zugezogen. Nur einen kurzen Augenblick dachte Alex daran, was er tun würde, wenn der Kofferraum leer wäre. Er verwarf den Gedanken, als er ein Stöhnen hinter der Rücksitzbank vernahm. „Und wenn der mir einen anderen in den Kofferraum gelegt hat?", dachte er kurz und verwarf auch diese Option; schließlich hatte er bisher immer Glück gehabt. Er drehte das Radio laut, um das Stöhnen nicht hören zu müssen – T. Rex' Song „Get It On" übertönte alle Nebengeräusche. Dann fuhr er über Umwege zu seinem auf dem Gelände eines verlassenen Kieswerks abgestellten Transporters. Dort verlud er den in einer Art Kartoffelsack eingepackten Franz Xaver Bender vom BMW in seinen umgebauten schalldichten Wagen, schloss dessen Heckklappe von innen und schnitt den Sack auf. Tatsächlich: die Lieferung war die Richtige. Der bayrische Ministerpräsident lag vor ihm. Zusammengekauert in Embryostellung, gefesselt und narkotisiert; exakt wie bestellt. Alex fixierte den Ministerpräsidenten auf der Liege mit Hand- und Fußfesseln und legte ihm noch einen Knebel an. Dabei sah Alex, dass dem Opfer ein Mundwinkel herunterhing und es sabberte, der Speichel floss in Spinnweben-ähnlichen Fäden aus seinem Mund. Sicherheitshalber verabreichte er ihm das Tiernarkotikum, das er bereits bei früheren Aktionen erfolgreich eingesetzt hatte, setzte sich nach vorne auf den Fahrersitz und fuhr los in Richtung seines Bauernhofs. Den BMW ließ er achtlos auf dem Gelände des Kieswerks zurück.

Auch Politiker sind nur Menschen.

Wieder lag ein neues Opfer wehrlos in seiner Scheune vor ihm. In diesen Augenblicken war es ihm egal, ob es sich um einen in der Öffentlichkeit stehender Spitzenpolitiker handelte, oder um einen ganz „normalen" Durchschnittsbürger. Er hatte seine Werkzeuge für die vor ihm liegende Arbeit bereits einen Tag zuvor vorbereitet und in seiner Scheune deponiert: Spritzen, Narkotika, Aufputschmittel, Skalpelle, eine Handkreissäge und diverse weitere Utensilien. Genussvoll aktivierte er seinen iPod mit dem daran angeschlossenen externen Lautsprecher und wählte zwei Lieder aus, die er auf Dauerwiederholung einstellte. Donna Lewis sang „Always Forever" abwechselnd mit Desireless „Voyage, Voyage" in einer unendlichen Schleife. Wieder und wieder wiederholten sich die Lieder, bis Alex in der richtigen Stimmung war, um sein „Werk" zu beginnen. Er schnitt mit einer OP-Schere Franz Xavers Hose vom Bein her bis zum Hosenbund auf und entfernte danach die aufgeschnittene Hose komplett. Dann zog er ihm beide Socken aus, um beide Beine und Füße sehen zu können. Der rechte Fuß hatte alte Verletzungen von

Minenschrappnells und Verbrennungen durch die Mine; aber es war immerhin noch alles dran, dachte sich Alex. Das linke Bein war unterhalb des Knies mit einer Prothese versehen, so wie es Dr. Williams beschrieben hatte. Alex riss seinem Opfer, nach Lösen der unteren Beinfixierung an der Liege, die Prothese rabiat ab, denn er wollte unbedingt sehen, wie so ein Stumpf aussehen würde. „Nichts aufregendes", dachte sich Alex. Doch als er die lange Narbe an Franz Xavers linkem Bein sah, die vom Stumpf bis zum Oberschenkel und zum Ansatz der Unterhose reichte, hatte Alex einen Verdacht. Was, wenn die Mine damals nicht unter dem linken Bein explodiert war, sondern zwischen den Beinen? Welchen Kollateralschaden hätte sie dann wohl noch angerichtet?

Er schnitt mit der OP-Schere nun auch die verdächtig dicke Unterhose seines Opfers auf und riss diese mit einem Ruck weg. Darunter kam eine Art Windel für inkontinente Männer zum Vorschein. Auch diese entfernte er mit einem Schnitt und einem heftigen Ruck. Bingo! Die Explosion der Mine fand eindeutig zwischen den Beinen statt – das, was ein Mann normalerweise zwischen den Beinen trägt, war nicht da. Kein Penis, keine Hoden. Nur eine Naht und vernarbte Haut, in der ein Plastikröhrchen für das Ablassen von Urin steckte. Beim Anblick dieses versehrten, und damit unvollständigen Manne, hätte ein normaler Mensch so etwas wie Mitleid empfunden. Alex empfand jedoch weder Mitgefühl noch Mitleid. Er betrachtete den nackten Ministerpräsidenten vielmehr emotionslos und fragte sich: „Wie kann ein Mann – oder was von ihm übrig geblieben ist - mit so schweren Verletzungen solch eine Karriere hinlegen?", fragte sich Alex. Aber vielleicht waren gerade all diese körperlichen und psychischen Verletzungen dazu nötig gewesen, um sich gegen alle anderen durchzusetzen und ungeahnte Kräfte freizusetzen? Alex hielt die Flamme eines Feuerzeugs an das Plastikröhrchen. Es verschmolz. Der Geruch von angesengtem Fleisch und verschmortem Plastik lag in der Luft. „Da kommt nichts mehr raus, mein Lieber. Mal sehen, welches Volumen deine Blase aufnehmen kann", sagte Alex laut.

Nun schnitt Alex auch noch die Kleidung des Oberkörpers auf, riss diese von Franz Xavers Körper ab und durchsuchte Hemd und Jackett. Und tatsächlich fand er eine Packung des extrem stark wirksamen Medikaments Haldol und diverse Amphetamine, also Aufputschmittel. Vermutlich benötigte Franz Xaver nach all den Jahren der Medikamenteneinnahme eine sehr hohe Dosis Haldol. Diese würde er jetzt nicht mehr bekommen, vielleicht würde seine Schizophrenie dann ganz schnell ausbrechen?

Alex setzte dem Ministerpräsidenten ein Metallgestell zur Kieferspreizung zwischen die Zähne. Danach spritzte ihm Alex ein Aufputschmittel, um die narkotisierende Wirkung der vorgehenden Spritze aufzuheben. „Hallo mein Freundchen, wie geht es Dir?", fragte Alex, während er den Ministerpräsidenten mit der flachen Hand Schläge auf den Kopf versetzte. Der an Händen und Beinen fixierte Politiker kam zu sich und spürte als erstes die neue Brandverletzung zwischen seinen Beinen. Er schrie vor Schmerz auf, wurde aber durch einen heftigen Faustschlag in sein Gesicht von Alex jäh unterbrochen. Nun überwogen der Schmerz im Gesicht und das ungewohnte Gefühl, dass sein Mund durch den arretierten Kieferspreizer zwangsweise weit geöffnet war. „Du wirst jetzt mit Wasser aufgefüllt, so wie im Mittelalter mit dem Nürnberger Trichter. Nur, dass Dein Ablauf verstopft ist. Wenn Du Glück hast, bekommst Du Nierenversagen, bevor deine Blase platzt", sagte Alex emotionslos und führte in Franz Xavers Mund einen Schlauch ein, den dieser reflexartig schluckte, da er den Mund auch mit aller Kieferkraft nicht schließen konnte. Am anderen Ende des Schlauches befestigte Alex eine Zwei-Liter-OP-Tropfflasche, die mit Wasser gefüllt war. „Trink das schön aus. Wenn ich wiederkomme, gibt's Nachschlag", sagte Alex zu seinem festgeschnallten Opfer, löschte das Licht in der Scheune und ließ Franz Xaver Bender alleine im Dunkeln zurück. Nur der Schein der Hoflampe des Bauernhofes leuchtete durch einen Spalt am Scheunentor; genau zur OP-Tropfflasche, so dass der Ministerpräsident jeden einzelnen Tropfen sehen konnte.

Franz Xaver spürte Panik, Schmerz und Hoffnungslosigkeit zugleich. Panik, dass die Flüssigkeit, die über den Schlauch in seinen Magen floss, ihn innerlich platzen lassen würde. Schmerz, auf Grund der erneut verbrannten Haut zwischen seinen Beinen, dieselben Schmerzen, die er bereits als Kind zu spüren bekommen hatte – damals in noch größerem Ausmaß. Und Hoffnungslosigkeit, da dieser Wahnsinnige ihm alles antun konnte, da er ihm total ausgeliefert war. Trotz der ängstlichen Beobachtung der kontinuierlich aus der OP-Flasche in den Schlauch und damit in seinen Magen tropfenden Flüssigkeit, trotz des höllischen Brennens zwischen seinen Beinen, schaffte es Franz Xaver die Panik einzudämmen und wieder klarer denken zu können. Er sprach in Gedanken mit sich selbst, so wie er es damals als kleiner Junge nach dem schrecklichen Minenunfall immer und immer wieder vor allem im Krankenhaus gemacht hatte. Das hatte ihn damals davor bewahrt, vor Schmerzen und nach der Amputation des unteren Beines, der Geschlechtsteile und den etlichen Hautverpflanzungsoperationen wahnsinnig zu werden, oder einfach zu sterben, da das alles zu viel für die kleine Kinderseele gewesen wäre. Genau diese Eigenschaft war es, die ihn in seinem Jugend- und Erwachsenenleben immer wieder siegen ließ. Doch welch einen Preis hatte er dafür unfreiwillig und völlig unschuldig bezahlt. Er wäre nicht Ministerpräsident geworden, hätte er nicht diesen unbedingten Willen zur politischen Macht. Dahinter lag jedoch noch eine stärkere Motivation: zum unbedingten Überleben, um jeden Preis. Und genau das kam dem Ministerpräsidenten nun zugute. Die meisten anderen Menschen wären bei diesem Kindheitstrauma verstorben, oder zumindest für das Leben gebrochen gewesen. Er nicht; er war anders. Körperlich erholte er sich damals nach und nach, trotz des immensen Blutverlustes und der Amputationen, dem künstlichen Urinausgang und all der Schmerzen über eine sehr lange Zeit. Dabei lernte er auch, selbst mit extremen Schmerzen umzugehen. Er fühlte sich dann, als ob er außerhalb seines Körpers wäre, und sich selbst quasi von außen beobachtete.

Schlimme Erinnerungen an die Kindheit.

Geistig musste er allerdings ebenfalls einen hohen Preis bezahlen. Die Kinderseele antwortete damals mit der schwersten psychischen Krankheit, die wir kennen: Schizophrenie. Parallel zu den körperlichen Verletzungen musste auch die geistige Krankheit behandelt werden. Er kam schon bald, nachdem die Chirurgen ihn für transportfähig gehalten hatten, in die geschlossene Kinderpsychiatrie auf die Krankenstation. Dort hatte er extreme Aggressionsschübe, Verfolgungswahn und Horror-Halluzinationen. Man versuchte damals das gesamte Repertoire an Neuroleptika, die für Kinder freigegeben waren, doch nichts schien ihm zu helfen, oder wenigstens seinen Zustand zu verbessern. Eine der Kinderkrankenschwestern konnte das Elend dieses mehrfach vom Leben bestraften Kindes und die Hilflosigkeit der Ärzte und Psychiater nicht mehr ertragen, und gab dem Jungen heimlich ein Mittel, das bei Erwachsenen mit ähnlichem Krankheitsbild meist hilft: Haldol. Bis zum heutigen Tag nahm er das Mittel regelmäßig ein. Kündigte sich ein Krankheitsschub an, dann nahm er eine höhere Dosis ein; für die Prophylaxe nur geringere Mengen. Einen bevorstehenden Krankheitsschub bemerkte er sehr zuverlässig, in dem er sich verfolgt fühlte, körperliche Lähmungserscheinungen auftraten, und eine allmählich immer stärker werdende Angst spürte. Angst kannte er sonst nicht – wovor sollte einer wie er, der solch einen Unfall überstanden hatte, auch in diesem Leben noch Angst haben?

Vielleicht hatten all die schrecklichen Erlebnisse in seiner Vergangenheit einen Sinn? Nämlich genau für diesen Augenblick. Jetzt. Er sah sich von außerhalb, er spürte keinen Schmerz mehr. Er sah sich trotz des schwachen Lichtes die Situation genau an und analysierte die Möglichkeiten, die er zum Überleben noch hatte. Er war mit Hand- und Fußfesseln auf einer Liege fixiert, das war die Hauptursache seiner Hilflosigkeit. „Die Liege war für „komplette" Menschen gedacht, nicht für Krüppel wie mich", dachte sich Franz

Xaver und hatte vielleicht eine Möglichkeit gefunden, um dieser elenden Situation des Ausgeliefertseins doch noch zu entkommen. Das linke Bein, oder was nach dem Minenunfall davon noch übrig war, war nur noch mit einem Riemen gesichert. Der Ministerpräsident wand sich hin und her und schaffte es mit viel Mühe, seinen Beinstumpf aus dem Oberschenkelriemen der Liege herauszuziehen. Jetzt waren sein linkes Hüftgelenk und sein Beinstumpf frei. Nun versuchte er mit seinem Stumpf den Riemen des rechten Oberschenkels zu öffnen. Immer wieder versuchte er mit seinem Stumpf, das Ende des Riemens durch die Metallspange, die den rechten Oberschenkel fixierte, zu schieben. Nach einer ihm endlos erscheinenden Zeit hatte er es geschafft: der rechte Oberschenkel war frei. Die unteren Bein-/Fußfixierungen waren aus einer Art Klettverschluss gefertigt. Durch das jetzt mögliche permanente Bewegen im Hüftbereich und der Oberschenkel, war es nun möglich das Knie etwas abzuwinkeln und unter Anspannung aller Muskeln den rechten Fuß aus dem Riemen zu ziehen. Sogleich hob der Ministerpräsident den nicht amputierten Fuß bis zu seinem Gesicht hoch, und versuchte mit seinen Zehen den Schlauch aus seinem Mund und Magen zu ziehen, was ihm nach etlichen Versuchen auch gelang. Franz Xaver musste nun eine kurze Pause machen, denn die Anstrengungen waren bis zu diesem Punkt enorm gewesen.

Diese kurze Verschnaufpause war entscheidend für die weiteren Befreiungsaktionen des Ministerpräsidenten, denn durch den Spalt in der Scheunentür fiel das Licht nicht nur auf die OP-Tropfflasche, deren Inhalt über den Schlauch nun auf den Boden tropfte, sondern auch auf die von Alex bereitgelegten OP-Instrumente. Darunter waren auch einige Skalpelle, was der Ministerpräsident sofort als Chance ansah. Er konnte mit dem Bein die Petrischale erreichen, in dem das OP-Besteck lag. Das Skalpell war nun für seine Zehen zum Greifen nahe. Doch einen Gegenstand im Liegen mit den Zehen zu fassen ist für einen Ungeübten beliebig schwer. Zumal das Skalpell mit der Schneide nach oben in der Petrischale lag. Wenn er also das Skalpell mit seinen Zehen greifen könnte, dann musste er fest zugreifen, damit es beim Transport von der Schale auf die Liege nicht runterfallen würde. Fest zugreifen, heißt: sich tief schneiden. Doch das war die einzige Chance, die Riemen des Oberkörpers und des Kopfes zu lösen, zu durchtrennen. Der Ministerpräsident fasste den Entschluss genau das zu tun. Und wie immer, wenn er sich zu etwas entschlossen hatte, konnte ihn auch Schmerz und – wie in diesem Fall – auch Blut nicht zurückhalten. Er benötigte einige Versuche, bis er das Skalpell zu fassen bekam. Blut tropfte zwischen seinen Zehen, was das Halten des Metallskalpells noch erschwerte. Doch er hatte nur diese eine Chance, das Skalpell zur Liege zu heben. Also drückte er trotz der rasierklingenscharfen Schneide noch fester zu und schaffte es, das Messer auf der Liege abzusetzen, ohne dass es zwischen der Petrischale und der Liege heruntergefallen wäre. Er drehte das Skalpell, nahm nun den Griff zwischen seine Zehen und begann mit blutigen Zehen am Befestigungsriemen der linken Handoberfläche zu schneiden, oder besser zu säbeln. Jeder Schnitt daneben, fügte seiner Hand einen weiteren Schnitt zu. Da die Schlagadern unter dem Handgelenk verlaufen, war die Gefahr einer größeren und damit lebensgefährlichen Blutung gering. Doch das versehentliche Zerschneiden der eigenen Haut am Handgelenk sorgte für viel feinste Schnitte und entsprechenden Blutaustritt.

Als er endlich den Handriemen durchtrennt hatte, musste er erneut pausieren. Durch die lange Zeit mit der verdrehten Beinhaltung, die Verletzungen an den Zehen, am Handgelenk und die permanente Überanstrengung der Beinmuskulatur forderte sein Körper eine Erholung. Außerdem brannte es höllisch zwischen seinen Beinen. Doch die Pause währte nur sehr kurz. Franz Xavers Überlebenswille war voll geweckt. Er hatte nun eine Hand frei und konnte sich mit dem Skalpell selbst befreien. Er hatte es geschafft. Wieder einmal konnte er sich mit Hilfe seines schier übermenschlichen Willens aus höchster Gefahr retten. Er hatte überlebt – zumindest für den Augenblick.

Er nahm das Feuerzeug, mit dem ihn Alex verstümmelt hatte, an sich und entflammte es. Im Spiegel der Petrischale versuchte er hinter den Mechanismus des immer noch in seinem Mund befindlichen Kieferspreizers zu kommen. Er fand den Arretierungshebel und löste die Kieferblockade, spuckte das Metallgestell aus und übergab sich schlagartig. Es kam nur Wasser aus seinem Magen hoch, doch jeder Tropfen, der nicht seine Blase füllte, war gut. Durch den Brechreiz zog sich gleichzeitig sein Damm zusammen, was ihm Schmerzen bereitete, als ob jemand ein Messer in diese Stelle des Körpers stechen würde. Und trotzdem steckte er nun den Finger in seinen Mund und würgte erneut Wasser und Galle hervor, denn: Schmerz ist irgendwie auszuhalten, darin war er wohl Meister, eine geplatzte Blase jedoch würde zum sofortigen Tod führen.

Der Ministerpräsident fixierte seine von Alex achtlos weggeworfene Prothese wieder an seinem Bein. Dann nahm er das Skalpell und eine mit Chloroform aufgezogene Spritze an sich und ging Richtung Scheunentor, wobei jeder Schritt schmerzte. Seine Euphorie über seine neu gewonnene Freiheit war schnell umgeschlagen in Hass- und Mordgedanken. Er sah durch den Spalt des Scheunentores nach draußen und erkannte erst jetzt, wie knapp es war, dass er sich noch rechtzeitig befreien konnte: Alex war bereits auf dem Weg vom Haupthaus des Bauernhofs in Richtung der Scheune.

Im unpassendsten Moment.

Der Ministerpräsident war zum Töten bereit. Doch plötzlich fragte er sich, ob der diesem Wahnsinnigen gewachsen wäre. Er bekam auf einmal ein flaues Gefühl im Magen, so etwas wie Angst. War da jemand hinter ihm in der Scheune? Jemand der ihn beobachtete? War da nicht ein Geräusch? Ein Rascheln im Stroh? Ein Aufblitzen von einem Augenpaar dort hinten in der finsteren Ecke? Über all die Jahre, in denen er schon mit seiner psychischen Krankheit lebte, wusste er, dass es wieder so weit war: die Schizophrenie sandte ihre Boten. Angst, Verfolgungswahn und dieses Gefühl von körperlicher Gelähmtheit. Er musste sein Medikament, sein Haldol, einnehmen. Sofort. Doch dafür war es zu spät.

Alex hatte sich mit den Videoaufnahmen einiger seiner vorhergehenden Opfer so weit in Stimmung gebracht, dass er bereits wieder vollkommen zu Argos geworden war. Argos öffnete das Scheunentor, schlüpfte hinein, schloss es wieder und betätigte den Lichtschalter. Franz Xaver Bender stand nackt vor ihm, in jeder Hand eine gefährliche Waffe zum Zustechen: Skalpell und Spritzennadel. Doch der zuvor zum Töten entschlossene Ministerpräsident war wie gelähmt, schlotterte vor Angst und machte ein Gesicht wie ein kleiner Junge. Argos stutzte kurz, schnappte sich dann reflexhaft eine neben dem Lichtschalter an der Wand hängende Axt und schlug auf den Oberarm des vor Schreck erstarrten Mannes ein. Der Ministerpräsident ließ beide Waffen fallen, verdrehte nach dem Axthieb durch Argos die Augen und fiel in gnädige Bewusstlosigkeit.

Argos sah nun die Liege mit den aufgeschnittenen Riemen und stieß hasserfüllt aus: „Dreckschwein, verdammtes! So kommst Du mir nicht davon!". Er holte nochmals mit der Axt weit aus, und trennte den am Boden liegendem Bewusstlosen einen Arm im Schultergelenk ab. Und mit einem weiteren Hieb trennte er auch den zweiten Arm vom Körper des Ministerpräsidenten. Nun wurde Argos wieder etwas ruhiger, ging zu den ursprünglich für eine andere Todesart vorgesehenen OP-Utensilien und zog eine Spritze auf, mit hochpotenten Amphetaminen und purem Adrenalin, also extremen Aufputschmitteln. Die großen Armwunden des Ministerpräsidenten bluteten kaum, das wusste Argos. Je größer die Wunde, desto eher schließen sich die Adern; allerdings nur für ein paar Minuten. Jetzt musste alles schnell gehen.

Alex beugte sich zum Kopf des Ministerpräsidenten und stieß ihm die Spritzennadel direkt ins Herz. Dabei drückte er den ganzen Inhalt der Spritze in den Herzmuskel seines Opfers. Der Ministerpräsident öffnete mit einem Ruck seine Augen, starrte in Alex Gesicht und bekam einen Aggressionsschub, als würde er den Teufel persönlich sehen. Vielleicht tat er das ja auch gerade…

Argos schrie: „Was siehst Du? Was siehst Du?". Doch Franz Xaver Bender war in einem schwer schizophrenen Zustand, in dem er für niemanden mehr erreichbar war. Durch die gespritzten Medikamente öffneten sich nach und nach die Adern der beiden Armstümpfe. Als die Schlagadern sich öffneten, spritzte das Blut fontänenartig heraus und es dauerte nur noch Sekunden, bis der Ministerpräsident tot war. „Scheiße, Scheiße, Scheiße!", rief Alex und „Ich habe mein Ziel wieder nicht erreicht!". So kniete er noch einige Zeit neben dem Ministerpräsidenten und in dessen Blut und wiederholte immer wieder die gleichen Sätze.

Der Kommissar wollte trotz der Nichtverfügbarkeit des Hauptverdächtigen nicht mit seinen Recherchen aufhören. P.-J. Mayer hatte sich sozusagen in den Fall verbissen. Er war von seinem Naturell her eher ein Mensch vom Typ eines Beharrers. Das brachte ihm nicht nur Freunde ein – im Gegenteil! Durch seine penetrante Beharrlichkeit hatte er schon etliche Kollegen vergrault. Einige Kollegen nannten ihn hinter seinem Rücken auch Bullterrier. Zwei oder drei Kollegen von P.-J. Mayers Dienststelle gaben offen zu, ihn nicht als Kollegen in einem Team haben zu wollen. Der Rest hatte einfach nur Respekt vor ihm. Sein oberster Chef, Kriminaldirektor Manfred Offerbaum, hatte ihn gebeten, den Fall mit dem internen Arbeitstitel „Argos" vorerst auf Wiedervorlage zu legen, bis es zu einer Verhandlung kommen würde. Wann immer das auch sei. Vielleicht musste der Fall auch ohne Gerichtsverfahren abgeschlossen werden, falls der Hauptverdächtige versterben würde. Es stünden noch andere Mordfälle zur Bearbeitung an, die bisher wegen dem „Argos"-Fall mit niedriger Priorität und Manpower behandelt wurden, und mittlerweile dringend zu klären waren. P.-J. Mayer war zwar unbeliebt, weil er manchmal beharrlich bis zur Starrsinnigkeit war, aber manche scheinbar negative menschliche Eigenschaften haben im richtigen Kontext auch positive Auswirkungen. Ein obrigkeitshöriger Kommissar, und davon gab es in P.-J.'s Dienststelle einige, hätte den Fall abgeschlossen, wie es vom Vorgesetzten angeordnet worden war. Doch P.-J. dachte über Vorgesetzte, dass diese ihm eben nur „vorgesetzt" worden waren. So dachte er im Übrigen über alle Autoritäten. Also beschloss er, sich alle Unterlagen zum Fall „Argos" in sein Büro kommen zu lassen und nochmals alles durchzusehen.

Unter den im Bauernhof von Alexander Vogel gefundenen Dokumenten befanden sich auch acht von Hand geschriebene Notizbücher. Die Schrift darin wurde von den Kalligrafie-Spezialisten der Kripo eindeutig Alexander Vogel zugeordnet. Der Kommissar fand Seiten, die mit Beschreibungen von regelrechten Hinrichtungen gefüllt waren. Er versuchte diese Beschreibungen den bisher bekannt gewordenen Opfern zuzuordnen, was ihm auch teilweise gelang. Immer wieder stieß ihm bitter auf, dass „da draußen" noch weitere Opfer waren, während er hier recherchierte. Dabei blickte er von seinem Schreibtisch auf und hatte einen sehr nachdenklichen Blick. Doch genauso oft zwang er sich wieder, in den Aufzeichnungen des mutmaßlichen Serienmörders weiterzulesen. Zwischen all den detaillierten Folter- und Mordbeschreibungen waren auch immer wieder Seiten mit scheinbar philosophischem Gedankengut. Kranke Gedanken, dachte Kommissar Mayer zuerst. Er war ganz versunken in die Welt dieses Serienmörders. Das tiefe mentale Sich-Einlassen auf einen Mörder, hatte er von seinem Kollegen Gustav Weber, dem Kripo-Profiler, gelernt. Auch P.-J. konnte sich in die jeweilige Person sehr tief einfühlen und meist für Außenstehende erstaunliche Erkenntnisse daraus gewinnen. Er nahm auf Grund der Vernehmungsprotokolle und den bisher gesichteten sonstigen zum Fall „Argos" vorliegenden Unterlagen an, dass der des Mordes verdächtigte Alexander Vogel hauptsächlich darauf aus war, den Übergang zwischen Leben und Tod mitzuerleben. Doch dann entdeckte er jenen ebenfalls von Hand geschriebenen Text im achten und letzten Notizbuch von Alexander Vogel, alias Argos.

„Lieber Kommissar Peter Josef Mayer, lassen Sie mich so beginnen…", stand da in sauberer Handschrift geschrieben. Der Kommissar wurde vor Schreck schlagartig blass im Gesicht und ihm stockte der Atem. Er dachte: „Woher verdammt nochmal wusste der Kerl zum damaligen Zeitpunkt meinen Namen, und dass ich der Ermittelnde sein würde?". „Scheiße, scheiße, scheiße", sprach der Kommissar spontan laut aus. Es konnte ihn zwar keiner hören, da er alleine in seinem Büro war, aber wäre jemand bei ihm gewesen, hätte er beobachten können, wie die Gesichtsfarbe des Kommissars von blass, beinahe weiß, übergangslos zu rötlich wechselte. Der Kommissar kniff seine Augen zu kleinen Schlitzen zusammen, presste die Zähne aufeinander und schlug dann mit voller Wucht mit der geballten Faust auf die Schreibtischplatte. Der jähe Schmerz, der seine Hand durchzuckte, brachte ihn wieder ins Hier und Jetzt in sein Büro zurück.

„Der verdammte Hurensohn war uns immer einen Schritt voraus", murmelte er vor sich hin und las nun weiter: „…stellen Sie sich vor, dass es außer unserer Erde noch eine weitere gäbe. Ich gebe zu, die Idee von sogenannten Parallelwelten ist nicht neu. Da müssen Sie, lieber Kommissar, nur Science-Fiction Romane lesen. Diese Vorstellung von Parallelwelten hilft, um mein Gedankengebäude, das ich mit Beweisen belegen werde, zumindest im Ansatz verstehen zu können. Wenn Sie sich damit anfreunden können, dass es so etwas wie eine zweite Erde geben könnte, dann gehen Sie doch einen Schritt weiter, und nehmen einmal an, dass es dort auch Menschen gibt. Trauen Sie sich auch das scheinbar Unmögliche zu denken. Denken Sie einmal daran, wie es wäre, wenn auf jener Erde „2" ein Mensch wie Sie existieren würde. Vielleicht auch ein zweiter Alex. Er sieht genauso aus, sitzt genau jetzt auch in einem Verhörraum (oder im Krankenhaus, falls ich wieder einen meiner Absence-Epilepsieanfälle bekommen habe). Dieser „zweite" Alex atmet, sieht, denkt, fühlt, ist exakt genauso alt. Und alles um ihn herum ist exakt wie im Verhörraum: der Tisch, der Stuhl, auf den ich sitze. Die Gefängnisanstalt, das umgebende Stadtviertel, die Stadt, das Land, der Kontinent, der Planet „Erde 2". Alles ist exakt so wie hier auf unserer Erde. Nehmen wir nun weiter an, dass in dieser einen Parallelerde wirklich alles simultan, eben auch alles zeitgleich mit unserer Erde geschah. Meine Geburt, Kindheit, Jugend, Erwachsenenalter. Die Natur, die Politik, die Wissenschaft, das Leben schlechthin – alles ist dort exakt so geschehen, wie hier. Bis genau zu diesem Augenblick, jetzt: heute 16 Uhr 23 Minuten und 45 Sekunden. Der Alex in der Parallelwelt hat einen Wimpernschlag mehr gemacht. Alles andere

passiert immer noch exakt gleich. Die Flugzeuge die weltweit starten und landen, der Verkehr auf den Autobahnen, der Krieg in den verschiedenen Ländern; alles passiert immer noch simultan in beiden Welten, auf beiden Planeten. Nur ein Wimpernschlag Unterschied".
„Welche verqueren Gedanken hatte dieser Irre nur?", flüsterte der Kommissar und fuhr fort in seinem kurzen Selbstgespräch: „Philosophisch ist sein Ansatz, seine Überlegung allerdings wirklich interessant, muss ich gestehen".

P.-J. Mayer las weiter: „Lieber Kommissar, können Sie sich das vorstellen? Sie mögen sagen, dass etwas so belangloses wie ein Wimpernschlag keinerlei Auswirkungen habe. Und doch ist es ein kleiner, minimaler Unterschied, der große Auswirkungen haben kann – oder eben auch nicht. Denken Sie nun weiter, und stellen Sie sich noch eine weitere Erde irgendwo im Weltall vor. Auch hier hat sich bis zu jenem vorhin genannten Zeitpunkt exakt das gleiche in der Vergangenheit ereignet, wie auf unserer Erde. Nur jetzt machte ich dort nicht einen Wimpernschlag zu viel. Nein, es explodierte eine Atombombe in Israel. Erkennen Sie, wo ich Sie langsam heranführen möchte? Egal, ob der Unterschied in den Parallelwelten minimal oder extrem ist, es gibt sie. Wenn Sie nun noch eine weitere Dimension hinzufügen, nämlich zum räumlichen Unterschied der Parallelwelten, die zeitliche, dann kommen Sie in ganz andere Sphären. Und umso unwahrscheinlicher oder unglaubwürdiger erscheint Ihnen meine Schilderung; ich weiß, mein lieber Herr Kommissar Peter Josef Mayer. Welchen Minderwertigkeitskomplex Sie haben, erkennt man an Ihrer wichtigtuerischen Abkürzung Ihrer Vornamen. Aber das nur nebenbei".

Der Kommissar wusste nicht, was ihn mehr wütend machte: die persönliche Anrede „Lieber Kommissar", oder die indirekte aber treffsichere Anspielung auf seinen empfindlichsten Punkt, nämlich seine Wichtigkeit. Und das traf ihn zutiefst. Dieser Mörder hatte gewusst, dass der Kommissar gerne in den Augen seiner Mitmenschen einen höheren Status und damit ein höheres Ansehen haben würde. Hauptkommissar würde ihm gut gefallen, statt nur Kommissar. P.-J. fühlte sich durchschaut. Es war offensichtlich, dass dieser Mörder, dieser Bastard, auch Details über ihn, den Kommissar wusste. War er selbst auch auf der Opferliste, fragte er sich. Sein Alter entsprach in etwa dem der meisten Opfer. Diese Erkenntnis wühlte ihn noch mehr auf und gab ihm zusätzlich ein flaues Gefühl in der Magengegend. Er versuchte sich mit sachlichen Argumenten selbst zu beruhigen. Schließlich war er nie bei Dr. Williams in Behandlung gewesen, oder auf dieselbe Schule gegangen, wie die Opfer. „Ich muss jetzt professionell bleiben, und ruhig weiterlesen", sagte er zu sich und tat dies dann auch.

„Stellen Sie sich nur ein paar der möglichen Konstellationen vor. Irgendwo im All gibt es einen Planeten, auf dem Sie erst zehn Jahre alt sind. Alles ist exakt so, wie Sie damals ihr Leben wahrgenommen haben. Leider überfährt Sie gerade ein Lastwagen. Je mehr Sie darüber nachdenken, was möglich ist, desto mehr werden Sie staunen. Vielleicht aber auch Ihren Lebenssinn in Frage stellen. Alle Ihre Ziele und Wünsche sind nichts mehr wert, denn irgendwo und irgendwann werden alle Ihre Wünsche erfüllt, oder eben auch nicht erfüllt. Paradox, nicht? Verstehen Sie, mein lieber Herr Kommissar, was ich Ihnen damit sage? Alle Optionen des Lebens, alle möglichen Zustände werden irgendwo da draußen erlebt und erfahren. Ob das der minimale Unterschied eines Wimpernschlages, oder eine Atomexplosion ist, ist egal. Es gibt unendlich viele Möglichkeiten, die zeitlich und räumlich unterschiedlich sind. Manche scheinen zeitparallel bis zu einem bestimmten Punkt. Manche sind zeitlich komplett verschieden – Dinosaurierzeitalter und weiter zurück, versus Zukunftswelten. Alles ist immer möglich. Damit kommen Sie auf eine unendliche Zahl von möglichen Kombinationen des Lebens. Gott will alle Seins-Zustände erleben, erfahren. Dazu muss man nicht Jesus, Gandhi, Thich Nhat Hanh, Buddha oder Martin Luther King sein. Nein, jeder kann das. Wir alle sind miteinander verbunden. Spätestens seit der Psychologe

Carl Gustav Jung das konstatierte, sollten wir das akzeptieren. Wie ein Ameisenstaat, der ja irgendwie auch ein einziges Wesen ist, so sind auch alle Menschen zusammen ein einziges Wesen, eine einzige große Seele. Bekommt diese Gesamtseele Krebs, so nennen wir das Krieg. Ist Heilung möglich, dann nennen wir es Frieden. Liebes kleines Peter'le, ob Sie das oben Beschriebene für möglich erachten, oder nicht, ist nicht relevant. Zum Zeitpunkt Ihres Übergangs vom Leben zum Tod werden Sie spätestens die Wahrheit erfahren. Da bin zumindest ich mir sicher", endeten die Aufzeichnungen des Alexander Vogel.

„War das eine Drohung? Gar eine Morddrohung? Und was bedeutet das respektlose „Peter'le"? Der Typ ist total verrückt", sprach der Kommissar zu sich selbst. „Dieses Arschloch wird nie wieder jemanden etwas antun! Entweder bekommt er Gefängnis mit nachträglicher lebenslänglicher Sicherungsverwahrung, oder geschlossene Psychiatrie bis zum Lebensende oder … am besten soll er gleich verrecken", sagte der Kommissar in einem lauten Selbstgespräch. Doch in diesem Punkt irrte sich der Kommissar ganz gewaltig.

EPILOG

Dr. Williams kannte Alex wirklich. Bevor Alex sich der Polizei stellte, verbrannte er alle Aufzeichnungen über sich, die Dr. Williams vor langer Zeit auf seine Patientenkarten geschrieben hatte. Die Patientenkarte von Alexander Vogel hatte Dr. Williams über Jahre geführt, obwohl Alex nie sein Patient war. Alex' Mutter Natascha Vogel war Dr. Williams Nachbarin über viele Jahre. Oft unterhielt man sich über den Zaun hinweg. An den Wochenenden kam die alleinstehende Frau manchmal zum Nachmittagskaffee bei ihm vorbei und Nataschas Hauptthema war meist ihr Sohn Alex. Irgendwann begann der überaus korrekte – manche sagten akribische, fast zwanghafte – Dr. Williams sich Details aus den Erzählungen seiner Nachbarin und guten Freundin zu notieren. Immer nachdem Natascha gegangen war, schrieb er seine neuen Erkenntnisse über diesen interessanten Jungen nieder. Er hatte ein besonderes wissenschaftliches Interesse dahinter, warum dieser Junge, trotz all der Traumata in seinem Lebenslauf, widerstandsfähig genug erschien, ja sogar scheinbar zu einem wertvollen Mitglied der Gesellschaft heranwuchs. Aber auch ein Psychiater kann sich irren.

Nachfolgend die umfangreichen Notizen von Dr. Williams in Auszügen:

„Schon kurz nach Alex' Zeugung, war er unerwünscht. Er war das Produkt von einer einfachen erzkatholischen Frau vom Lande und einem arabischen wohlhabenden Studenten, namens Valoudiah Shaikhali. Dessen Vater war ein reiches irakisches Stammesoberhaupt, der seinen Sohn, den Erstgeborenen, nach Europa geschickt hatte, um zu studieren. Sicher nicht um Mischlingskinder zu zeugen. Die Kultur- und Glaubensgegensätze, gerade zur damaligen Zeit, konnten nicht größer sein. Als Natascha ihrem arabischen Liebhaber offenbarte, dass sie schwanger sei, forderte er sofort die Abtreibung des Ungeborenen. Zur damaligen Zeit war eine vorgeburtliche Geschlechtsbestimmung noch nicht eindeutig möglich. Ob Sohn oder Tochter – egal. Beides war für Valoudiah nicht akzeptabel. Besonders ein Junge, denn für Valoudiah's Herkunftsfamilie, seinem Stamm, war der erstgeborene Sohn das Wichtigste. Doch keinesfalls durfte es eine Kreuzung zwischen einer westlichen unreinen Frau und einem angesehenen Stammessohn, zwischen einer Christin und einem Moslem geben. Bastard hätten sie das Kind gerufen – die Schande wäre für Valoudiah unerträglich gewesen.

Valoudiah's bester Freund war Frauenarzt und so redeten dieser und der leibliche Vater ununterbrochen auf Natascha ein, sie solle einer Abtreibung zustimmen. All die Angst und Unsicherheit mit dieser ungewollten Schwangerschaft, all die katholischen Glaubenssätze, wie: „Du sollst nicht töten", gingen Natascha damals wochen- und monatelang wieder und immer wieder durch den Kopf. Alle diese negativen Emotionen, die die Mutter spürte, spürte bereits auch das Ungeborene, wie man heute weiß.

Irgendwann fällt Natascha entgegen des Willens ihres Liebhabers den endgültigen Entschluss, das Kind auszutragen. Valoudiah brach sofort jeglichen Kontakt zu Natascha ab. Er emigrierte nach Kanada, um nicht zu Unterhaltszahlungen herangezogen zu werden und nicht gezwungen werden konnte die Vaterschaft anzuerkennen. Er meldete sich nur noch einmal bei Natascha Vogel telefonisch, kurz nach der Geburt von Alexander. Er wollte wissen, ob er einen Sohn gezeugt hatte. Doch Natascha wusste um die Wichtigkeit des erstgeborenen Sohnes im Kulturkreis ihres ehemaligen Liebhabers und verweigerte jegliche Aussage dazu. Sie hatte große Angst, dass Valoudiah ihr den gerade geborenen Sohn entführen und nach Arabien verschleppen könnte. Danach lebte Natascha in immerwährender Angst, dass Valoudiah zurückkommen, und ihren gemeinsamen Sohn entführen würde. Die permanente Angst seiner Mutter spürte auch Alex von klein an. Das Baby Alexander kam bereits mit einem halben Jahr zu Pflegeeltern, da Natascha keinerlei finanzielle Unterstützung hatte, folglich ganztags arbeiten musste. Natascha versucht wenigstens einmal im Monat ihren Sohn zu sehen. Doch die dreistündige Zugfahrt zu Alex' Pflegeeltern war für ihre Verhältnisse sehr teuer; so blieb es oft nur bei dem guten Willen ihn zu besuchen. Im Alter von vier Jahren wurde Alex in einer Nacht und Nebel Aktion aus der Pflegefamilie herausgerissen. Die leibliche Mutter von Alexander hatte einen Mann mit zwei Kindern - der Sohn Wolf im Alter von sechzehn Jahren und die Tochter Susann im Alter von acht Jahren - geheiratet und wollte nun ihr leibliches Kind wieder bei sich haben. Fehlende verlässliche Spiegelung für das Kleinstkind und der mehrmalige Wechsel der Bezugspersonen bereits in den frühen Kindesjahren, lässt eine schizoide Persönlichkeitsstruktur vermuten, merkte Dr. Williams hier an. Alex' Stiefvater, dessen Frau ihn mit den beiden Kindern allein gelassen hatte, bevorzugte seine eigenen Kinder und schenkte dem heranwachsenden Alex kaum Beachtung; er brachte ihm eher missgünstiges Ablehnen entgegen. Susann war sein Lieblingskind. Wolf wurde bereits auf dem Schulgelände wiederholt beim Dealen mit Rauschgift erwischt, was der Vater mit heftigen Schlägen bestrafte. „Das Bad war hinterher immer voll Blut", sagte Natascha einmal. In diesem Umfeld musste sich der kleine Alex zurechtfinden. Wolf starb im heimischen Kinderzimmer im oberen Stockbett an einer Überdosis; Alex schlief im unteren. Er entdeckte seinen Stiefbruder morgens als erster. Danach begann Alex auffällig zu werden. Seine Mutter erwischte ihn mehrmals beim Quälen von Tieren, was immer schlimmere Formen annahm, bis hin zum Absägen des Schwanzes und der Gliedmaßen der Nachbarskatze, die er eingequetscht in einem Schraubstock fixiert hatte. Als Alex begann, sich für Mädchen zu interessieren, hörten die Tierquälereien schlagartig auf. Alex erste große Liebe war ein Mädchen namens Monika. Es war eine sehr einseitige Schwärmerei; er war verliebt in sie, sie interessierte sich aber nicht für ihn. Er küsste sie gegen ihren Willen mehrmals am Schulhof. Daraufhin beschwerte sie sich bei der Lehrerin und bei Frau Vogel. Als Monika auf das Gymnasium ging, Alex aber auf Drängen des Stiefvaters in der Hauptschule bleiben musste, begann Alex wieder Tiere zu quälen. Die Mutter wusste sich nicht zu helfen, sie zeigte immer wieder Symptome von „erlernter Hilflosigkeit". Als der Stiefvater starb, war Alex gerade dreizehn Jahre alt. Seine Mutter sagte wörtlich zu ihm: „Jetzt musst du alles machen, ich kann das alles nicht. Das ist zu viel für mich". Die Mutter verfiel zusehends in schwere Depressionen und der Sohn musste nun sehr schnell erwachsen werden und alle Verantwortung tragen. Zu diesem Zeitpunkt begann der Junge, sehr ungewöhnliche Literatur zu lesen: Bücher von Elisabeth Kübler-Ross, der Sterbeforscherin. Er war fasziniert von den Augenblicken des Übergangs vom Leben zum Tod, sagte er einmal zu seiner Mutter. Als Alex neunzehn war, starb seine Mutter. Danach habe ich ihn nie wieder gesehen".